I0657230

JARDIN

DE

LA MALMAISON.

JARDIN

DE

LA MALMAISON,

PAR E. P. VENTENAT,

De l'Institut national de France, l'un des Conservateurs de la Bibliothèque
du Panthéon.

Si canimus sylvas, sylvæ sint Consule dignæ.

A PARIS,

DE L'IMPRIMERIE DE CRAPELET,

Et se trouve

Chez L'AUTEUR, à la Bibliothèque nationale du Panthéon.

AN XI – 1803.

A MADAME
BONAPARTE.

MADAME,

Vous avez pensé que le goût des fleurs ne devoit pas être une étude stérile.

Vous avez réuni sous vos yeux les plantes les plus rares du sol français. Plusieurs même qui n'avoient point encore quitté les déserts de l'Arabie et les sables brûlans de l'Egypte, se sont naturalisées par vos soins; et maintenant classées avec ordre, viennent présenter à nos regards, dans le beau Jardin de la Malmaison, le plus doux souvenir des conquêtes de votre illustre Epoux, et la preuve la plus aimable de vos studieux loisirs.

Vous avez bien voulu me choisir, MADAME, pour décrire ces différentes plantes, et faire connoître au public les richesses d'un Jardin qui égale déjà ce que l'Angleterre, l'Allemagne et l'Espagne nous offrent de plus curieux en ce genre. Daignez agréer l'hommage d'un travail entrepris par vos ordres.

Si, dans le cours de cet ouvrage, je viens à décrire quelqu'une de ces plantes modestes et bienfaisantes qui semblent ne s'élever que pour répandre autour d'elles une influence aussi douce que salutaire, j'aurai bien de la peine, MADAME, à me défendre d'un rapprochement qui n'échappera point sans doute à mes lecteurs.

Je suis avec le plus profond respect,

MADAME,

Votre très-obéissant serviteur,

VENTENAT.

Gordonia Pubescens.

Peint par P. J. Redouté.

GORDONIA *PUBESCENS.*

Fam. des Malvacées, *Juss.* — Monadelphie Polyandrie, *Linn.*

GORDONIA foliis obovatis, laxè serratis, subtùs pubescentibus; pedunculis brevissimis; fructibus globosis.

Gordonia pubescens. Lamarck. *Dict.* 2, pag. 770. Willden. *Spec. Plant.* 3, pag. 841.

Arbrisseau originaire de la Caroline méridionale, cultivé depuis plusieurs années dans les jardins de l'Europe, remarquable par la grandeur et la beauté de ses fleurs. Il passe l'hiver dans l'orangerie, et fleurit sur la fin de l'été.

Tiges ne s'élevant point dans une direction parfaitement droite, cylindriques, rameuses, recouvertes d'une écorce mince, presque lisse et de couleur brune : hautes d'un mètre, de la grosseur du pouce. *Rameaux* alternes, ouverts, pliants, de la forme et de la couleur des tiges, pubescens et feuillés dans leur partie supérieure.

Feuiles vers le sommet des tiges et des rameaux; alternes, rapprochées, horizontales ou réfléchies, pétiolées et se prolongeant sur le pétiole, ovales-renversées, munies sur leurs bords de dents aiguës ; relevées en dessous d'une côte saillante et rameuse, creusées en dessus d'un pareil nombre de sillons, veineuses, glabres et d'un vert foncé sur la surface supérieure, blanchâtres et pubescentes sur la surface inférieure, longues de douze décimètres, larges de cinq et demi.

Pétioles horizontaux, dilatés par le prolongement des feuilles, convexes d'un côté, sillonnés de l'autre, pubescens, très-courts.

Fleurs deux ou trois au sommet des anciennes pousses; droites, presque sessiles, munies de bractées, ouvertes en rose, d'un blanc de lait à la circonférence, d'un jaune doré dans le disque, répandant une légère odeur de violette, larges de huit centimètres.

Pédicules très-courts, cylindriques, pubescens, d'un vert cendré.

Bractées deux, au sommet du pédicule, opposées, ovales, obtuses, concaves, tombant promptement.

Calice très-petit, formé de cinq folioles peu ouvertes, arrondies, concaves, se recouvrant par leurs bords, coriaces, parsemées de poils courts et serrés ; de couleur cendrée, tombant promptement.

Corolle insérée sur le disque qui entoure la base de l'ovaire, paroissant d'une seule pièce, mais réellement formée de plusieurs pétales. *Pétales* cinq, réunis inférieurement par l'adhérence qu'ils contractent avec l'anneau des étamines ; ovales-renversés, crénelés sur les bords de leur partie supérieure, pubescens en dessous, glabres en dessus, d'un blanc de lait, inégaux : les quatre supérieurs planes, de la même longueur; l'inférieur très-concave, courbé en dedans à son sommet, coriace, muni de cils peu apparens, un peu plus court.

Étamines nombreuses, attachées à l'onglet des pétales, réunies à leur base en un anneau large et épais, plus courtes que la corolle. *Filets* disposés sur cinq rangées, droits, en alène, d'un jaune doré, inégaux ; ceux du rang extérieur plus longs. *Anthères* droites, arrondies, creusées de quatre sillons, s'ouvrant latéralement, de la couleur des filets.

Ovaire libre, entouré à sa base d'un disque peu saillant; arrondi, sillonné, velu à son sommet, d'un jaune verdâtre. STYLE droit, cylindrique, glabre, de la longueur des étamines. STIGMATES cinq, obtus.

CAPSULE ligneuse, globuleuse, parsemée d'un duvet court et soyeux, divisée en cinq loges, s'ouvrant en cinq valves profondément échancrées à leur base. CLOISONS adhérentes au milieu des valves, correspondantes aux angles du placenta. PLACENTA central, relevé dans sa partie inférieure de cinq angles aigus, muni dans la supérieure de cinq ailes alternes avec les angles et opposées aux cloisons.

SEMENCES insérées sur chaque face des ailes du placenta, disposées sur deux rangs, au nombre de huit à douze dans chaque loge, anguleuses, de couleur brune.

OBS. 1°. Les Botanistes desiroient depuis long-temps une figure exacte et complète du GORDONIA pubescens. Cette belle espèce qui est cultivée depuis plusieurs années en Europe, n'avoit pas encore produit de fleurs parfaitement développées. L'Héritier, après avoir présenté dans ses Stirpes, pag. 156, les caractères distinctifs des trois espèces de GORDONIA qui croissent dans l'Amérique Septentrionale, s'exprime en ces termes au sujet du GORDONIA pubescens : « Flores albi, omnium serotini, dimidio autumno nondùm perfecti, cessanteque omni vegetatione prui-» nisque supervenientibus antè explicationem caduci : quâ de causâ icon rarioris hujus fruticis desideratur.

2°. Comme la présence ou l'absence du placenta central doit fournir un caractère important pour distinguer plusieurs genres des Malvacées, je pense qu'il faut ajouter au caractère générique du GORDONIA, receptaculum centrale, columnare.

3°. La plante que M. Cavanilles a nommée STEWARTIA virginica, et que L'Héritier a depuis appelée STUARTIA Malachodendron, paroît avoir les plus grands rapports avec le genre GORDONIA. En effet, les organes de la fleur sont absolument les mêmes, et le fruit présente la même structure. Je n'aurois point hésité à rapporter cette espèce au GORDONIA, si Jussieu n'affirmoit dans son Genera, que les lobes de l'embryon du STUARTIA sont planes et entourés d'un périsperme; tandis que ceux du GORDONIA sont froncés et dépourvus de périsperme. J'ai analysé plusieurs semences du GORDONIA pubescens, qui m'avoient été communiquées par mon estimable ami le cit. Michaux; mais comme elles se sont trouvées vides, il ne m'a pas été possible d'étudier leur structure, et de confirmer l'observation de Jussieu.

4°. L'espèce de STUARTIA que L'Héritier nomme pentagyna, et dont M. Cavanilles avoit fait un genre sous le nom de MALACHODENDRUM, diffère essentiellement du STUARTIA par ses cinq styles, et par son fruit formé de cinq capsules, entre lesquelles il n'existe point de placenta central.

Expl. des fig. 1, Corolle vue en dessous. 2, Deux pétales vus en dedans, et réunis inférieurement par l'anneau que forment les étamines à leur base. 3, Calice et pistil. 4, Pistil séparé, pour montrer le disque sur lequel est insérée la corolle. 5, Fruit. 6, Une valve fortement échancrée à sa base, et vue en dedans pour montrer la cloison. 7, Placenta. 8, Une semence.

Peint par P. J. Redouté.

Gravé par Lepère Miclinet.

Xeranthemum Bracteatum

XERANTHEMUM *BRACTEATUM.*

F AM. des C ORYMBIFÈRES , *J USS.* — S YNGÉNÉSIE P OLYGAMIE SUPER-
FLUE , *L INN.*

XERANTHEMUM foliis lanceolatis , repandis , scabriusculis ; floribus solitariis , terminalibus ,
bracteatis.

Sous-Arbrisseau originaire de la Nouvelle Hollande , parsemé dans toutes ses parties de poils peu apparens , roides et très-courts ?.
qui le rendent rude au toucher ; remarquable par l'éclat et la couleur de ses fleurs , munies de longues bractées. Il passe l'hiver
dans l'orangerie , et fleurit sur la fin de l'été , et pendant une grande partie de l'automne.

R ACINE rameuse , hérissée de fibres.

T IGE droite , cylindrique , striée , feuillée , rameuse , de couleur purpurine à sa base ,
d'un vert gai dans sa partie supérieure ; haute de six décimètres , de la grosseur d'une
plume à écrire. *R AMEAUX* axillaires , alternes , peu ouverts , de la forme et de la couleur de la tige.

F EUILLES alternes , horizontales , sessiles , se prolongeant sur la tige et les rameaux ; en
lance , aiguës , ondées , à bords réfléchis en dehors dans leur partie inférieure , relevées
en dessous d'une nervure saillante , creusées en dessus d'un sillon ; d'un vert gai sur
chaque surface , longues de huit centimètres , larges de vingt-cinq millimètres.

P ÉDONCULES au sommet de la tige et des rameaux , solitaires , droits , cylindriques ,
striés , s'alongeant à mesure que la fleur et que le fruit se développent.

F LEURS solitaires , droites , flosculeuses , munies de bractées , d'un jaune doré , larges
de trois centimètres et demi. *B RACTÉES* trois ou quatre , au sommet du pédoncule ,
conformes aux feuilles de la tige , plus grandes que le calice de la fleur.

C ALICE commun formé d'un grand nombre d'écailles très-serrées , se recouvrant mutuellement comme les tuiles d'un toit , ouvertes en étoile et imitant un rayon , membraneuses , luisantes , pointues , d'un jaune doré , inégales , subsistantes : les inférieures ovales-arrondies ; les supérieures oblongues , obtuses , deux fois plus grandes.

F LEURONS nombreux , hermaphrodites , en forme d'entonnoir , se flétrissant avant de
tomber. *T UBE* filiforme dans sa moitié inférieure , dilaté dans la supérieure. *L IMBE*
ouvert , à cinq dents.

É TAMINES cinq , attachées à la partie moyenne du tube , de la longueur du limbe.
F ILETS capillaires , très-courts. *A NTHÈRES* réunies , engaînant le style , de la couleur
des fleurons.

O VAIRE cylindrique , surmonté d'une aigrette ; glabre , strié , blanchâtre. *S TYLE* filiforme. *S TIGMATES* deux , recourbés.

S EMENCES de la forme des ovaires , d'un brun foncé , entourées du calice subsistant et
toujours ouvert en forme d'étoile. *A IGRETTES* réunies en anneau à leur base , ciliées ,
d'un jaune verdâtre , trois fois plus longues que les semences.

R ÉCEPTACLE un peu concave , parsemé de petits tubercules arrondis sur lesquels étoient
insérées les semences.

Obs. Linnæus a réuni les *Xeranthemum* et *Elichrysum* de Tournefort. Comme ces deux genres diffèrent essentiellement par la structure du réceptacle qui est hérissé de paillettes dans l'un, et absolument nu dans l'autre, il est évident qu'ils doivent être séparés. Mais il est plus facile de proposer la distinction de ces deux genres que de l'établir. A la vérité le genre *Xeranthemum* Tournef. qui ne comprend qu'une seule espèce (1), peut être aisément déterminé par le caractère que fournit le réceptacle hérissé de paillettes. Mais il n'en est pas ainsi du genre *Elichrysum* du même auteur, dont les espèces nombreuses, quoique conformes dans le caractère qui résulte du réceptacle nu, diffèrent néanmoins dans leur calice formé d'écailles ou droites, ou en forme de rayon ; dans les fleurons ou tous hermaphrodites, ou les uns hermaphrodites et les autres femelles ; dans les aigrettes ou simples, ou ciliées, ou plumeuses, ou en forme de pinceau. Gærtner, qui s'est occupé spécialement de la réforme des genres *Xeranthemum*, *Filago*, et *Gnaphalium* de Linnæus, a rapporté les espèces du genre *Xeranthemum* aux trois genres suivans, *Xeranthemum*, *Elichrysum* et *Argyrocome*. Les caractères de ces nouveaux genres sont assez tranchés, et conviennent sans doute aux espèces observées par le savant auteur de la Carpologie ; mais il est d'autres espèces de *Xeranthemum* de Linnæus qui ne peuvent y être rapportées. Par exemple, en suivant l'opinion de Gærtner, l'espèce que je viens de décrire s'éloigne de son *Xeranthemum*, par le réceptacle nu ; de son *Elichrysum*, par les écailles du calice ouvertes en étoile et imitant un rayon ; et de son *Argyrocome*, par les fleurons qui sont tous hermaphrodites, et par les aigrettes des semences qui ne sont point ou plumeuses, ou en forme de pinceau.

Il résulte de cette observation, que le *Xeranthemum* de Linnæus doit être divisé en plus de trois genres, et que le Botaniste qui se contenteroit de rétablir les deux genres de Tournefort, ou d'adopter les trois de Gærtner, seroit forcé de surcharger ses divers genres de particules disjonctives.

Expl. des fig. 1, Écaille inférieure. 2, Écaille supérieure. 3, Un fleuron. 4, Le même trois fois grossi. 5, Réceptacle nu, entouré du calice subsistant.

_____

(1) Character generis Linnæanus in hanc solam speciem (*Xeranthemum annuum*) quadrat, a reliquis verò omnibus recedit longissimè. *Gærtn. Carpolog.* pag. 599.

Eupatorium Aya-pana

Peint par P.J. Redouté.

Gravé par L.J. Simiot.

EUPATORIUM *AYA-PANA.*

Fam. des Corymbifères, *Juss.* — Polygamie égale, *Linn. Syst. Veget. §.* iv. *Calicibus multifloris.*

EUPATORIUM foliis lanceolatis, integerrimis, subtrinerviis; inferioribus oppositis, superioribus alternis; calicibus inæqualibus, multifloris.

Plante herbacée, vivace, extrêmement aromatique, originaire de l'Amérique méridionale. Elle passe l'hiver dans la serre-chaude, et fleurit durant l'été.

Tiges moelleuses, couchées à leur base, droites dans leur partie supérieure, cylindriques, feuillées, striées, presque glabres, très-rameuses, rougeâtres, hautes de sept décimètres, de la grosseur d'une plume à écrire. Rameaux de la forme et de la couleur des tiges; axillaires, presque droits, parsemés de quelques poils courts et peu apparens : les inférieurs opposés, les supérieurs alternes.

Feuilles opposées et ouvertes dans la partie inférieure des tiges et des rameaux, alternes et presque droites dans la supérieure; pétiolées, en lance, légèrement ondées, à bords réfléchis, pointues, relevées en-dessous d'une côte munie à sa base et dans sa partie moyenne de nervures opposées et montantes; creusées en-dessus d'un pareil nombre de sillons; veineuses, glabres, un peu coriaces, d'un vert foncé, purpurines sur les bords, sur les nervures et à leur sommet; répandant, lorsqu'on les froisse, une odeur fortement aromatique, longues d'un décimètre, larges de deux centimètres.

Pétioles courts, dilatés par le prolongement des bords des feuilles, convexes d'un côté, concaves de l'autre, glabres, de la couleur des rameaux.

Corymbes axillaires et terminaux, lâches, peu garnis de fleurs, pédonculés, formant par leur ensemble une panicule étalée. Pédoncules peu ouverts, cylindriques, pubescens, d'un pourpre foncé, plus longs que les feuilles. Rameaux des corymbes droits, de la forme et de la couleur des pédoncules, munis d'une bractée à leur base.

Fleurs pédiculées, flosculeuses, d'un pourpre vif, munies de bractées.

Pédicules filiformes, pubescens, de la couleur des rameaux, plus longs que les fleurs.

Bractées en petit nombre, alternes sur les pédicules, droites, en lance, pointues, pubescentes, d'un pourpre foncé.

Calice ovale, renfermant une vingtaine de fleurons, formé de folioles droites, linéaires, aiguës, membraneuses sur leurs bords, pubescentes, inégales, de la couleur des bractées.

Fleurons hermaphrodites, en forme d'entonnoir. Tube articulé avec l'ovaire, cylindrique, dilaté à son orifice, de la longueur du calice. Limbe à cinq dents peu ouvertes, aiguës, très-courtes.

Étamines cinq, renfermées dans le tube et attachées à sa partie moyenne. Filets capillaires, blanchâtres, très-courts. Anthère tubulée, divisée à son sommet en cinq dents, engaînant le style, de la couleur des filets.

Ovaire linéaire, glabre, surmonté d'une aigrette. Style filiforme, saillant, divisé jusqu'à sa moitié en deux parties. Stigmates deux, recourbés, ciliés.

SEMENCES de la forme des ovaires, de couleur brune, contenues dans le calice qui fait la fonction de péricarpe. AIGRETTES deux fois plus longues que les semences, d'un blanc de neige, formées d'une vingtaine de soies presque simples et réunies en anneau à leur base.

RÉCEPTACLE un peu convexe, hérissé de tubercules sur lesquels sont insérées les semences.

OBS. 1º. Le genre EUPATORIUM est le seul auquel convienne l'espèce que je viens de décrire. A la vérité cette espèce s'en éloigne par son calice qui n'est pas imbriqué ou formé de folioles en recouvrement les unes sur les autres, comme les tuiles d'un toit ; mais cette dissemblance n'existe-t-elle pas aussi dans plusieurs autres espèces que Linnæus lui-même n'a point hésité de rapporter au genre EUPATORIUM, et que plusieurs considérations ne permettent pas d'en séparer? S'il est un caractère assez tranché pour autoriser une division du genre EUPATORIUM, c'est sans doute celui qui résulte de la structure du calice. Il semble au premier aspect qu'il est naturel de séparer les espèces à calice simple, de celles dont le calice est imbriqué. Mais lorsqu'on réfléchit qu'il y a beaucoup d'espèces intermédiaires, c'est-à-dire dont le calice présente insensiblement toutes les nuances qui distinguent le calice simple du calice imbriqué, on conçoit alors qu'il n'est pas possible d'établir des coupures que la nature semble rejeter. Cette observation acquerra sans doute un nouveau poids aux yeux du Botaniste qui considérera que les autres caractères du genre EUPATORIUM, conviennent indistinctement aux espèces dont le calice est presque simple, ou à celles dont le calice est imbriqué. Au lieu de surcharger de caractères vacillans et de propositions disjonctives, le nouveau genre que l'on pourroit établir, ne seroit-il pas plus avantageux à la science de conserver le genre EUPATORIUM de Linnæus, en réformant le caractère fourni par le calice?

2º. L'EUPATORIUM Aya-pana croit dans l'Amérique méridionale, sur la rive droite du Fleuve des Amazones. Les habitans de cette contrée le regardent depuis long-temps comme un excellent sudorifique, et un puissant alexipharmaque. Le Capitaine Augustin Baudin transporta cette plante à l'Isle de France, l'an VII de la République; et si l'on en croit les renseignemens qui ont été communiqués à Mme Bonaparte par M. Céré, à M. de Jussieu par le Capitaine Baudin, et ce qu'en a dit dans le Journal de Paris (28 thermid. an X) M. Aubert du Petit-Thouars, l'Aya-pana jouit déjà dans cette colonie d'une aussi grande célébrité que dans son pays natal. M. Alibert, médecin de l'hôpital Saint-Louis, a fait tout récemment plusieurs expériences avec cette plante, dont il a administré les feuilles à un certain nombre de malades, tantôt en infusion, tantôt en décoction. Il a constaté qu'elle étoit éminemment antiscorbutique. Il pense néanmoins, comme nous l'avions présumé dans la Notice que nous avons lue à l'Institut, et qui a été imprimée dans le Moniteur, an X, nº 353, et dans le Magasin encyclopédique, an VIII, vol. 3, pag. 76, que les propriétés qu'on lui attribue ont été beaucoup trop exagérées.

Expl. des fig. 1, Fleur grossie, pour montrer les folioles inégales du calice. 2, Un fleuron grossi. 3, Calice dont les folioles du devant ont été retranchées, pour montrer la forme du réceptacle.

Melaleuca Gnidiaefolia

Peint par P. J. Redouté.

Gravé par J. B. ...

MELALEUCA GNIDIÆFOLIA.

FAM. des MYRTES, *Juss.* — ICOSANDRIE MONOGYNIE, *Linn.*

MELALEUCA foliis oppositis, lanceolatis, trinerviis; ramulis floriferis lateralibus, paucifloris; filamentis anticè ramosis.

Arbrisseau originaire de la Nouvelle-Hollande, très-aromatique, d'un port élégant; garni de rameaux nombreux qui s'élèvent en forme de pyramide. Il passe l'hiver dans l'orangerie, et fleurit au commencement de l'automne.

———————

TIGE droite, cylindrique, relevée dans sa partie supérieure de nervures peu saillantes; très-rameuse, recouverte d'un épiderme cendré et un peu gercé, haute de cinq décimètres, de la grosseur d'une plume à écrire. BRANCHES nombreuses, opposées, rapprochées, presque droites, de la forme et de la couleur de la tige. RAMEAUX ayant la forme et la direction des branches, de couleur brune, parsemés dans leur partie supérieure de glandes concaves : les uns stériles, nombreux, opposés, feuillés dans toute leur étendue : les autres fertiles, en petit nombre, très-courts, naissant sur le vieux bois, munis vers leur base d'écailles ovales et membraneuses, garnis de quelques fleurs dans leur partie moyenne, feuillés vers leur sommet.

FEUILLES opposées en croix, rapprochées, presque sessiles, en lance, très-entières, aiguës, relevées de trois nervures peu apparentes; glabres, ponctuées, d'un vert tendre, répandant, lorsqu'on les froisse, une odeur très-aromatique, longues de neuf millimètres, larges de deux : les inférieures ouvertes, les supérieures droites.

PÉTIOLES se prolongeant sur les branches et les rameaux, planes en dedans, convexes en dehors, ponctués, d'une légère teinte purpurine, très-courts.

FLEURS situées dans la partie moyenne des rameaux qui naissent sur le vieux bois, en petit nombre, horizontales, sessiles, munies de bractées; de couleur violette, longues de quatorze millimètres, larges de trois centimètres.

BRACTÉES à la base de chaque fleur, solitaires, ovales, aiguës, ponctuées, tombant promptement, très-courtes.

CALICE d'une seule pièce, en cloche, glabre, ponctué, d'un vert foncé, adhérent à l'ovaire dans sa moitié inférieure, libre dans la supérieure, qui est divisée en cinq lobes ovales, obtus, membraneux sur leurs bords.

PÉTALES cinq, insérés à la base du limbe du calice et alternes avec ses divisions : droits, ovales, obtus, rétrécis en onglet à leur base, concaves, ponctués.

PIVOTS cinq, portant chacun plusieurs étamines; linéaires, comprimés, de couleur violette, insérés au-dessous de la corolle, opposés aux pétales et beaucoup plus longs. FILETS épars sur la face antérieure des pivots et de la même couleur, en alène, courbés en-dedans. ANTHÈRES vacillantes, arrondies, de la couleur des filets, s'ouvrant en devant par deux sillons. POLLEN blanchâtre.

OVAIRE globuleux, plongé dans un disque charnu qui adhère au calice. STYLE abaissé, courbé en-dedans vers son sommet, cylindrique, glabre, d'un violet tendre, plus court que les pivots qui portent les étamines. STIGMATE tronqué, verdâtre.

FRUIT. . . . .

Obs. M. Smith a présenté dans le troisième volume des Transactions de la Société Linnéène de Londres, pag. 275, une monographie du genre *MELALEUCA*. Ce célèbre Botaniste a décrit onze espèces qu'il a divisées en deux sections, d'après la situation des feuilles alternes ou opposées. Le *MELALEUCA Cnidiœfolia* se distingue aisément, par ses feuilles opposées, des espèces qui appartiennent à la première section; et il diffère de celles que contient la seconde, par plusieurs caractères, et sur-tout par la disposition de ses étamines, dont les filets sont épars sur la surface antérieure des pivots.

Expl. des fig. 1, Une feuille grossie, pour montrer ses trois nervures. 2, Une fleur vue par-derrière. 3, La même grossie, dont le calice a été fendu et ouvert, pour montrer l'attache des pétales et des étamines.

Metrosideros Anomala

Peint par P. J. Redouté.

Gravé par L. M.

METROSIDEROS *ANOMALA.*

FAM. des MYRTES, *JUSS.* — ICOSANDRIE MONOGYNIE, *LINN.*

METROSIDEROS foliis oppositis, subsessilibus, cordato-ovatis, impunctatis; ramulis, pedunculis, calicibusque hispidis; floribus solitariis, terminalibus.

Arbrisseau originaire de la Nouvelle-Hollande, se distinguant aisément des autres espèces du genre par les poils dont les parties supérieures des tiges et des rameaux sont hérissées, par ses feuilles coriaces, non ponctuées, et par ses fleurs solitaires, dont les pétales sont un prolongement du calice. Il passe l'hiver dans l'orangerie, et fleurit sur la fin de l'été.

———————

TIGES droites, cylindriques, très-rameuses, d'un vert cendré, glabres dans leur partie inférieure, pubescentes dans la supérieure et hérissées de poils roides, horizontaux et de couleur purpurine; hautes d'un mètre, de la grosseur du petit doigt. *BRANCHES* opposées, ouvertes, de la forme et de la couleur des tiges. *RAMEAUX* axillaires, semblables aux branches et beaucoup plus courts.

FEUILLES opposées en croix, ouvertes, presque sessiles, ovales, en cœur à leur base, obtuses à leur sommet, très-entières, à bords réfléchis, relevées d'une côte saillante, rameuse et hérissée; veineuses, coriaces, un peu rudes au toucher, non ponctuées, subsistantes, d'abord de couleur d'ocre, ensuite d'un vert foncé en dessus, et presque glauque en dessous; répandant, lorsqu'on les froisse, une odeur un peu aromatique; longues de sept centimètres, larges de quatre.

PÉTIOLES extrèmement courts, d'un vert cendré, convexes d'un côté, planes de l'autre, pubescens et parsemés de poils roides.

PÉDICULES au sommet des rameaux, solitaires, droits, à une seule fleur, cylindriques dans leur moitié inférieure, anguleux dans la supérieure, pubescens et parsemés de poils roides; presque de la longueur des feuilles supérieures.

FLEURS droites, d'un blanc jaunâtre, sans odeur, larges de quatre centimètres.

CALICE en forme de toupie, relevé de quatre ou cinq nervures, pubescent et parsemé de poils roides, évasé à son limbe qui est tronqué et surmonté de quatre ou cinq lobes écartés, courts, linéaires, concaves, à bords roulés en dedans.

PÉTALES quatre ou cinq, insérés sur le limbe du calice, alternes avec ses lobes et deux fois plus longs; réfléchis, ovales-arrondis, légèrement crénelés, blanchâtres et glabres en dedans ainsi que sur leurs bords, verdâtres et hérissés en dehors, subsistans après la chute des étamines.

ÉTAMINES nombreuses, insérées sur les lobes du limbe du calice et sur les pétales, disposées sur plusieurs rangs. *FILETS* en alène, d'un blanc jaunâtre : les extérieurs droits, plus longs que les pétales; les intérieurs courbés en dedans, insensiblement plus courts. *ANTHÈRES* vacillantes, ovales, comprimées, creusées de quatre sillons, s'ouvrant latéralement, d'un jaune soufré.

OVAIRE plongé dans un disque épais, charnu, contenant une liqueur visqueuse et jaunâtre, adhérent au calice. *STYLE* droit, cylindrique, blanchâtre, plus court que les étamines. *STIGMATE* obtus.

FRUIT paroissant, d'après l'inspection de l'ovaire, être une capsule à trois loges qui contiennent chacune plusieurs semences.

Obs. 1°. J'ai donné à l'espèce que je viens de décrire le nom d'*anomala*, parce qu'elle semble s'éloigner du genre *Metrosideros*, par ses pétales, qui étant insérés sur le limbe du calice et s'aminifères, paroissent devoir être plutôt considérés comme des divisions du calice.

2°. Le *Metrosideros anomala* se distingue de toutes les espèces connues du genre dont les feuilles sont opposées, par plusieurs caractères, et sur-tout par ses fleurs solitaires.

3°. Quoique les parties de la fleur que nous avons nommées pétales, subsistent après la chute des étamines, il est néanmoins probable qu'elles tombent à mesure que le fruit approche de sa maturité.

4°. Le nombre des semences contenues dans chacune des loges du *Metrosideros anomala*, prouve que cette espèce ne doit pas être rapportée au genre *Angophora* de M. Cavanilles, dont les loges du fruit sont monospermes.

5°. La plante nommée par Gærtner, *Metrosideros costata*, a été placée par M. Smith (1) dans la section des *Metrosideros*, dont les feuilles sont opposées ; tandis que M. Cavanilles (2) qui cite cette même plante comme synonyme de son *Angophora lanceolata*, la décrit et la représente avec des feuilles alternes.

Expl. des fig. 1, Fleur vue en dessous. 2, La même sans étamines, et dont les pétales ont été redressés pour montrer leur insertion et leur forme. 3, Un pétale vu en dedans. 4, Le même, vu en dehors. 5, Ovaire grossi et coupé transversalement pour montrer les trois loges, dont deux sont représentées vides, tandis que la troisième contient plusieurs semences.

(1) *Transactions of the Linnean Society*. vol. 5, pag. 267.
(2) *Icones et Descriptiones Plantarum*. vol. 4, pag. 22, pl. 339.

Nymphæa Cærulea

Peint par P. J. Redouté.

Gravé par P. J. Sauvé.

NYMPHÆA *CÆRULEA.*

FAM. des MORRÈNES, *JUSS.* — POLYANDRIE MONOGYNIE, *LINN.*

NYMPHÆA foliis cordato-subrotundis, repandis ; laciniis calicinis petalisque lanceolatis ; antheris appendiculatis.

NYMPHÆA flore cæruleo odoratissimo, Capitis Bonæ Spei. BREYN. *Prodrom.* 2. pag. 86.

NYMPHÆA *cærulea.* SAVIGNY, *Décade Egyptienne,* n° 3. ANDREWS, *Botan. Reposit.* 197.

Plante herbacée, vivace, originaire d'Afrique, croissant naturellement au Cap de Bonne-Espérance, et en Égypte dans les terreins inondés par le Nil ; cultivée à la Malmaison de jeunes individus envoyés d'Angleterre. Elle passe l'hiver dans la serre chaude, et fleurit sur la fin de l'été.

RACINE en forme de poire, de la grosseur d'un œuf de pigeon, parsemée de radicules, noire en dehors, d'un blanc jaunâtre en dedans. *RADICULES* alongées, charnues, cylindriques, hérissées d'un chevelu court, blanchâtres : les supérieures plus minces, terminées à leur sommet par un tubercule arrondi qui, après avoir donné naissance à un nouvel individu, se détache de la plante mère.

PÉTIOLES nombreux, insérés au collet de la racine, s'élevant jusqu'à la surface de l'eau, cylindriques, légèrement comprimés, charnus, glabres, pliants, verdâtres et teints de rouge, de la grosseur d'une plume à écrire ; implantés dans le milieu de la surface inférieure de la feuille, et se divisant ou s'épanouissant en plusieurs nervures rayonnantes et ramifiées : celle qui traverse la partie supérieure et moyenne de la feuille, saillante ; les autres peu sensibles.

FEUILLES à bords roulés en dedans, lorsqu'elles se développent ; ensuite planes, flottantes à la surface de l'eau, pavoisées, arrondies, en cœur à leur base, à lobes écartés et aigus, légèrement ondées, peu épaisses, d'un vert foncé et luisantes en dessus, lavées en dessous de pourpre ou de violet, longues de seize décimètres, larges de douze.

PÉDONCULES nombreux, ayant l'insertion, la forme et la couleur des pétioles ; à une fleur, s'élevant au-dessus de la surface de l'eau ; droits, lorsque la fleur est épanouie ; se renversant horizontalement et courbés vers leur sommet, lorsque la fécondation s'est opérée.

BOUTONS des FLEURS ovales-oblongs, obtus, relevés de quatre angles peu saillans ; s'épanouissant successivement.

FLEURS d'un bleu tendre, de la grandeur de celles du Nénuphar blanc, peu ouvertes, répandant une odeur douce et suave, subsistantes trois à quatre jours, s'ouvrant sur les dix heures et se fermant à deux, ne se plongeant point dans l'eau pendant la nuit.

CALICE à quatre divisions profondes, peu ouvertes, en lance, presque obtuses, relevées de huit à dix nervures peu apparentes ; d'un vert foncé en dehors et tachetées de points ou de petites lignes d'un pourpre noirâtre, d'un blanc lavé de bleu en dedans ; subsistantes.

PÉTALES seize ou vingt, insérés vers la partie inférieure de l'ovaire, et paroissant être un prolongement de son épiderme, disposés sur trois rangs très-rapprochés ; de la forme des divisions du calice et s'élevant à la même hauteur : ceux du rang inférieur, au nombre de quatre, alternes avec les divisions du calice et de la même couleur en dehors ; ceux des rangs supérieurs, au nombre de six ou de huit, un peu plus courts, blanchâtres dans leur partie inférieure, d'un bleu tendre vers leur sommet.

ÉTAMINES très-nombreuses, attachées à la partie supérieure de l'ovaire, disposées sur plusieurs rangs, d'un beau jaune, inégales : celles des rangs inférieurs, de la moitié de la longueur des pétales ; celles des rangs supérieurs, insensiblement plus courtes. *FILETS* ordinairement libres, quelquefois adhérens deux à deux, ou trois à trois, à leur base ; élargis dans leur moitié inférieure, rétrécis dans la supérieure qui est terminée par un appendice linéaire, obtus et de la couleur des pétales. *ANTHÈRES* adhérentes à la partie moyenne de la face antérieure des filets, linéaires, à deux lobes, s'ouvrant longitudinalement.

OVAIRE globuleux, adhérent inférieurement à la partie du calice qui n'est point divisée ; de la couleur des étamines. *STYLE* nul. *STIGMATE* pavoisé, radié, concave, muni dans le centre d'un tubercule blanchâtre ; subsistant. *RAYONS* du *STIGMATE* au nombre de seize, ovales, aigus, courbés en dedans à leur sommet, paroissant hérissés intérieurement, lorsqu'on les observe avec la loupe.

BAIE sèche, munie à sa base des folioles du calice, de la grosseur d'une Nèfle, couronnée par le stigmate, hérissée sur toute sa surface de la base subsistante des pétales et des étamines, divisée en plusieurs loges, contenant un grand nombre de semences. *LOGES* en nombre égal aux rayons du stigmate, remplies d'une substance d'abord pulpeuse, ensuite spongieuse.

SEMENCES de la grosseur d'un grain de Millet, de couleur rose, attachées aux cloisons, à demi recouvertes par un arille. *ARILLE* membraneux, se séparant de la semence lorsqu'elle est mûre, et adhérent à la cloison.

OBS. 1°. Le *NYMPHÆA* doit-il appartenir à la division des Apétales ? Dans toutes les espèces de ce genre, les enveloppes des fleurs diffèrent entr'elles par plusieurs caractères, et sur-tout par leur point d'attache et leur durée. L'enveloppe plus extérieure est un prolongement de l'épiderme du pédoncule, et elle subsiste pendant la maturité du fruit ; tandis que les enveloppes plus intérieures sont, ainsi que les étamines, insérées sur l'ovaire, et tombent après la fécondation. Mais comme les étamines et le calice n'ont jamais la même insertion, ou ne tirent point leur origine du même point ; ne doit-on pas conclure que dans le *NYMPHÆA*, l'enveloppe qui est attachée au même organe que les étamines n'est pas un calice, mais qu'elle doit être considérée comme une vraie corolle ? Le *NYMPHÆA* ne peut donc pas appartenir à la famille des Morrènes. Il ne doit pas non plus être rapporté, comme le pensoit B. de Jussieu, à la famille des Papavéracées, puisqu'il en diffère par plusieurs caractères, et sur-tout par l'insertion épigyne de sa corolle et de ses étamines. La famille des Morrènes, dans l'ouvrage de Jussieu, est composée de genres dont plusieurs ne peuvent appartenir à la même série, comme il l'avoit soupçonné lui-même, et doivent être classés dans la division des Dicotylédones. Le *NYMPHÆA* est de ce nombre. J'ai cru devoir insérer dans le *Tableau du Règne végétal*, le *TRAPA* parmi les Épilobiennes, d'après l'observation de Gærtner, qui a vu dans sa semence deux cotylédons inégaux. J'ai déterminé dans le même ouvrage (*vol.* 4, *pag.* 51) la famille avec laquelle le *NELUMBIUM* avoit le plus d'affinité.

2°. Le *NYMPHÆA Cærulea* se rapproche par plusieurs caractères du *NYMPHÆA Lotus* ; mais il en diffère par ses feuilles, qui ne sont point dentées sur leurs bords et relevées sur leur surface inférieure de nervures saillantes, par la forme des divisions du calice et des pétales, et sur-tout par l'appendice qui surmonte les anthères.

3°. Les pétioles et les pédoncules du *NYMPHÆA Cærulea* sont remplis d'une substance charnue, vasculaire, traversée par des lacunes.

4°. Ne doit-on pas regarder comme variété du *NYMPHÆA Cærulea*, le *CITAMBEL*, *Hort. Malabar. vol.* XI, *pl.* XXVII, dont les feuilles sont entières, et dont les pétales sont étroits et de couleur blanc ?

5°. M. Bory, jeune Naturaliste aussi distingué par l'étendue de ses connoissances, que par le zèle dont il est animé pour les progrès de la science, m'a appris que Michaux avoit trouvé le *NYMPHÆA cærulea*, au quartier des trois Islots, à l'Isle de France.

Expl. des fig. 1, Fleur dont on a conservé une division du calice, un pétale et une étamine, pour montrer leur insertion. 2, Deux étamines vues en dedans et réunies à leur base. 3, Quelques semences. 4, Une semence grossie. 5, La même, séparée de son arille.

Del. 287.

Crowea Saligna.

Peint par P. J. Redouté.

gravé par L. R.

CROWEA.

FAM. des RUTACÉES, *JUSS.* — DÉCANDRIE MONOGYNIE, *LINN.*

CHARACTER REFORMATUS. *Calix* pentaphyllus; foliolis unguiculatis, in tubum approximatis. *Petala* quinque, hypogyna, sessilia. *Stamina* decem, disco hypogyno inserta : filamentis ad basim planis, ciliatis, in tubum approximatis, versùs apicem subulatis, patentibus, villosis; antheris medio filamentorum adnatis. *Ovarium* subrotundum, quinque-sulcatum, stipitatum, disco glanduloso cinctum. *Stylus* teres, brevissimus. *Stigma* obtusum. *Cocculi* quinque, conniventes, ovati, compressi, truncati, intùs et apice dehiscentes, arillo conformi, cartilagineo, similiter dehiscente feti. . . . .

CROWEA *SALIGNA.*

CROWEA caule ramisque triquetris, glabris; foliis alternis, lanceolatis, integerrimis; floribus solitariis, axillaribus.

CROWEA saligna. ANDR. *Reposit.* 79.

Arbrisseau originaire de la Nouvelle-Hollande, d'un port élégant ; garni dans les aisselles des feuilles, de fleurs couleur de rose qui se développent successivement depuis fructidor jusqu'à la fin de frimaire. Il passe l'hiver dans l'orangerie, et se multiplie aisément de boutures.

TIGE droite, triangulaire, à angles aigus et saillans, glabre, rameuse, de couleur brune dans sa partie inférieure, d'un vert-cendré dans la supérieure; haute d'un mètre, de la grosseur d'une plume de cygne. *RAMEAUX* alternes, ouverts, plians, de la forme et de la couleur de la tige.

FEUILLES alternes, rapprochées, peu ouvertes, sessiles, en lance, amincies à leurs extrémités, très-entières, pointues, relevées en dessous d'une nervure qui se prolonge sur la tige et les rameaux; glabres, ponctuées, d'un vert-gai, répandant, lorsqu'on les froisse, une odeur de cerfeuil, longues de six centimètres, larges de dix millimètres.

FLEURS axillaires, solitaires, droites, sessiles, munies de bractées ; de couleur rose, larges de trois centimètres.

BRACTÉES deux ou trois, à la base des fleurs, ovales, aiguës, munies sur leurs bords de cils peu apparens, très-courtes.

CALICE à cinq folioles en forme de spatule, rapprochées en tube dans leur partie inférieure, et se séparant au moindre effort; distinctes dans leur partie supérieure dont les bords sont membraneux, d'une légère teinte purpurine, et munis de cils peu apparens.

PÉTALES cinq, insérés sous le disque glanduleux qui entoure la base de l'ovaire, alternes avec les divisions du calice, sessiles, ouverts et un peu recourbés à leur sommet, ovales et en lance, aigus, ponctués, munis sur leurs bords de cils peu apparens.

ÉTAMINES dix, attachées au disque qui entoure la base de l'ovaire, deux fois plus courtes que la corolle. *FILETS* alternativement plus courts, planes dans leur moitié inférieure, courbés en dedans, rapprochés en tube, ciliés sur leurs bords, d'un blanc lavé de rose ; filiformes dans leur moitié supérieure, ouverts en étoile, velus et de couleur cendrée. ANTHÈRES adhérentes à la partie moyenne des filets, linéaires, à deux loges, s'ouvrant longitudinalement, d'un jaune sale.

OVAIRE libre, porté sur un pédicule cylindrique ; entouré d'un disque glanduleux ; arrondi, creusé de cinq sillons, glabre, d'un vert-foncé. STYLE cylindrique, très-court. STIGMATE obtus.

FRUIT entouré à sa base du calice subsistant ; formé de cinq coques très-rapprochées, ovales, légèrement comprimées, tronquées, ridées, de couleur cendrée, s'ouvrant en dedans et à leur sommet, formées de deux enveloppes dont une intérieure cartilagineuse et élastique.

SEMENCES . . . . . .

OBS. 1°. Le genre CROWEA établi par M. Smith dans le 4ᵉ vol. des *Transactions de la Société Linnéène de Londres*, appartient à la famille des Rutacées. Il a beaucoup de rapports avec le *DIOSMA* ; mais il en diffère sur-tout par l'absence des écailles alternes avec les pétales, par le nombre des étamines, et par l'ovaire pédiculé.

2°. Si les Botanistes jugent que l'ovaire pédiculé offre un caractère plus important que celui de la forme des étamines, pour distinguer le *CROWEA* des genres avec lesquels il a le plus d'affinité, il faudra alors examiner sur le vivant l'*ERIOSTEMON* de M. Smith, le *DIOSMA uniflora*, LINN., et vérifier si ces deux plantes ne présenteroient pas le caractère que nous avons observé dans le *CROWEA saligna*.

3°. Les fruits du *CROWEA saligna*, qui m'ont été communiqués par M. Kennedy, habile Botaniste et célèbre pépiniériste Anglais, ne contenoient aucune semence.

Expl. des fig. 1, Fleur vue par-derrière. 2, La même dont les folioles du calice sont séparées, pour montrer le pédicule qui porte l'ovaire. 3, La même dont on n'a conservé qu'un pétale, pour montrer l'attache de la corolle et des étamines. 4, Une étamine grossie et vue en dedans. 5, Ovaire pédiculé. 6, Le même grossi, pour montrer le disque glanduleux qui entoure sa base, et auquel sont attachées les étamines. 7, Fruit formé de cinq coques. 8, Une coque séparée. 9, Enveloppe intérieure.

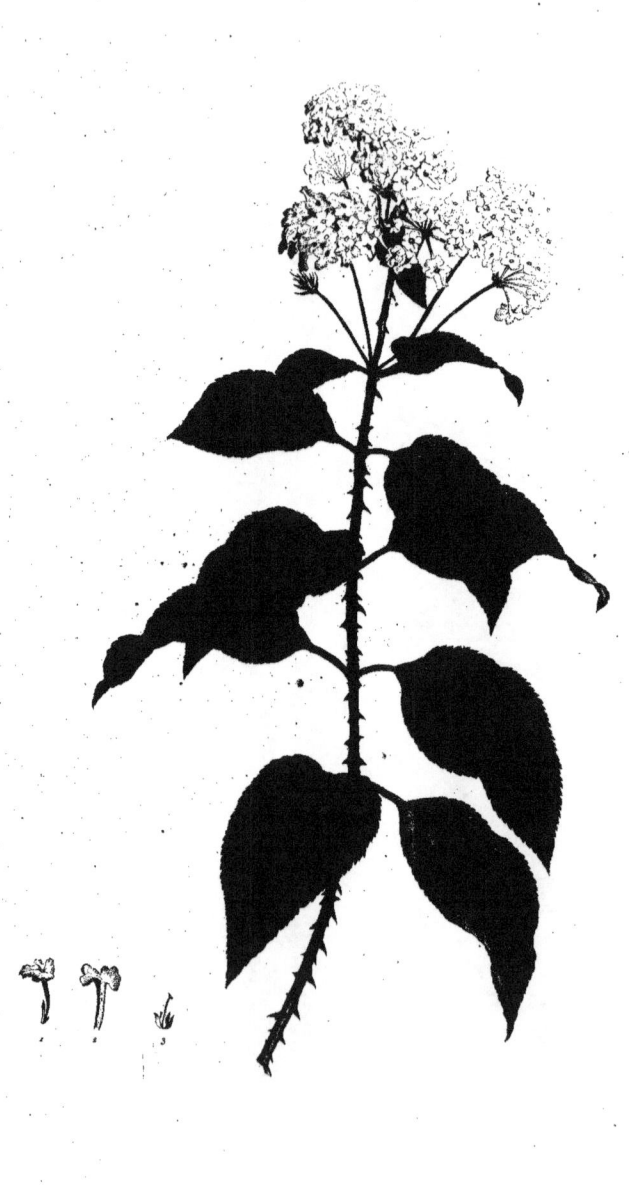

Peint par P. J. Redouté.

Lantana Nivea

Gravé par ...

LANTANA *NIVEA*.

FAM. des GATTILIERS, *JUSS.* — DIDYNAMIE ANGIOSPERMIE, *LINN.*

LANTANA foliis ovato-lanceolatis, acuminatis, crenulatis; caule aculeato; capitulis hemisphæricis; bracteis linearibus.

Arbrisseau originaire des Indes Orientales, facile à distinguer des autres espèces du genre, par son feuillage d'un vert-gai, par la disposition et la couleur de ses fleurs. Il passe l'hiver dans la serre-chaude, et fleurit presque pendant toute l'année.

———————

TIGE droite, cylindrique et recouverte inférieurement d'un épiderme gercé et de couleur cendrée; tétragone, pubescente et de couleur brune dans sa partie supérieure; munie sur ses angles d'aiguillons nombreux, rapprochés et courbés en crochets comme ceux des ronces : peu rameuse, haute de neuf décimètres, de la grosseur de l'index. RAMEAUX axillaires, opposés, droits, ayant la forme et la couleur de la partie supérieure de la tige.

FEUILLES opposées, horizontales et réfléchies, pétiolées, se prolongeant sur le pétiole, ovales et en lance, crénelées, pointues, relevées d'une nervure saillante et rameuse, veinées, parsemées sur leur surface supérieure de tubercules peu apparens, et sur l'inférieure de poils courts et épars; un peu rudes au toucher, d'un vert-gai en dessus, d'un vert pâle en dessous, longues de huit centimètres, larges de quatre.

PÉTIOLES horizontaux, convexes d'un côté, concaves de l'autre, dilatés dans leur partie supérieure, un peu rudes au toucher, très-courts.

PÉDONCULES dans les aisselles des feuilles supérieures et au sommet des tiges et des rameaux, presque droits, tétragones, rudes au toucher, souvent bifides à leur base, d'un vert-pâle, à plusieurs fleurs, longs de six centimètres.

FLEURS disposées en têtes hémisphériques au sommet des pédoncules, formant par leur ensemble une espèce de corymbe; sessiles, munies de bractées, d'un blanc de lait, répandant une odeur suave, longues de seize millimètres, larges de sept.

BRACTÉES situées sous chaque fleur, solitaires, droites, linéaires, aiguës, convexes et pubescentes en dehors, concaves et glabres intérieurement, trois fois plus courtes que le tube des fleurs.

CALICE d'une seule pièce, tubuleux, à quatre dents obtuses, deux fois plus court que les bractées.

COROLLE monopétale, insérée sous l'ovaire, irrégulière, pubescente en dehors. *TUBE* cylindrique, renflé à son sommet, un peu courbé, beaucoup plus long que le calice. *LIMBE* ouvert, à quatre lobes obtus et inégaux : le supérieur tronqué et ondé; les deux latéraux ovales-arrondis, très-courts; l'inférieur ayant la forme du supérieur et plus long.

ÉTAMINES quatre, attachées sur deux rangées au milieu du tube. *FILETS* cylindriques, très-courts. *ANTHÈRES* arrondies, à deux loges, d'un jaune soufré.

OVAIRE libre, ovale, glabre, verdâtre. *STYLE* cylindrique, renfermé dans le tube, blanchâtre. *STIGMATE* à deux lobes; l'un droit et aigu, l'autre courbé en crochet.

FRUIT......

Obs. L'observation paroît démontrer que les espèces d'un même genre dont on cultive plusieurs individus dans les jardins, se fécondent mutuellement, se mélangent et donnent naissance à des hybrides qu'il est très-difficile de rapporter aux espèces primordiales. Les genres *Cistus*, *Geranium*, *Rosa*, *Erica*, *Veronica*, etc. fournissent des preuves frappantes de ce croisement d'espèces; et il est probable que le genre *Lantana* dont la culture seule suffit pour faire varier les espèces, selon l'observation de Burman (Plum. *Spec.* p. 59), doit présenter des individus qui naissent d'espèces différentes. Cependant le *Lantana nivea* ne paroît pas devoir être considéré ni comme une hybride, ni comme une variété. 1°. Cette espèce envoyée par M^{rs}. Lée et Kennedy, est originaire, selon ces célèbres Pépiniéristes, des Indes orientales. 2°. Les espèces dont elle paroît le plus se rapprocher, sont les *Lantana camara* et *aculeata;* mais elle diffère de la première par sa tige fortement aiguillonnée, par ses feuilles d'un vert-gai, par ses pédoncules plus longs que les feuilles, par la disposition et la couleur de ses fleurs, etc.; et elle se distingue du *Lantana aculeata* par la forme de ses feuilles, par ses pédoncules qui naissent souvent deux à deux dans les aisselles des feuilles supérieures, par ses bractées linéaires, par la couleur de ses fleurs. De plus, il suffit de comparer les figures des *Lantana camara* et *aculeata* citées par M. Willdenow, avec celle que je publie du *Lantana nivea*, pour être convaincu que ces trois espèces sont parfaitement distinctes.

Expl. des fig. 1, Fleur munie de sa bractée. 2, Corolle ouverte pour montrer l'attache et la disposition des étamines. 3, Calice ouvert pour montrer la forme du pistil.

Centaurea j Pacnale

Peint par P. J. Redouté.

CENTAUREA *PUMILA.*

Fam. des Cinarocéphales, *Juss.* — Syngénésie Polygamie frustranée, *Linn. Syst. Veget.* §. vi. Crocodiloidea : *Spinis simplicibus.*

CENTAUREA subacaulis; calicibus simplicissimis, spinosis; foliis pinnatifidis, crassis, subtomentosis.

Centaurea calicibus simplicissimis, spinosis; foliis dentato-pinnatis, villosis; caule nullo. Linn. *Amœnit. Academ.* 4, p. 292.

Crocodilium acaulon fermè, calcitrapœ foliis crassis, tomentosis. Lippi *Mss.* et Vaillant *Act. Paris.* 1718, p. 162.

Crocodilium ægyptiacum myacanthi folio crasso, tomentoso. Vaill. *Herb.*

Plante herbacée, vivace, cotonneuse et d'un blanc cendré, très-commune au Cap des Figuiers à Alexandrie ; cultivée de graines rapportées par Delille , membre de l'Institut du Caire. Elle fleurit pendant l'été.

Racine de la forme et de la longueur d'une petite rave; garnie de quelques chevelus, dure, d'un bistre foncé en dehors, blanchâtre intérieurement.

Tige droite, cylindrique, relevée d'angles peu apparens, feuillée, rameuse, recouverte d'un duvet cotonneux ou de poils alongés et entrelacés; haute de cinq centimètres, de la grosseur d'une plume à écrire. Rameaux axillaires, alternes, peu ouverts, de la forme et de la couleur de la tige.

Feuilles alternes, étalées, pétiolées, laciniées ou divisées sur les côtés, charnues et cassantes, concaves, longues de neuf centimètres, larges de quatre. Lobes se prolongeant sur le pétiole commun, ovales, obtus, ondés ou crénelés sur leurs bords, concaves, inégaux : celui du sommet de la feuille beaucoup plus long que ceux des côtés.

Pétioles horizontaux, élargis à leur base et embrassant à demi la tige, convexes en dehors, creusés en dedans d'un profond sillon, recouverts d'un duvet cotonneux : les inférieurs d'un rouge vineux, de la longueur des feuilles; les supérieurs d'un blanc cendré, insensiblement plus courts.

Pédoncules au sommet des tiges et des rameaux, solitaires, droits, cylindriques, longs de deux centimètres.

Fleurs flosculenses, droites, d'un violet pâle, répandant une foible odeur de musc, aussi grandes que celles de la Centaurée odorante.

Calice commun ovale-oblong, glabre, d'un vert-foncé, formé d'écailles qui se recouvrent mutuellement comme les tuiles d'un toit. Écailles nombreuses, peu serrées, obtuses, convexes, argentées et luisantes en dedans, bordées d'une membrane coriace, paroissant frangées ou ciliées à leur sommet, lorsqu'on l'observe avec la loupe : les extérieures ovales, surmontées d'une épine jaune; les intérieures oblongues et presque sans épine.

Fleurons de la circonférence en forme d'entonnoir, dépourvus de style et d'étamines (*neutres*). Tube filiforme, évasé dans sa partie supérieure; blanchâtre, plus long que le calice. *LIMBE* à cinq découpures égales, peu ouvertes, en lance, aiguës, concaves et relevées en dehors d'une nervure.

FLEURONS DU DISQUE nombreux, en forme d'entonnoir, hermaphrodites, plus courts que les fleurons de la circonférence. *TUBE* filiforme dans sa moitié inférieure, dilaté dans la supérieure; blanchâtre. *LIMBE* à cinq divisions droites, linéaires, aiguës.

ÉTAMINES cinq, attachées à la base de la partie dilatée du tube. *FILETS* capillaires, blanchâtres, de la longueur du tube. *ANTHÈRE* tubulée, engaînant la partie supérieure du style, terminée par cinq dents; d'un violet foncé, de la longueur du limbe.

OVAIRES surmontés d'une aigrette : ceux des fleurons de la circonférence, linéaires, comprimés, glabres, stériles; ceux des fleurons du disque en cône renversé, pubescens, fertiles. *STYLE* nul dans les fleurons de la circonférence; filiforme, blanchâtre, un peu plus long que les étamines dans les fleurons du disque. *STIGMATE* articulé avec le style, à deux divisions recourbées, d'un violet foncé.

SEMENCES contenues dans le calice qui fait la fonction de péricarpe; en cône renversé, surmontées d'une aigrette, pubescentes, roussâtres. *AIGRETTE* formée de soies nombreuses, ouvertes en étoile, réunies en anneau à leur base, ciliées, d'un blanc de neige, plus longues que les semences.

RÉCEPTACLE plane, hérissé de soies simples aussi longues que celles des aigrettes et de la même couleur.

OBS. Le CENTAUREA pumila qui est congénère du CROCODILIUM Juss., a beaucoup d'affinité avec le CENTAUREA acaulis LINN.; mais il en diffère sur-tout par ses feuilles charnues, et par son calice dont les écailles extérieures sont surmontées d'une épine.

Expl. des fig. 1, Écaille extérieure et inférieure. 2, Écaille extérieure et supérieure. 3, Écaille intérieure. 4, Fleuron de la circonférence. 5, Fleuron du disque. 6, Semence. 7, La même grossie, pour montrer les soies de l'aigrette qui sont ciliées.

Nicotiana Undulata.

Peint par P. J. Redouté.

Gravé par S. B...

NICOTIANA *UNDULATA.*

Fᴀᴍ. des Sᴏʟᴀɴᴇ́ᴇs, *Juss.* — Pᴇɴᴛᴀɴᴅʀɪᴇ Mᴏɴᴏɢʏɴɪᴇ, *Lɪɴɴ.*

NICOTIANA foliis radicalibus subspathulatis; caulinis petiolatis, ovatis, undulatis, acuminatis; floribus obtusis.

Plante herbacée, vivace, originaire du port Jackson dans la Nouvelle-Hollande, cultivée de graines envoyées d'Angleterre par M. le Chevalier Banks, Président de la Société royale de Londres, et Associé étranger de l'Institut National de France. Elle fleurit à la fin de l'été et pendant la plus grande partie de l'automne.

Rᴀᴄɪɴᴇ pivotante, garnie de fibres, de couleur cendrée.

Tɪɢᴇ droite, cylindrique, velue dans sa moitié inférieure, presque glabre dans la supérieure; simple, d'un vert-gai, haute de six décimètres, de la grosseur d'une plume à écrire.

Fᴇᴜɪʟʟᴇs pétiolées et se prolongeant sur le pétiole, relevées d'une côte rameuse, veinées, parsemées sur chaque surface, et principalement sur les nervures, de poils courts; molles, douces au toucher, d'un vert-fumé en dessus et plus pâle en dessous, d'une odeur analogue à celle des autres espèces du genre : celles de la racine rapprochées en touffe, couchées, presqu'en forme de spatule, festonnées, longues de quatorze centimètres, larges de cinq : celles de la tige alternes, peu ouvertes, ovales, pointues, ondées sur leurs bords, longues de neuf centimètres, larges de trois; les supérieures insensiblement plus courtes, et presque sessiles.

Pᴇ́ᴛɪᴏʟᴇs embrassant à demi la tige, dilatés sur leurs bords qui se rejettent en dehors; convexes d'un côté, planes de l'autre, velus, longs de trois centimètres; ceux des feuilles supérieures insensiblement plus courts.

Pᴇ́ᴅᴏɴᴄᴜʟᴇs deux ou trois, au sommet de la tige, ouverts, cylindriques, presque glabres, à plusieurs fleurs, munis de bractées, longs de quinze centimètres.

Fʟᴇᴜʀs alternes sur chaque pédoncule, peu nombreuses, écartées, pédiculées, penchées, d'un blanc de lait, répandant une foible odeur de jasmin, longues de cinq centimètres, larges de trente-quatre millimètres.

Pᴇ́ᴅɪᴄᴜʟᴇs d'abord recourbés, se redressant ensuite à mesure que le fruit se forme; cylindriques, pubescens, plus courts que les fleurs.

Bʀᴀᴄᴛᴇ́ᴇs à la base des pédicules, solitaires, droites, en lance, pointues, pubescentes, très-courtes.

Cᴀʟɪᴄᴇ d'une seule pièce, tubulé, relevé de cinq nervures, pubescent en dehors, glabre en dedans, divisé en cinq découpures droites, en lance, pointues.

Cᴏʀᴏʟʟᴇ insérée sur un disque hypogyne, monopétale, tubulée. *Tube* cylindrique, strié, pubescent, trois fois plus long que le calice. *Orifice* un peu dilaté. *Limbe* ouvert, à cinq lobes arrondis, relevés en dehors d'une nervure verdâtre, creusés en dedans d'un sillon, plissés et paroissant échancrés à leur sommet.

Éᴛᴀᴍɪɴᴇs cinq, attachées à la base de la corolle, inégales : savoir, quatre de la longueur du tube ; et une deux fois plus courte. *FILETS* capillaires, blanchâtres : ceux des quatre étamines plus longues, adhérens dans presque toute leur étendue au tube de la corolle : celui de l'étamine plus courte adhérent vers sa base au tube de la corolle, libre dans sa partie supérieure. *ANTHÈRES* droites, arrondies, à deux lobes, s'ouvrant latéralement, de couleur brune. *POLLEN* (*poussière fécondante*) d'un blanc de neige.

OVAIRE entouré d'un disque membraneux et peu saillant ; en forme de cône, creusé d'un sillon sur chaque face, glabre, d'un vert-gai, jaunâtre à sa base. *STYLE* capillaire, blanchâtre, de la longueur du tube de la corolle. *STIGMATE* en tête, échancré ou à deux lobes peu apparens, d'un vert-foncé.

CAPSULE recouverte par le calice subsistant ; ovale, obtuse, glabre, creusée de quatre stries, divisée en deux loges, s'ouvrant au sommet en quatre parties. *CLOISON* simple, membraneuse, opposée aux valves, adhérente au placenta. *PLACENTA* central, charnu ou fongueux, ovale, obtus, paroissant, lorsqu'on le coupe transversalement, formé de deux lobes convexes en dehors, planes en dedans, réunis par une lame entière et de la même substance.

SEMENCES nombreuses et recouvrant toute la surface extérieure du placenta ; en forme de rein, sillonnées transversalement, de couleur brune.

Obs. 1°. L'espèce que je viens de décrire a quelques rapports avec le *NICOTIANA plumbaginifolia* de M. DINEGRO (1) : mais elle s'en distingue par sa tige qui n'est point divisée depuis sa base, ni hérissée de tubercules et de poils roides ; par la forme et l'attache de ses feuilles ; par ses fleurs penchées, d'un blanc de lait, et beaucoup plus grandes ; par ses corolles dont le tube est cylindrique, et dont les divisions du limbe sont arrondies.

Expl. des fig. 1, Feuille radicale. 2, Corolle ouverte pour montrer l'attache, le nombre et la proportion des étamines. 3, Calice et Pistil. 4, Fleur dont on a enlevé le calice et la corolle, pour montrer le disque membraneux qui entoure la base de l'ovaire. 5, Capsule recouverte par le calice. 6, La même nue et coupée transversalement, pour montrer la cloison et la forme du placenta. 7, Placenta. 8, Quelques semences dont une grossie.

(1) *Elenchus Plantarum Horti Botanici* J. CAR. DINEGRO. in-4°. Genuæ, 1802.

Antirrhinum Trionthophorum

Peint par P. J. Redouté.

11

ANTIRRHINUM *TRIORNITHOPHORUM.*

Fam. des Scrophulaires, *Juss.* — Didynamie Angiospermie, *Linn.*

ANTIRRHINUM foliis verticillatis, lanceolatis, trinerviis; caulibus decumbentibus; racemo terminali, paucifloro; floribus maximis, pedunculatis.

Antirrhinum (triornithophorum) foliis quaternis, lanceolatis; caule erecto, ramoso; floribus pedunculatis. Linn. *Spec. Plantar.* 852. Curtis, *Magaz.* 525.

Linaria americana maxima, purpureo flore. Herm. *Lugdb.* 376, t. 577.

Linaria, flore purpureo, americana. Rivin. *Monopet.* 81.

Plante herbacée, vivace, originaire d'Amérique, remarquable par la grandeur et la beauté de ses fleurs. Elle passe l'hiver
dans l'orangerie, et fleurit pendant tout l'été et une grande partie de l'automne.

Racine rampante, garnie de fibres, blanchâtre.

Tiges droites, dures et presque ligneuses vers leur base; herbacées, penchées et même
tombantes dans leur partie supérieure; cylindriques, feuillées, rameuses, recouvertes
d'une poussière glauque, longues de douze décimètres, de la grosseur d'une plume à
écrire. *Rameaux* axillaires, verticillés et en nombre égal à celui des feuilles, ayant
la direction, la forme et la couleur des tiges.

Feuilles verticillées, ordinairement au nombre de quatre, quelquefois de trois, rarement de cinq; horizontales, sessiles, en lance, très-entières, pointues, relevées en
dessous de trois nervures, creusées en dessus de trois stries; d'un vert foncé sur leur
surface supérieure, d'un vert glauque sur l'inférieure, de couleur purpurine sur leurs
bords; un peu épaisses, plus courtes que les entre-nœuds.

Grappes au sommet des tiges et des rameaux; simples, lâches, obtuses, courtes,
munies de bractées.

Bractées verticillées au nombre de trois ou de quatre, parfaitement semblables aux
feuilles de la plante et beaucoup plus courtes.

Fleurs en nombre égal à celui des bractées; horizontales, pédiculées, très-grandes,
d'un violet terne, se développant successivement.

Pédicules naissans dans les aisselles des bractées et plus longs; droits, cylindriques,
d'un vert glauque.

Calice à cinq divisions ouvertes, en lance, pointues, égales, subsistantes, d'une légère
teinte purpurine vers leur sommet.

Corolle monopétale, insérée sur un disque hypogyne, irrégulière, personnée. *Tube*
ventru, rayé, muni d'un éperon sur le côté antérieur de sa base. *Éperon* droit, de la
longueur de la fleur, en forme de poinçon, d'un violet pâle, parsemé de poils glanduleux
et peu apparens. *Lèvre supérieure* en voûte, à deux lobes arrondis, redressés
sur leurs bords, réfléchis à leur sommet. *Lèvre inférieure* à trois découpures

ovales-arrondies, horizontales; la moyenne plus courte, échancrée, munie intérieurement d'un palais saillant, jaunâtre, sillonné longitudinalement.

ÉTAMINES quatre, dont deux plus courtes (*didynames*); attachées à la base du tube,
situées sous la lèvre supérieure. *FILETS* légèrement courbés à leur sommet, filiformes,
d'un violet pâle, renfermés dans le tube. *ANTHÈRES* vacillantes, rapprochées par
paires; arrondies, à deux lobes, d'un jaune soufré.

OVAIRE libre, entouré d'un disque peu saillant; arrondi, creusé d'un sillon sur chaque
face, d'un blanc verdâtre. *STYLE* droit, cylindrique, courbé à son sommet, de la
couleur des filets. *STIGMATE* un peu renflé, tronqué.

CAPSULE ovale-arrondie, creusée d'un sillon sur chaque face, recouverte par le calice,
surmontée du style, divisée en deux loges, s'ouvrant au sommet en huit dents; de couleur cendrée.

PLACENTA central, dilaté sur ses bords qui correspondent chacun aux sillons de la capsule. *CLOISON* formée par les rebords saillans du placenta, s'élevant à son sommet au-
dessus de l'écartement des valves.

SEMENCES orbiculaires, comprimées, munies d'un rebord mince, noirâtres.

OBS. 1°. Les tiges de l'*ANTIRRHINUM triornithophorum* sont penchées, tombantes, et ont besoin de tuteur
pour se soutenir. Si elles s'élèvent dans leur pays natal à la hauteur d'un homme (1), il est certain que dans nos
climats, elles n'ont jamais plus de douze décimètres de longueur. Les fleurs qui ne s'épanouissent ordinairement
que trois ensemble dans chaque verticille, sont horizontales : et comme on a cru qu'elles avoient quelque ressemblance avec des oiseaux, on a donné à l'espèce qui les produit le nom de *triornithophorum*, ou *qui porte
trois oiseaux.*

2°. J'ai cru devoir conserver à l'espèce que je viens de décrire, le nom d'*ANTIRRHINUM*, sous lequel elle
est le plus généralement connue. Je suis néanmoins convaincu qu'il faut la rapporter au genre *LINARIA*, que
Linneus avoit réuni à l'*ANTIRRHINUM*, et qui depuis a été rétabli par le plus grand nombre des Botanistes.

3°. M. Corréa de Serra m'a assuré qu'il n'avoit jamais trouvé dans le midi du Portugal l'*ANTIRRHINUM
triornithophorum* LINN. Il est probable que la plante mentionnée sous ce nom dans l'édition que M. Vandelli a
donnée du *VIRIDARIUM Lusitanicum* de Grisley, est une espèce différente.

Expl. des fig. 1, Corolle ouverte pour montrer l'attache des étamines et la forme du palais. 2, Calice et
Pistil.

_____

(1) Planta humanæ altitudinis. LINNÆUS, *Spec. Plant.* 852.

Campanula Lineaflora

Peint par P. J. Redouté.

12

CAMPANULA *VINCÆFLORA.*

Fam. des Campanulacées, *Juss.* — Pentandrie Monogynie, *Linn.* *Syst. Vegetab. §. 1, Foliis lævioribus.*

CAMPANULA foliis lineari-lanceolatis; caule tereti, ramosissimo; pedunculis terminalibus, elongatis, unifloris.

Campanula (*gracilis*) foliis lineari-lanceolatis, obsoletè serratis; caule dichotomo; floribus solitariis terminalibus. Forst. *Prodrom.* n° 84.

Plante herbacée, vivace, laiteuse, parsemée dans toutes ses parties, de poils courts et peu apparens; découverte par Georges Forster, sur les coteaux arides de la Nouvelle-Zélande et de la Nouvelle-Calédonie. Elle passe l'hiver dans l'orangerie, et fleurit pendant tout l'été et une grande partie de l'automne. Ses fleurs qui ont quelque ressemblance avec celles de la petite Pervenche, forment par leur ensemble une panicule étalée ou une espèce de gerbe.

Racine rameuse, fibreuse, d'un blanc sale.

Tige presque ligneuse à sa base, herbacée et fistuleuse dans le reste de son étendue; droite, cylindrique, grêle, feuillée, striée, très-rameuse, d'un vert-gai, haute de six décimètres, de la grosseur d'une plume de corbeau. *Rameaux* nombreux, peu ouverts, de la forme et de la couleur des tiges; quelquefois simples, plus souvent divisés et presque dichotomes ou bifurqués : les inférieurs opposés, les supérieurs alternes.

Feuilles horizontales, sessiles, linéaires et en lance, aiguës, quelquefois munies de dents ou simplement ondées, plus souvent très-entières, presque glabres, d'un vert-gai : les inférieures opposées, longues de cinq centimètres, larges de cinq millimètres; les supérieures, alternes, écartées, insensiblement plus courtes.

Pédicules au sommet de la tige et des rameaux; cylindriques, striés, pubescens, courbés à leur sommet avant l'épanouissement des fleurs, ensuite droits; longs de sept centimètres.

Fleurs solitaires, droites, d'un bleu d'azur, formant par leur ensemble une panicule étalée, longues de vingt-quatre millimètres, larges de trois centimètres.

Calice tubuleux, pubescent, deux fois plus court que la fleur, subsistant. *Tube* adhérent à l'ovaire, globuleux, relevé de cinq nervures saillantes, creusé de cinq stries. *Limbe* à cinq divisions profondes, peu ouvertes, en lance, pointues.

Corolle monopétale, insérée au sommet du tube du calice, en forme de cloche, rétrécie en tube à sa base, se flétrissant avant de tomber. *Tube* pentagone, insensiblement dilaté, de la longueur du calice. *Limbe* ouvert, à cinq divisions ovales, aiguës, relevées en dessous de trois nervures, creusées en dessus de trois stries.

Étamines cinq, ayant la même attache que la corolle et moitié plus courtes. *Filets* dilatés en forme d'écailles, et ciliés dans leur moitié inférieure; filiformes et glabres dans la supérieure. *Anthères* droites, linéaires, comprimées, d'un jaune soufre, deux fois plus longues que les filets.

Ovaire adhérent au tube du calice, ovale-arrondi. *Style* droit, cylindrique, pubescent à sa base, blanchâtre, de la longueur des étamines. *Stigmates* trois, linéaires, roulés en dehors, pubescens.

CAPSULE de la forme de l'ovaire, couronnée du limbe du calice, divisée intérieurement en trois loges, s'ouvrant au sommet en trois valves. CLOISONS adhérentes au milieu des valves, réunies par leur bord intérieur dans presque toute la longueur de la capsule, libres à leur sommet.

SEMENCES nombreuses, très-petites, insérées à l'angle intérieur des loges, ovales, comprimées, luisantes, de couleur brune.

OBS. 1°. Les divisions de la tige et des rameaux du CAMPANULA vincæflora, ne forment pas une véritable dichotomie. Il suffit, pour s'en convaincre, de considérer le VALERIANA locusta, qui fournit un exemple frappant de cette disposition des rameaux que les Botanistes désignent par le terme de Dichotomie.

2°. Le CAMPANULA vincæflora a quelques rapports avec le CAMPANULA rotundifolia; mais il s'en distingue aisément par ses feuilles inférieures qui ne sont point en forme de rein, par ses pédoncules très-longs, par la disposition de ses fleurs, etc.

Expl. des fig. 1, Fleur dont on a enlevé la corolle et le limbe du calice, pour montrer le point d'attache des étamines. 2, La même grossie. 3, Une étamine grossie pour montrer la forme du filet. 4, Calice et Pistil. 5, Capsule de grandeur naturelle. 6, La même grossie et dont on a retranché le limbe du calice, pour montrer qu'elle s'ouvre au sommet en trois valves, et que les cloisons sont libres. 7, Quelques semences de grandeur naturelle.

Correa Alba.

Peint par P.J. Redouté.

13

CORREA. *SMITH.*

CHARACTER GENERICUS. *Calyx* campanulatus, ore 4-dentato, persistens. *Petala* 4, sub disco hypogyno inserta. *Stamina* 8, ibidem inserta; quatuor petalis opposita, quatuor alterna. *Ovarium* liberum, 8-sulcatum, disco 8-glanduloso impositum; stylus teres, persistens; stigma obsoletè 4-dentatum. *Cocculi* 4, conniventes, ovati, compressi, truncati, intùs et apice dehiscentes, arillo conformi cartilagineo, similiter dehiscente, di vel trispermo fœti. *Semina* sibi mutuò imposita, nitida, atra, ope tuberculi cocculorum parieti non dehiscenti affixa.

FRUTICES è Novâ Hollandiâ. *Folia* opposita, simplicia, nec pube, nec tomento, sed squamis fimbriatis, et facilè avellendis cooperta. *Flores* rarò axillares, sœpiùs terminales, solitarii vel subumbellati, pedicellati, bracteati. *Petala* nunc ad basim tantùm, nunc per totam longitudinem conniventia, ferè connata, et corollam monopetalam simulantia.

CORREA *ALBA.*

FAM. des RUTACÉES, *JUSS.* — OCTANDRIE MONOGYNIE, *LINN.*

CORREA foliis ovatis, obtusis, subtus albidis; floribus terminalibus subumbellatis; petalis basi conniventibus.

CORREA alba. ANDREWS *Botanist Repository.* 18. WILDEN. *Spec. Plantar.*

Arbrisseau recouvert dans toutes ses parties d'un tissu formé d'écailles frangées, qui le font paroître drapé; originaire du Port Jackson, dans la Nouvelle Hollande; s'élevant, lorsqu'il est taillé, à deux mètres. Il passe l'hiver dans l'orangerie, et fleurit au commencement de l'automne.

TIGES de la grosseur du petit doigt, droites, cylindriques, feuillées, rameuses, recouvertes d'un tissu formé de petites écailles frangées et roussâtres. *BRANCHES* axillaires, opposées, presque droites, inégales et alternativement plus courtes; de la forme et de la couleur des tiges. *RAMEAUX* ayant la direction, la forme et la couleur des branches.

FEUILLES opposées, ouvertes, pétiolées, très-entières, légèrement ondées, relevées en dessous d'une côte saillante, ponctuées, répandant une odeur aromatique, lorsqu'on les froisse; subsistantes, d'un vert cendré et parsemées de quelques écailles sur la surface supérieure, blanchâtres sur l'inférieure et recouvertes d'écailles nombreuses et serrées : celles des tiges ou des branches, écartées, ovales, obtuses, convexes, longues de quatre centimètres, larges de vingt-cinq millimètres; celles des rameaux, plus rapprochées, ovales-arrondies, planes, insensiblement plus courtes.

PÉTIOLES très-courts, droits, convexes d'un côté, sillonnés de l'autre, recouverts d'écailles serrées.

BOUQUETS au sommet des rameaux, droits, simples, composés de trois ou quatre fleurs.

FLEURS pédiculées, munies de bractées, d'un blanc de neige, recouvertes d'écailles peu apparentes; de la longueur des feuilles qui les environnent, s'épanouissant successivement, ne subsistant que cinq ou six jours.

PÉDICULES cylindriques, de la couleur et de la longueur des pétioles.

BRACTÉES situées au milieu des pédicules, opposées, peu ouvertes, linéaires, obtuses, très-courtes, tombant promptement.

CALICE subsistant, de la longueur du pédicule, en forme de cloche, blanchâtre en dehors et recouvert d'écailles, verdâtre et nu en dedans, divisé à son limbe en quatre dents courtes.

PÉTALES quatre, sessiles, insérés sous un disque hypogyne et glanduleux, alternes avec les dents du calice, linéaires et en lance, aigus, un peu épais; d'abord connivens dans toute leur étendue; s'ouvrant ensuite dans leur partie moyenne par la pression qu'exercent les étamines, et adhérens à leur sommet où la séparation qui doit avoir lieu, est indiquée par quatre sillons en forme de croix; puis tout-à-fait ouverts dans leur partie supérieure et recourbés à leur sommet, se flétrissant et subsistant jusqu'à la maturité du fruit.

ÉTAMINES huit, ayant la même attache que la corolle, alternativement plus courtes lorsque la fleur commence à s'ouvrir, ensuite égales et de la longueur des pétales. FILETS droits, en alène, d'un blanc de lait : les quatre plus courts, opposés aux pétales. ANTHÈRES ovales, vacillantes, à deux loges, s'ouvrant longitudinalement, d'un rouge foncé : celles des filets plus longs, fécondant les premières le pistil. POLLEN ou poussière fécondante, d'un jaune soufré.

OVAIRE libre, ovale-arrondi, creusé de huit sillons, recouvert d'écailles frangées à leur sommet, blanchâtre, porté sur un disque formé de huit glandes comprimées, saillantes, d'un vert foncé, remplies d'une liqueur visqueuse. STYLE droit, cylindrique, d'un blanc de neige, un peu plus court que les étamines, subsistant. STIGMATE obtus, verdâtre, divisé en quatre dents peu apparentes.

FRUIT composé de quatre coques très-rapprochées, ovales, comprimées, tronquées, de couleur brune, s'ouvrant en dedans et à leur sommet, formées de deux enveloppes dont l'intérieure est cartilagineuse et élastique, renfermant deux ou trois semences.

SEMENCES situées l'une au-dessus de l'autre, ovales-arrondies, luisantes, d'un noir foncé, adhérentes par un tubercule à la paroi des coques qui ne s'ouvre pas.

EMBRYON au centre d'un périsperme charnu. LOBES ovales, convexes en dehors. RADICULE supérieure, très-courte.

Obs. 1°. Le genre CORREA établi par M. Smith dans le quatrième vol. des Transactions de la Société Linnéenne de Londres (1), est le même que le MAZEUTOXERON publié postérieurement par M. Labillardière dans le Voyage à la recherche de La Pérouse. Ce genre dont toutes les espèces ont, comme dans l'HIPPOPHAE, les feuilles recouvertes d'écailles, doit être placé dans l'ordre naturel à côté du DIOSMA.

2°. Le fruit du CORREA alba m'a été communiqué par M. Kennedy.

3°. Il existe dans les herbiers plusieurs espèces du genre CORREA. Celles que je connois peuvent être distinguées par les phrases suivantes.

CORREA *Alba.* Foliis ovatis, obtusis, subtùs albidis; floribus terminalibus subumbellatis; petalis basi conniventibus.

CORREA *Rufa.* Foliis subrotundis, subtùs ferrugineis; floribus solitariis axillaribus et terminalibus. (*Mazeutoxeron rufum.* LABILLARD. *Voy.* à la Recherche de La Pérouse, vol. 2, pag. 11, Atl. pl. 17.)

CORREA *reflexa.* Foliis ovatis, reflexis; corollis cylindraceis. (Mazeutoxeron reflexum. Labill. *ibid.* pl. 19.)

CORREA *revoluta.* Foliis lanceolatis, serrulatis, margine revolutis. (Specimen a Dom. Cavanilles datum.)

Expl. des fig. 1, Écailles des feuilles, grossies. 2, Fleur. 3, La même grossie, et dont on a enlevé trois pétales et six étamines pour montrer leur insertion, le disque glanduleux, l'ovaire hérissé d'écailles frangées à leur sommet et le stigmate à quatre dents. 4, Fruit formé de quatre coques. 5, Une coque. 6, Enveloppe intérieure de la coque, ouverte et renfermant deux semences. 7, Semence vue de côté, pour montrer le point d'attache. 8, La même grossie et coupée transversalement. 9, La même coupée longitudinalement pour montrer la forme de l'embryon et sa situation dans le périsperme. 10, Embryon séparé.

(1) In honorem amici optimi, botanici doctissimi, *Josephi Correa de Serra* U. J. D., SS. Reg. et Linn. sodalis, hoc novum et pulcherrimum dicavi genus, cùm *Correia* Vandellii *Ochnae* species est. SMITH, pag. 219.

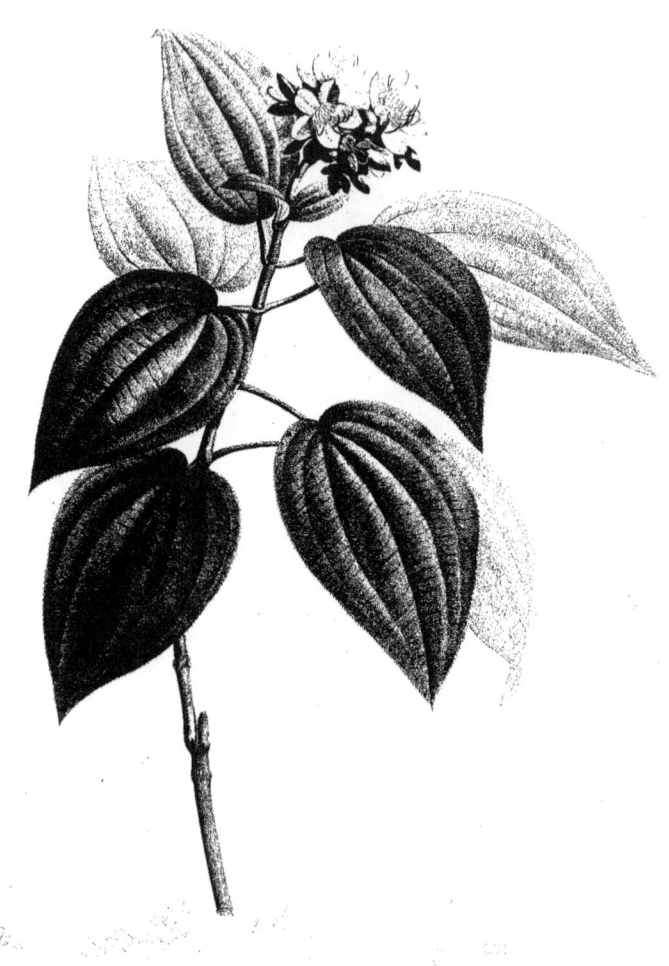

Melastoma Cymosa.

Peint par P. J. Redouté.

gravé par Bessin.

14

MELASTOMA *CYMOSA*.

Fam. des Mélastomes, *Juss.* — Décandrie Monogynie, *Linn.*
Spec. Plant., *édit.* 5. §. v. *Decandrae, foliis quinquenerviis* (*et septem-nerviis*).

MELASTOMA foliis cordatis, ciliato - serrulatis, septemnerviis; cymâ terminali; calicinis laciniis ovatis; staminibus alternis stipitatis.

Melastoma cymosum. Schrad. *Sert. Hannover.* 10.

Plante herbacée, vivace, originaire de l'Amérique Méridionale, d'un aspect aussi agréable que les autres espèces du genre. Elle passe l'hiver dans la serre chaude, et fleurit au milieu de l'été.

———

Tiges peu nombreuses, droites, succulentes, relevées de quatre angles peu saillans, genouilleuses, feuillées, rameuses, parsemées de quelques glandes oblongues; de couleur brune vers leur base, d'un vert gai dans leur partie supérieure, hautes de six décimètres, de la grosseur d'une plume de cygne. *Rameaux* droits, opposés, de la forme et de la couleur des tiges, d'un rose foncé à leur sommet, recouverts de poils courts et peu apparens.

Feuilles opposées, horizontales et réfléchies, pétiolées, en cœur, pointues, munies de dents peu apparentes et surmontées chacune d'une soie courte et roide; relevées de sept nervures, entre lesquelles se trouvent plusieurs veines transverses et parallèles; parsemées sur chaque surface de poils épars, pubescentes sur les nervures; convexes, molles, d'un vert foncé en dessus et plus pâle en dessous, longues d'un décimètre, larges de six centimètres.

Pétioles succulens, ouverts, cylindriques, striés, recouverts de poils courts et peu apparens; d'un vert blanchâtre, trois fois plus courts que les feuilles.

Pédoncules quatre ou cinq, au sommet des tiges et des rameaux, cylindriques, pubescens, divisés vers leur sommet, à plusieurs fleurs, longs de trois centimètres.

Fleurs portées sur des pédicules très-courts, rapprochées et formant par leur ensemble une cîme ou un corymbe irrégulier; de couleur rose, larges de trente-six millimètres.

Calice d'une seule pièce, en cloche, pentagone, divisé à son limbe en cinq lobes ovales et très-courts, pubescent en dehors et muni vers son sommet de quelques poils épars; d'un vert lavé de pourpre, subsistant.

Pétales cinq, insérés à la base du limbe du calice et alternes avec ses divisions; ouverts, oblongs, relevés d'une nervure qui les coupe en deux parties, dont une arrondie à son sommet, l'autre terminée en pointe.

Étamines ayant la même attache que la corolle, au nombre de dix, dont cinq alternes plus courtes. *Filets* linéaires, comprimés: ceux des étamines plus longues, d'un violet tendre, arqués, renflés et tronqués dans leur partie inférieure, insérés un peu au-dessus de leur base sur un pivot cylindrique, légèrement courbé, jaunâtre; ceux des étamines plus courtes, presque droits, sessiles, d'un jaune soufré. *Anthères* linéaires, comprimées, pointues, s'ouvrant intérieurement par un sillon : celles des étamines plus longues, entièrement adhérentes à la partie supérieure du filet, d'un pourpre violet ; celles des étamines plus courtes, implantées au sommet des filets et de la même couleur, droites, resserrées au-dessus de leur base.

Ovaire adhérent au tube du calice, tronqué à son sommet, couronné d'un disque membraneux et à cinq lobes peu apparens. *Style* abaissé, courbé à son sommet, cylindrique, d'une légère teinte purpurine, de la longueur des pétales. *Stigmate* obtus.

Capsule à cinq loges......

Obs. 1°. Le *Melastoma cymosa* diffère du *Melastoma grandiflora* Aubl., par ses rameaux presque glabres, par la disposition de ses fleurs, par la forme de ses étamines, et sur-tout par les divisions ovales et très-courtes de son calice.

2°. Plusieurs Botanistes frappés des différences que présentent les caractères de la fructification dans les espèces du genre *Melastoma*, ont pensé que ce genre devoit être divisé. Ses divisions pourront être fondées sur le nombre des étamines, sur l'adhérence ou la non adhérence de l'ovaire avec le calice, sur le nombre des loges du fruit, sur sa substance sèche ou charnue, etc. Mais il faudra toujours conserver aux divers genres secondaires un caractère primitif observé par Gærtner, et consistant dans la position des semences qui sont nichées dans la pulpe du fruit. Ce caractère distinguera toujours les espèces du genre *Melastoma* Linn. du *Rhexia* et de l'*Osbeckia* du même auteur, dont les semences sont portées sur des placentas.

3°. Les tiges du *Melastoma cymosa* périssent presque jusqu'à leur base, après avoir fleuri ; et leur racine produit aussi-tôt de nouveaux jets.

Expl. des fig. 1, Fleur vue par devant. 2, Calice dont le limbe est ouvert, pour montrer l'insertion de la corolle et des étamines. 3, Une étamine longue. 4, Une étamine courte. 5, Pistil. 6, Ovaire grossi et coupé transversalement pour montrer le nombre des loges du fruit.

Manulea Oppositiflora

Peint par P. J. Redouté

Gravé par ...

15

MANULEA.

CHARACTER ESSENTIALIS. *Calix* 5-partitus. *Corolla* tubulosa : tubo longissimo ; limbo 5-partito, inæquali, laciniis integerrimis. *Capsula* ovata. *Dissepimentum* ex inflexis valvularum marginibus. *Receptaculum* dissepimento non adnatum.

MANULEA *OPPOSITIFLORA.*

MANULEA fruticosa, pubescens ; foliis oppositis, ovatis, inciso-serratis ; pedunculis axillaribus, unifloris, longitudine foliorum.

Arbuste de cinq décimètres de haut, originaire du Cap de Bonne-Espérance, entièrement couvert de fleurs d'un blanc de lait, qui forment un contraste agréable avec le vert foncé de son feuillage. Il passe l'hiver dans l'orangerie, et fleurit pendant une grande partie de l'été et de l'automne.

————————

Tiges nombreuses, presque droites, cylindriques, très-rameuses, pubescentes, d'un brun foncé dans leur partie inférieure, d'un vert gai dans la supérieure, de la grosseur d'une plume de corbeau. Branches axillaires, opposées, ouvertes, feuillées dans toute leur étendue, de la forme des tiges. Rameaux nombreux, presque droits, très-courts.

Feuilles opposées en croix, horizontales, pétiolées, ordinairement ovales et rétrécies à leur base, quelquefois ovales-renversées ; profondément dentées dans leur partie supérieure, pubescentes, ciliées. un peu rudes au toucher, relevées en dessous d'une côte saillante et rameuse, creusées en dessus d'un pareil nombre de sillons ; d'un vert foncé, longues de douze millimètres, larges de sept.

Pétioles courts, dilatés sur leurs bords par le prolongement des feuilles ; convexes d'un côté, planes de l'autre, pubescens ; d'un vert foncé.

Pédicules axillaires, solitaires, opposés, ouverts, filiformes, pubescens, à une fleur, de la longueur des feuilles.

Fleurs d'un blanc de lait, de la longueur des pédicules, se flétrissant avant de tomber.

Calice d'une seule pièce, à cinq divisions profondes, droites, linéaires, un peu inégales, pubescentes.

Corolle monopétale, insérée sous l'ovaire, tubulée, irrégulière à son limbe. Tube grêle, dilaté et strié à son orifice, pubescent, blanchâtre, de la longueur du pédicule. Limbe ouvert, à cinq lobes planes, entiers, arrondis à leur sommet, inégaux : les deux supérieurs plus courts.

Étamines quatre, attachées à la corolle, disposées sur deux rangs : celles du rang supérieur, insérées vers le sommet du tube et de la même longueur ; celles du rang inférieur, insérées vers le milieu du tube et plus courtes. Filets droits, filiformes, dilatés en forme de cupule à leur sommet, blanchâtres. Anthères au sommet des filets, horizontales, ovales, à une seule loge, creusées en dessus d'un sillon, d'un jaune doré.

OVAIRE libre, ovale, glabre, d'un vert-foncé, creusé d'un sillon sur chaque face. STYLE filiforme, blanchâtre, de la longueur du tube. STIGMATE à deux lobes très-rapprochés.

CAPSULE presque entièrement recouverte par le calice, de la forme de l'ovaire, divisée intérieurement en deux loges, s'ouvrant en deux valves. CLOISON formée par les rebords rentrans des valves. PLACENTA central, oblong, comprimé, libre ou n'adhérant pas à la cloison.

SEMENCES nombreuses, très-petites, de couleur de rouille, paraissant tuberculées, lorsqu'on les observe à la loupe.

Obs. 1°. J'ai rapporté dans le *Tableau du Règne Végétal*, le MANULEA et l'ERINUS à la famille des Personnées ou Scrophulaires de Jussieu ; parce que dans ces deux genres la cloison du fruit est formée, selon l'observation de Gærtner, par les rebords rentrans des valves. Ces deux genres sont placés immédiatement à la suite l'un de l'autre dans l'ordre naturel, et ils ont entr'eux la plus grande affinité. En effet, les seuls caractères qui peuvent servir à les distinguer d'une manière tranchée, sont le tube plus grêle et plus long dans le MANULEA que dans l'ERINUS, et les lobes de la corolle toujours entiers dans le MANULEA, échancrés en tout ou en partie dans l'ERINUS. En admettant pour la distinction de ces deux genres, les caractères qui viennent d'être énoncés, il semble qu'il ne faut pas conclure avec l'auteur du *Dictionnaire de Botanique*, vol. 5, pag. 704, que l'on doive entièrement supprimer le BUCHNERA, et rapporter les espèces de ce genre dont les lobes de la corolle sont échancrés en tout ou en partie à l'ERINUS, et celles dont les lobes de la corolle sont entiers au MANULEA. Le genre BUCHNERA se distingue sur-tout de l'ERINUS et du MANULEA par la cloison de son fruit qui est opposée aux valves ; et ce caractère qui fixe sa place dans la famille des Pédiculaires, en éloigne les ERINUS et MANULEA dont la cloison du fruit parallèle aux valves, annonce que ces genres appartiennent à l'Ordre des Scrophulaires.

2°. Après avoir exposé les caractères génériques et distinctifs des BUCHNERA, ERINUS et MANULEA, il seroit utile et même nécessaire de vérifier les espèces qui ont été rapportées à ces trois genres, et de déterminer celui dont elles doivent faire partie. Mais ce travail important ne peut être entrepris que par le Botaniste qui a observé ces plantes dans leur pays natal, ou par celui qui les possède dans ses collections.

3°. Le MANULEA *oppositiflora* paroit avoir beaucoup de rapports avec le BUCHNERA *pedunculata*, ANDREWS *Botanist repository*, 84, mais il s'en distingue aisément par ses fleurs plus petites, par ses pédoncules beaucoup plus courts, par ses corolles dont les lobes sont arrondis à leur sommet, par la forme des étamines, par la situation des anthères, et sur-tout par la disposition respective des valves et de la cloison.

Expl. des fig. 1, Fleur vue de côté. 2, Corolle ouverte et grossie, pour montrer l'attache des étamines. 3, Une étamine grossie et vue de côté, pour montrer la situation des anthères. 4, Calice et pistil grossis. 5, Pistil grossi, pour montrer la forme de l'ovaire, et le stigmate formé de deux lobes. 6, Capsule grossie et coupée transversalement, pour montrer la cloison formée par les rebords rentrans des valves et le placenta central. 6, Quelques semences.

Bunias spinosa

Peint par P. J. Redouté

16

BUNIAS *SPINOSA.*

F<small>AM.</small> des C<small>RUCIFÈRES</small>, *J<small>USS.</small>* — T<small>ÉTRADYNAMIE</small> S<small>ILICULEUSE</small>, *L<small>INN.</small>*

BUNIAS caule ramisque dichotomis, supernè spinosis; spinis compositis, floriferis.

B<small>UNIAS</small> racemis spinescentibus. L<small>INN.</small> *Mantiss.* 90. G<small>ÆRTN.</small> *Carpolog.* t. 142, fig. 2.

B<small>RASSICA</small> spinosa. A<small>LPIN.</small> *Exot.* 201. t. 200.

Z<small>ILLA</small> myagroïdes. F<small>ORSK.</small> *Ægypt.* 121, et *Icon.* t. 117, 118, fig. A.

Plante herbacée, vivace, originaire d'Orient, croissant dans les terreins sablonneux et arides où elle forme de petits buissons touffus et épineux. Ses graines ont été rapportées d'Egypte par Delille, membre de l'Institut du Caire. Elle passe l'hiver dans l'Orangerie, et fleurit au commencement de l'automne.

R<small>ACINE</small> pivotante, grêle, peu rameuse, munie à sa base de quelques fibres, de couleur cendrée.

T<small>IGES</small> moelleuses, droites, cylindriques, pliantes, peu garnies de feuilles, dichotomes, munies d'épines vers leur sommet, recouvertes d'une poussière glauque, s'élevant à trois décimètres, de la grosseur d'une plume à écrire. *R<small>AMEAUX</small>* axillaires, alternes, ouverts, de la forme et de la couleur des tiges.

F<small>EUILLES</small> alternes, écartées, ouvertes, en lance, presque obtuses, recouvertes d'une poussière glauque, relevées d'une côte saillante, planes, un peu épaisses : les inférieures pétiolées et se prolongeant sur le pétiole, sinuées ou profondément dentées, longues de quatre centimètres, larges de douze millimètres; les supérieures sessiles, entières, insensiblement plus courtes.

P<small>ÉTIOLES</small> ouverts, planes en dedans, convexes en dehors, de la couleur des feuilles et beaucoup plus courts.

É<small>PINES</small> dans la partie supérieure des tiges et des rameaux, terminées par une pointe blanchâtre, axillaires, alternes, divergentes, ordinairement simples, quelquefois fourchues et même rameuses, longues de trois centimètres.

F<small>LEURS</small> portées sur les épines et sur leurs divisions; solitaires ou au nombre de deux, droites, pédiculées, de la couleur et de la grandeur de celles de la Giroflée de Mahon (*C<small>HEIRANTHUS</small> maritimus*, L<small>INN.</small>).

P<small>ÉDICULES</small> droits, cylindriques, renflés à leur sommet, à une fleur, de couleur glauque, très-courts.

C<small>ALICE</small> trois fois plus long que le pédicule et de la même couleur, formé de quatre folioles opposées deux à deux, droites, peu serrées, concaves, obtuses, membraneuses sur leurs bords et à leur sommet, inégales : l'antérieure et la postérieure linéaires; les deux latérales un peu plus courtes, gibbeuses à leur base.

P<small>ÉTALES</small> quatre, insérés sur le disque qui entoure la base de l'ovaire, alternes avec les folioles du calice, munis d'un onglet, disposés en croix. *O<small>NGLETS</small>* droits, planes, amincis vers leur base, blanchâtres, de la longueur du calice. *L<small>AMES</small>* très-ouvertes, ovales-renversées, veinées en réseau, de la longueur des onglets.

É T A M I N E S au nombre de six, savoir quatre plus grandes de la longueur des onglets des pétales, insérées deux à deux sur les faces antérieure et postérieure du disque, et deux plus courtes insérées chacune sur les côtés du même disque (*tétradynames*). *FILETS* droits, en alène, blanchâtres. *ANTHÈRES* vacillantes, en flèche, à deux lobes, s'ouvrant dans leur longueur, d'un jaune verdâtre.

O V A I R E entouré à sa base d'un disque surmonté de quatre glandes arrondies, dont deux situées entre les étamines plus courtes et le pistil, et deux entre les étamines plus longues et le calice ; ovale, relevé sur le milieu de chaque face d'une saillie oblongue et lisse. *STYLE* cylindrique, de la longueur des étamines latérales. *STIGMATE* formé de deux lames étroitement rapprochées, obtuses à leur sommet, échancrées à leur base.

S I L I C U L E ovale, hexagone, pointue, osseuse, divisée intérieurement en deux loges parallèles, recouverte d'une substance subéreuse, ridée et de couleur de chaume.

S É M E N C E S solitaires, arrondies, légèrement comprimées, de couleur brune.

O B S. 1°. Forskal ayant observé avec soin le caractère du fruit de la plante que je viens de décrire, crut qu'il étoit de la nature du drupe. Ce caractère très-particulier dans les Crucifères, parut au savant Naturaliste Danois, assez important pour établir un genre nouveau qu'il nomme *ZILLA*, du nom que la plante portoit dans le pays.

2°. Le *BUNIAS spinosa* varie beaucoup dans son port, selon les différentes époques de son existence. Les jeunes individus ont une tige presque simple, peu garnie d'épines, et haute environ d'un décimètre. C'est dans cet état que Forskal a représenté le *ZILLA myagroïdes* ou *BUNIAS spinosa* dans la planche 18 de ses *Icones*. Les années suivantes, la plante s'élève jusqu'à trois décimètres, et elle produit plusieurs rameaux épineux qui divergent en tout sens et lui donnent une forme globuleuse. Delille nous a appris qu'il avoit observé de vieux individus de cette espèce dont le collet de la racine, ou plutôt la souche sur laquelle s'élèvent les nouvelles tiges, avoit plus de six centimètres de circonférence.

3°. Quelques Physiciens ont pensé que la moelle des rameaux ne communiquoit pas avec les épines, et qu'elle ne paroissoit pas s'être prolongée latéralement pour former ces productions dures et piquantes. Il est difficile d'admettre cette opinion, et de ne pas reconnoître un épanchement considérable de sucs nourriciers dans les épines de plusieurs végétaux, lorsqu'on observe, par exemple, celles du Prunier sauvage qui après avoir poussé de petits boutons, produisent assez souvent des feuilles ; celles du *BUNIAS spinosa* sur lesquelles naissent les fleurs ; celles du *SPARTIUM scorpius* qui sont souvent toutes recouvertes de feuilles et de fleurs, etc.

Expl. des fig. 1, Fleur pédiculée et grossie dont le calice et trois pétales ont été retranchés, pour montrer l'attache de la corolle et des étamines. 2, Pistil grossi. 3, Silicule. 4, La même dont on a enlevé l'écorce. 5, La même coupée transversalement pour montrer les deux loges parallèles. 6, Une semence.

Diospyros Ambigua

Peint par P. J. Redouté

17

ROYENA *AMBIGUA*.

Fam. des Plaquemeniers, *Juss.* — Décandrie Digynie, *Linn.*

ROYENA foliis obovatis, villosiusculis, coriaceis ; floribus pedunculatis, polyandris, polygynis ; corollæ 6-7 fidæ laciniis obtusis.

Arbrisseau toujours vert, originaire du Cap de Bonne-Espérance, passant l'hiver dans l'orangerie, fleurissant au milieu de l'automne.

Tige droite, cylindrique, très-rameuse, glabre et recouverte d'une écorce gercée dans sa partie inférieure ; parsemée dans la supérieure de quelques tubercules et hérissée de poils nombreux ; de couleur brune, haute de huit décimètres, de la grosseur du petit doigt. *Branches* alternes, rapprochées, ouvertes, feuillées, conformes à la partie supérieure de la tige et de la même couleur. *Rameaux* axillaires, très-courts, ayant la direction, la forme et la couleur des branches.

Feuilles alternes, rapprochées, horizontales, pétiolées, ovales-renversées et quelquefois elliptiques ; très-entières, à bords un peu réfléchis, légèrement ondées, relevées d'une nervure saillante et rameuse, parsemées de poils couchés et peu apparens, douces au toucher, coriaces, convexes, subsistantes, d'un vert-foncé en dessus et jaunâtre en dessous, longues de quatre centimètres, larges de deux ; celles des jeunes rameaux beaucoup plus courtes.

Pétioles extrêmement courts, articulés ou insérés sur un support qui subsiste après la chute des feuilles ; ouverts, convexes d'un côté, planes de l'autre, velus, de la couleur des rameaux.

Fleurs dans les aisselles des feuilles des jeunes rameaux ou des pousses de l'année ; solitaires, pédiculées, pendantes, d'un jaune roussâtre, un peu odorantes, de la grandeur de celles du Muguet.

Pédicules recourbés, cylindriques, à une fleur, munis de bractées, recouverts de poils blanchâtres et soyeux ; trois fois plus longs que les pétioles.

Bractées deux ou trois, alternes, droites, linéaires, soyeuses.

Calice d'une seule pièce, à cinq ou à six divisions droites, en lance, aiguës, soyeuses ou parsemées de poils blanchâtres et couchés ; du tiers de la longueur de la corolle.

Corolle monopétale, insérée à la base du calice, en forme de godet, pleine d'une liqueur mielleuse ; pubescente en dehors. *Tube* globuleux, creusé de six ou de sept sillons, relevé de six ou de sept angles arrondis. *Limbe* à six ou à sept divisions réfléchies, oblongues, obtuses, plus courtes que le tube.

Étamines douze ou quatorze, plus courtes que le tube, attachées à la base de la corolle, rapprochées en forme de voûte et recouvrant l'ovaire. *Filets* planes, glabres dans leur moitié inférieure, velus dans la supérieure. *Anthères* adhérentes au sommet des filets, en flèche, stériles, de couleur brune.

Ovaire libre, globuleux, creusé de six ou de sept sillons, pubescent, d'un jaune pâle.

STYLES six ou sept, droits, filiformes, réunis vers leur base, libres vers leur sommet, de la couleur de l'ovaire, plus longs que les étamines. STIGMATES simples, tronqués, de couleur brune.

FRUIT......

OBS. 1°. J'ai rapporté la plante que je viens de décrire au ROYENA, parce qu'elle a une grande affinité avec les espèces de ce genre, sur-tout avec les ROYENA lucida et hirsuta. Je l'ai nommée ambigua, parce qu'elle se rapproche du Diospyros par ses fleurs polygames, par sa corolle à six ou à sept divisions, par le nombre des étamines et des styles.

2°. En consultant les descriptions que Linnæus et Jussieu ont données du DIOSPYROS et du ROYENA, il semble qu'il est facile de rapporter à chacun de ces genres les espèces qui doivent leur appartenir. Mais lorsqu'on observe que les descriptions génériques n'ont été faites que sur un petit nombre d'espèces (1), que les descriptions ne sont pas entièrement conformes à l'observation (2), et que les espèces qui ont été ajoutées depuis, présentent des exceptions aux caractères énoncés (3); on conçoit combien celui qui décrit une espèce intermédiaire ou participant également aux caractères des deux genres, doit être embarrassé dans le choix de celui qu'il doit adopter. Cet inconvénient est très-grave pour l'auteur systématique, qui doit craindre de placer l'espèce qu'il décrit dans un genre extrêmement éloigné de celui auquel elle doit appartenir (4); mais il est presque nul dans l'ordre naturel où le Botaniste cherchant à multiplier les affinités, à établir des transitions entre les genres et les familles, peu importe qu'une espèce douteuse soit la dernière d'un genre, ou la première de celui qui suit immédiatement, pourvu que l'on donne l'extension convenable au caractère du genre auquel cette espèce est ajoutée.

3°. Comme il n'existe qu'une phrase très-courte du ROYENA polyandra, il est impossible de prononcer si la plante que je viens de décrire est la même espèce, ou si elle en est distincte. Le nombre des styles que Linnæus fils, Aiton et Thunberg ont passé sous silence, fait présumer que ces deux plantes sont différentes. Le ROYENA ambigua se distingue encore du ROYENA polyandra par plusieurs caractères, et sur-tout par ses fleurs portées sur de longs pédoncules.

Expl. des fig. 1, Corolle à six divisions, vue par derrière. 2, Corolle à sept divisions, ouverte pour montrer l'insertion, le nombre et la forme des étamines. 3, Une étamine grossie. 4, Calice et pistil. 5, Pistil grossi pour faire voir le nombre des styles et la forme des stigmates.

(1) DIOSPYROS lotus et virginica. — ROYENA lucida et glabra. LINN. Hort. Cliffort. pag. 149.
(2) Fructus ROYENÆ non est capsula unilocularis. GÆRTNER Carpolog. vol. 2, pag. 80.
(3) ROYENA hirsuta. JACQ. Collect. V, pag. 110. — ROYENA polyandra. THUNB. Prodrom. pag. 80.
(4) ROYENA ad Decandriam Monogyniam spectat; Diospyros ad Polygamiam Dioeciam.

Hemerocallis Cærulea

Peint par P. J. Redouté.   Gravé par Massolin 1807

18

HEMEROCALLIS *CÆRULEA.*

F*A*M. des N*A*R*C*I*SSE*S, *J*U*SS*. — H*E*X*A*N*D*R*I*E* M*O*N*O*G*Y*N*I*E*, L*I*N*N*.

HEMEROCALLIS foliis ovatis, acuminatis; bracteis membranaceis, brevibus; limbo calicis campanulato.

H*E*M*E*R*O*C*A*L*L*I*S cærulea A*N*D*R. *The Botanist Reposit.* 6.

Plante herbacée, vivace, originaire de la Chine, remarquable par la beauté de ses fleurs, et par la forme de ses feuilles. Elle passe l'hiver dans la serre chaude, et fleurit au milieu de l'été. On la multiplie avec le même succès, soit qu'on divise ses racines, soit qu'on sème ses graines qui mûrissent parfaitement dans notre climat.

R*A*C*I*N*E formée de fibres nombreuses, épaisses, de couleur cendrée.

F*E*U*I*L*L*E*S radicales, ouvertes, pétiolées et se prolongeant sur le pétiole, ovales, pointues, relevées de plusieurs nervures longitudinales et parallèles; veinées, d'un vert sombre en-dessous, d'un vert-gai et luisant en-dessous, longues de treize centimètres, larges de sept.

P*É*T*I*O*L*E*S élargis à leur base et embrassant le collet de la racine ou la partie inférieure de la hampe, presque droits, dilatés sur leurs bords, convexes d'un côté, creusés en gouttière de l'autre, plus longs que les feuilles.

H*A*M*P*E s'élevant du milieu des feuilles radicales, droite, cylindrique, munie de bractées; d'un vert-foncé, haute de huit décimètres, de la grosseur d'une plume de cygne.

B*R*A*C*T*É*E*S alternes, droites, ovales, pointues, membraneuses, concaves et presque pliées en deux : les inférieures écartées, longues de trois centimètres; les supérieures plus rapprochées, moitié plus courtes.

F*L*E*U*R*S au sommet de la hampe et dans les aisselles des bractées; solitaires, pédiculées, disposées en une grappe simple et lâche; d'abord horizontales, ensuite pendantes: d'un violet bleuâtre, longues de six centimètres, larges de quatre.

P*É*D*I*C*U*L*E*S d'abord horizontaux, ensuite réfléchis; cylindriques, d'un violet tendre, un peu plus courts que les bractées.

C*A*L*I*C*E tubulé dans sa moitié inférieure, dilaté dans la supérieure ou à son limbe, strié, se flétrissant avant de tomber. *T*U*B*E cylindrique, deux fois plus long que le pédicule. *L*I*M*B*E en cloche, de la longueur du tube, à six découpures ovales et en lance, aiguës, munies intérieurement à leur sommet d'un petit tubercule pubescent, rapprochées et étroitement unies après la fécondation.

É*T*A*M*I*N*E*S six, insérées à la base du tube, de la longueur du calice. *F*I*L*E*T*S rapprochés et abaissés sur la découpure inférieure du limbe, courbés en dedans à leur sommet, cylindriques, blanchâtres. *A*N*T*H*È*R*E*S vacillantes, linéaires, s'ouvrant intérieurement par deux sillons, blanchâtres et tachetées de points violets. *P*O*L*L*E*N (poussière fécondante) d'un jaune doré.

O*V*A*I*R*E libre, cylindrique, creusé de six sillons. *S*T*Y*L*E ayant la direction, la forme, la couleur des étamines, et plus long. *S*T*I*G*M*A*T*E à trois lobes.

Capsule coriace, pendante, cylindrique, amincie à sa base, pointue à son sommet, relevée de trois nervures, creusée de trois stries, veinée, d'un vert foncé, divisée intérieurement en trois loges, s'ouvrant en trois valves. Cloisons adhérentes au milieu des valves.

Semences nombreuses, insérées à l'angle central des loges, disposées sur deux rangs, se recouvrant mutuellement comme les tuiles d'un toît, anguleuses, surmontées d'une aile membraneuse, luisantes et d'un noir foncé.

Obs. 1°. La plante que je viens de décrire a beaucoup de rapports avec l'*Hemerocallis Japonica ;* mais elle en diffère par plusieurs caractères qui prouvent qu'elle constitue une espèce réellement distincte.

Hemerocallis cœrulea.	*Hemerocallis Japonica.*
Feuilles ovales, pointues.	Feuilles en cœur, aiguës.
Hampe haute de huit décimètres, munie de bractées dans toute son étendue.	Hampe haute de quatre à cinq décimètres, nue dans sa partie inférieure, munie dans la supérieure de quelques bractées.
Bractées membraneuses, courtes.	Bractées de la même substance que les feuilles, de la moitié de la longueur du tube.
Fleurs d'un violet bleuâtre.	Fleurs blanches.
Calice tubulé dans sa moitié inférieure, en cloche dans la supérieure.	Calice en forme d'entonnoir.

Il est probable que je trouverois encore des différences dans les fruits de ces deux plantes; mais celui de l'*Hemerocallis Japonica* n'a été encore décrit par aucun auteur.

2°. L'*Hemerocallis Cœrulea* fournit une nouvelle preuve des précautions que prend la nature pour que la fécondation s'opère d'une manière assurée. Comme le style est plus long que les étamines, les fleurs se réfléchissent, et les anthères s'ouvrent sur le côté qui regarde le stigmate. Lorsque l'ovaire est fécondé, les découpures du limbe du calice se rapprochent et se réunissent pour mettre à l'abri des injures de l'air et de toute espèce d'atteinte, l'espoir de la nouvelle postérité ou le rudiment du fruit.

Expl. des fig. 1, Calice ouvert pour montrer l'insertion des étamines. 2, Pistil. 3, Fruit. 4, Une valve du fruit, vue en dedans, séminifère d'un côté et nue de l'autre. 5, Une semence.

Mespilus Japonica

Peint par P. J. Redouté.

19

MESPILUS *JAPONICA.*

F𝐀M. des R𝐨s𝐀𝐜é𝐞s, *Juss.* — I𝐜𝐨s𝐀𝐧𝐃𝐑𝐈𝐄 P𝐞𝐧𝐭𝐀𝐠𝐘𝐧𝐈𝐞, *L𝐈𝐍𝐍.*

MESPILUS inermis; foliis ovato-oblongis, apice serratis, subtùs tomentosis; paniculâ terminali, coarctatâ.

B𝐯𝐰𝐀. K𝐀𝐦𝐏𝐅𝐄𝐑, *Amœnitates exoticæ.* pag. 800.

M𝐞s𝐏𝐈𝐋𝐔s japonica. T𝐇𝐔𝐍𝐁𝐄𝐑𝐆, *Flora Japonica.* pag. 206. — B𝐀𝐍𝐊s, *Icon. Kœmpfer.* pl. 18. — W𝐈𝐋𝐋𝐃𝐄𝐍. *Spec. Plant.* — L𝐀𝐌𝐀𝐑𝐂𝐊, *Dict.* vol. 4, pag. 444.

Arbre très-élevé, toujours vert, originaire de la Chine et du Japon, cultivé depuis plusieurs années à l'Isle-de-France, introduit à Paris en 1784. Il passe l'hiver dans l'orangerie. Ses fleurs qui se développent au commencement du printemps, répandent une odeur aussi agréable que celles de l'Aubépine.

T𝐑𝐨𝐧𝐆 droit, cylindrique, très-rameux, recouvert d'une écorce cendrée et crevassée; de deux mètres de hauteur, de la grosseur du poignet. *B𝐑𝐀𝐍𝐂𝐇𝐄s* ayant la direction, la forme et la couleur du tronc, nues dans leur partie inférieure et creusées de quelques cicatrices formées par la chute des pétioles; feuillées et divisées vers leur sommet. *R𝐀𝐌𝐄𝐀𝐔𝐗* alternes, rapprochés, un peu ouverts, cylindriques, feuillés, recouverts d'un duvet cotonneux et roussâtre.

B𝐨𝐮𝐑𝐆𝐄𝐨𝐧s alongés, pointus, formés, lorsqu'ils commencent à se développer, de feuilles droites, pliées en deux et drapées sur chaque surface.

F𝐞𝐮𝐈𝐋𝐋𝐄s alternes, rapprochées, pétiolées, munies de stipules, ovales-oblongues, pointues, garnies vers leur sommet de dents aiguës et écartées, amincies vers leur base dont les bords sont entiers et réfléchis; relevées en dessous d'une côte saillante d'où partent plusieurs nervures latérales et parallèles; creusées en dessus d'un pareil nombre de sillons; veineuses, glabres et d'un vert gai sur la surface supérieure, recouvertes sur l'inférieure d'un duvet épais et d'un roux cendré; longues de vingt-quatre centimètres, larges de sept : les inférieures horizontales, recourbées à leur sommet; les supérieures peu ouvertes et presque disposées en rose.

P𝐞́𝐭𝐈𝐨𝐋𝐄 extrêmement court, articulé, épais, drapé, convexe d'un côté, plane de l'autre.

S𝐭𝐈𝐏𝐔𝐋𝐄s deux, adhérentes aux côtés de la base intérieure du pétiole et de la même longueur; droites, ovales, pointues, pubescentes.

P𝐀𝐍𝐈𝐂𝐔𝐋𝐄 au sommet des rameaux, peu étalée, très-courte, entourée à sa base de bractées ou écailles des boutons à fleur. *R𝐀𝐌𝐄𝐀𝐔𝐗 𝐃𝐄 𝐋𝐀 𝐏𝐀𝐍𝐈𝐂𝐔𝐋𝐄* alternes, horizontaux, cylindriques, munis d'une bractée à leur base, recouverts d'un duvet épais et roussâtre.

F𝐋𝐞𝐮𝐑s disposées en épi sur les rameaux de la panicule, très-rapprochées, sessiles, munies de bractées; blanches, un peu plus grandes que celles de l'Aubépine (C𝐑𝐀-𝐓𝐀𝐠𝐔s *oxyacantha*, L𝐈𝐍𝐍., M𝐞s𝐏𝐈𝐋𝐔s *oxyacantha*, L𝐀𝐌.), et répandant comme elles une odeur très-agréable.

B𝐑𝐀𝐜𝐭é𝐞s ovales, aiguës, concaves, glabres en dedans, drapées et de couleur de rouille en dehors : celles de la panicule droites, rapprochées en faisceau; celles des rameaux de la panicule, horizontales, solitaires; celles des fleurs au nombre de trois, serrées contre le calice.

CALICE d'une seule pièce, en cloche, épais, de la moitié de la longueur de la fleur, drapé et de couleur de rouille en dehors, adhérent à l'ovaire dans sa moitié inférieure; libre à son limbe qui est divisé en cinq découpures droites, ovales, obtuses, glabres et de couleur verte en dedans.

PÉTALES cinq, insérés à la base du limbe du calice et alternes avec ses découpures; ouverts en rose, ovales-renversés, rétrécis en un onglet court dans leur partie inférieure, crénelés à leur sommet, striés, velus intérieurement.

ÉTAMINES ayant la même attache que la corolle et plus courtes, au nombre de vingt: cinq opposées aux onglets des pétales, et quinze alternes ou situées de trois en trois entre chaque pétale. FILETS en alène, glabres, blanchâtres. ANTHÈRES arrondies, à deux lobes creusés sur les côtés d'un sillon longitudinal.

OVAIRE adhérent à la partie inférieure du calice, globuleux. STYLES cinq, cylindriques, plus courts que les étamines. STIGMATES simples, obtus.

POMME de la grosseur d'une Cerise, recouverte d'un léger duvet; ovale, jaunâtre, pulpeuse, d'une saveur douce et acide, divisée en cinq loges dont plusieurs s'oblitèrent ou s'effacent.

SEMENCES en nombre égal à celui des loges, glabres, de couleur brune, sujettes à avorter: semi-globuleuses sur un côté et planes de l'autre, lorsqu'il y en a plusieurs; parfaitement globuleuses, lorsqu'il n'en existe qu'une seule.

OBS. 1°. Comme il ne m'a pas été possible de me procurer le fruit du MESPILUS japonica, j'ai cru devoir copier la description qui en a été donnée par M. Thunberg.

2°. Les genres CRATÆGUS et MESPILUS ont entr'eux la plus grande affinité. Linnæus les a distingués d'après le nombre des styles et des semences; mais comme le nombre des styles et des semences varie souvent dans la même espèce de MESPILUS et de CRATÆGUS, il semble que les caractères assignés par M. de Jussieu, et qui sont fournis par la nature des semences osseuses dans le MESPILUS, simplement cartilagineuses dans le CRATÆGUS, doivent être préférés dans la distinction de ces deux genres. On pourroit encore ajouter comme caractère secondaire, que les feuilles des MESPILUS sont communément entières, tandis que celles des CRATÆGUS sont le plus souvent divisées en lobes.

3°. Dans les Rosacées de la section du Poirier et de celle du Cerisier, les étamines, quoique au-dessus du nombre douze, ne doivent point être regardées comme indéterminées, puisqu'elles ont une position fixe et constante, à moins qu'il n'y ait un avortement. Ainsi dans le Néflier, etc. il y a vingt étamines dont cinq sont toujours insérées devant l'onglet des pétales, et les quinze autres sont interposées entre les pétales de trois en trois, et disposées sur le même rang que les premières. Dans le Cerisier et les autres Rosacées dont le fruit est un noyau, et dont les étamines sont au nombre de trente, cinq étamines se trouvent insérées au-dessous des pétales, et cinq autres sont intermédiaires et sur le même rang. Les dix intervalles qui séparent ces dix étamines sont remplis chacun par deux autres étamines placées l'une devant l'autre, et insérées presque sur le même point comme si elles étoient géminées. Cette addition de vingt étamines disposées par paires, complète ainsi le nombre régulier de trente.

4°. Le MESPILUS japonica a été apporté de Canton à Paris, en 1784. Ce bel arbre a fleuri pour la première fois au mois de Frimaire, an VI, à l'établissement national connu sous le nom de Pépinière du Roule, et dirigé par M. Lézermes. Il a fleuri de nouveau en Nivôse, an VII, et en Germinal, an XI. Il est presque toujours en végétation, et il garde ses feuilles toute l'année. Lorsqu'il est en fleur, il répand au loin une odeur infiniment agréable. Ses fruits sont bons à manger, et fournissent un aliment sain. La terre d'Oranger est celle qui paroit le mieux lui convenir. Quelques cultivateurs le conservent pendant l'hiver en pleine terre, en le couvrant de litière pendant les gelées. Il est hors de doute qu'il prospéreroit dans les départements méridionaux de la France, où il seroit très-utile de l'introduire. M. Lézermes a considérablement multiplié l'individu qu'il avoit reçu de Canton. Il a eu recours aux marcottes et à la greffe, soit sur l'Epine ordinaire, soit sur le Cognassier. C'est au zèle et aux lumières de ce Botaniste-Cultivateur, que nos jardins publics et particuliers sont redevables des individus qu'ils possèdent.

Expl. des fig. 1, Fleur avec ses bractées. 2, La même grossie. 3, La même dont on a conservé un pétale et quelques étamines, pour montrer leur insertion.

Calendula flaccida

Peint par P. J. Redouté.

CALENDULA *FLACCIDA.*

FAM. des CORYMBIFÈRES, *JUSS.* — SYNGÉNÉSIE POLYGAMIE NÉCES-
SAIRE, *LINN.*

CALENDULA caule suffruticoso; foliis lineari-lanceolatis, integerrimis, trinerviis, ciliatis; radio
concolore; seminibus obcordatis.

Arbuste originaire du Cap de Bonne-Espérance, se distinguant aisément des autres espèces du genre qui croissent dans
cette contrée, par ses Demi-Fleurons d'un beau rouge orangé. Les poils qui bordent ses feuilles, qui sont épars sur les
pédoncules, etc. paroissent articulés, lorsqu'on les observe avec la loupe. Il passe l'hiver dans l'orangerie, et fleurit au
commencement du printemps.

———————

RACINE fibreuse, de couleur cendrée, hérissée de chevelu.

TIGE cylindrique, rameuse, de la grosseur d'une plume de cygne; droite, presque
ligneuse et recouverte dans sa partie inférieure d'un épiderme gris-cendré qui se
détache par lambeaux; herbacée, striée, foible et tombante dans sa partie supérieure.
RAMEAUX alternes, rapprochés, ayant la direction et la forme de la tige; très-alongés, recouverts à leur base d'une poussière glauque, légèrement pubescens vers leur
sommet.

FEUILLES alternes, sessiles et se prolongeant sur les rameaux, linéaires et en lance, très-
entières, ciliées, relevées de trois nervures, un peu épaisses, recouvertes d'une poussière
glauque, paroissant, lorsqu'on les observe avec la loupe, parsemées de points transparens : les inférieures rapprochées, horizontales, recourbées à leur sommet, presque
obtuses, longues de huit centimètres, larges de huit millimètres; les supérieures écartées, droites, aiguës, insensiblement plus courtes.

PÉDONCULES au sommet de la tige et des rameaux, solitaires, droits, cylindriques,
striés, pubescens ou parsemés de poils courts et articulés; à une fleur, longs de treize
centimètres.

FLEURS radiées, aussi grandes que celles de l'ASTER *Chinensis,* d'un rouge orangé à la
circonférence, d'un pourpre foncé dans le disque; répandant une odeur peu agréable;
s'ouvrant, lorsque le ciel est serein, sur les sept heures du matin, et se fermant le soir
sur les quatre heures.

CALICE COMMUN simple, formé de plusieurs folioles presque égales, peu ouvertes,
en lance, pointues, convexes en dehors, concaves en dedans, membraneuses sur leurs
bords et à leur sommet, parsemées sur leur face extérieure de quelques poils articulés;
du tiers de la longueur des fleurs.

DEMI-FLEURONS nombreux, d'un rouge orangé sur les deux surfaces, très-ouverts,
oblongs, divisés à leur sommet en trois petites dents, amincis vers leur base et roulés
en un tube court, hérissé en dehors de poils articulés, muni intérieurement de trois
ou quatre étamines.

FLEURONS du DISQUE d'un pourpre foncé, hermaphrodites, tubuleux. *TUBE* cylindrique, strié, pubescent, blanchâtre, dilaté à son orifice, divisé à son limbe en cinq
dents droites.

FLEURONS du CENTRE simplement mâles, de la couleur et de la forme de ceux du disque.

ÉTAMINES des DEMI-FLEURONS trois ou quatre, distinctes et libres dans toute leur étendue, renfermées dans le tube, avortées.

ÉTAMINES des FLEURONS du DISQUE et du CENTRE au nombre de cinq, de la longueur de la corolle, insérées à la base du tube. FILETS droits, capillaires, blanchâtres. ANTHÈRE tubulée, divisée à son sommet en cinq dents triangulaires; engaînant le style, de la couleur du limbe des fleurons. POLLEN (poussière fécondante) d'un jaune doré.

PISTIL des DEMI-FLEURONS. OVAIRE cylindrique, courbé, strié, pubescent, verdâtre. STYLE et STIGMATES nuls.

PISTIL des FLEURONS du DISQUE. OVAIRE en cœur renversé, comprimé, plane, membraneux, relevé de trois nervures. STYLE filiforme, de couleur purpurine, plus long que les étamines. STIGMATE à deux divisions recourbées, d'un pourpre foncé.

PISTIL des FLEURONS du CENTRE. OVAIRE ovale, comprimé, membraneux sur ses bords. STYLE semblable à celui des fleurons du disque. STIGMATE simple, obtus.

FRUIT penché, presque globuleux, légèrement déprimé, entouré par le calice subsistant.

SEMENCES de la forme des ovaires, de couleur brune : celles des demi-fleurons et des fleurons du centre, stériles; celles des fleurons du disque, fertiles.

RÉCEPTACLE convexe, nu, creusé de fossettes dans lesquelles s'inséroient les semences.

OBS. 1°. L'espèce que je viens de décrire a les plus grands rapports avec le CALENDULA tragus, AIT., décrit et figuré par M. Jacquin, dans le second vol. de l'*Hortus Schœnbrunnensis*, pag. 14, pl. 153. Ces deux plantes originaires du Cap de Bonne-Espérance, fleurissent à la même époque. Elles sont toutes les deux caulescentes. Leurs rameaux sont herbacés, foibles et tombans. Leurs feuilles ont presque la même forme. Les poils, quoique plus nombreux dans l'une que dans l'autre, sont également articulés. Leurs fleurs ont la même disposition, et il est très-probable que non-seulement le tube des demi-fleurons du CALENDULA tragus contient des étamines distinctes et avortées, mais encore que les semences de cette espèce ressemblent parfaitement à celles du CALENDULA flaccida. La différence la plus frappante qui existe entre ces deux plantes est fournie par la couleur des demi-fleurons qui sont d'un beau rouge orangé dans le CALENDULA flaccida, tandis que dans le CALENDULA tragus, ils sont d'un blanc de neige en dedans, d'un pourpre peu foncé en dehors, blanchâtres ou d'un jaune pâle sur les bords. Cette différence ne doit-elle pas établir un caractère distinctif entre ces deux espèces ? On paroît fondé à le présumer, si l'on considère que les demi-fleurons de toutes les espèces du genre CALENDULA, originaires d'Afrique, sont nuancés de blanc et de violet, et que le CALENDULA flaccida est jusqu'à présent la seule espèce connue dont les demi-fleurons soient entièrement de couleur jaune.

2°. J'ai remarqué dans toutes les espèces de CALENDULA que j'ai eu occasion d'observer, que les feuilles étoient parsemées de points transparens, et que les poils étoient articulés.

Expl. des fig. 1, Demi-fleuron. 2, La base du même, grossie et ouverte, pour montrer les poils articulés, et les étamines stériles contenues dans le tube. 3, Fleuron du disque. 4, Le même ouvert pour montrer l'attache des étamines. 5, Fleuron du centre, grossi et ouvert, pour montrer l'attache des étamines et la forme du stigmate. 6, Fruit dont on a retranché la partie antérieure, et dont on a enlevé les semences, pour montrer la forme du réceptacle. 7, Semence d'un demi-fleuron. 8, Semence d'un fleuron du disque. 9, Semence d'un fleuron du centre.

Mimosa Pubescens

Peint par P. J. Redouté.

MIMOSA *PUBESCENS.*

Fam. des Légumineuses, *Juss.* — Polygamie Monoécie, *Linn.*
Syst. Vegetab. §. v. *Foliis duplicato-pinnatis.* (*Inermes* et *Polyandræ.*)

MIMOSA subhirsuta; petiolo eglanduloso; pinnis foliolisque 10-12 jugis; racemis axillaribus, solitariis, folio brevioribus.

Arbrisseau originaire de la Nouvelle-Hollande, recouvert de poils courts et blanchâtres. Il passe l'hiver dans l'orangerie, et fleurit au milieu du printemps.

———————

Tige droite, cylindrique, pubescente, rameuse, nue dans sa partie inférieure, feuillée vers son sommet; d'un vert cendré, haute de douze décimètres, de la grosseur du petit doigt. Rameaux alternes, ouverts, velus, de la forme et de la couleur de la tige.

Feuilles alternes, rapprochées, horizontales et réfléchies, presque sessiles, dépourvues de stipules; oblongues, deux fois ailées sans impaire, d'un vert cendré, longues de neuf centimètres, larges de trente-six millimètres. Folioles primaires dix à douze sur chaque rangée, réfléchies, opposées, presque sessiles, ailées sans impaire : les deux inférieures rejetées en arrière; les deux supérieures droites. Folioles secondaires en nombre égal à celui des primaires; alternes, distiques, très-rapprochées, horizontales, presque sessiles, linéaires, obtuses, glabres, paroissant, lorsqu'on les observe avec la loupe, surmontées d'une petite pointe; tronquées sur un des côtés de leur base, coupées en deux parties inégales par la nervure moyenne, très-petites.

Pétiole commun convexe en dessous, anguleux en dessus, sillonné sur les côtés, renflé et articulé à sa base, hérissé de poils nombreux et horizontaux. Pétioles des feuilles primaires renflés et articulés à leur base, comprimés, parsemés en dessous de quelques poils, glabres en dessus. Pétioles des folioles secondaires peu apparens.

Grappes axillaires, solitaires, peu ouvertes, simples, plus courtes que les feuilles. Axes des grappes cylindriques, nus et pubescens vers leur base, garnis de fleurs dans le reste de leur étendue; d'un vert jaunâtre.

Fleurs très-petites, d'un jaune soufre, rapprochées au nombre de dix à douze en têtes sphériques et pédonculées.

Pédoncules alternes, presque droits, ayant la forme et la couleur de l'axe des grappes; munis de bractées.

Bractées situées à la base des pédoncules, solitaires, ovales, aiguës, de couleur brune, très-petites, tombant promptement.

Calice en cloche, glabre, d'un jaune pâle, extrêmement court, divisé à son limbe en cinq dents droites.

Corolle formée de cinq pétales droits, ovales, aigus, concaves, insérés à la base du calice et alternes avec les dents de son limbe.

ÉTAMINES nombreuses, d'une belle couleur jaune, ayant la même attache que la corolle, rapprochées à leur base, distinctes dans leur partie supérieure et étalées en forme de houppe. FILETS filiformes, plus longs que la corolle. ANTHÈRES droites, arrondies, à deux lobes, s'ouvrant sur les sillons latéraux.

OVAIRE ovale, obtus, légèrement comprimé, glabre. STYLE latéral, droit, capillaire, de la couleur des étamines et plus long. STIGMATE simple.

FRUIT......

Obs. 1°. Les folioles primaires désignées par les Botanistes sous le nom de *Pinnæ*, se réfléchissent entièrement dans le *Mimosa pubescens*, aux approches de la nuit, ou lorsque le ciel est nébuleux; et les folioles secondaires désignées sous le nom de *Foliola*, se rapprochent par leur face intérieure, et prennent une direction horizontale.

2°. Je ne connois dans la division à laquelle se rapporte le *Mimosa pubescens*, que deux espèces qui soient velues ou pubescentes, savoir, les *Mimosa vaga*, LINN., et *Mimosa villosa*, SWARTZ. Ces deux espèces se distinguent de celle que j'ai décrite par un grand nombre de caractères. Dans l'une, *Mimosa vaga*, les folioles primaires et secondaires ne sont qu'au nombre de quatre, les fleurs sont disposées en ombelles, etc. Dans l'autre, *Mimosa villosa*, les folioles primaires et secondaires sont à-peu-près au nombre de cinq sur chaque rangée, les fleurs sont simplement rapprochées en têtes sphériques, etc.

Expl. des fig. 1, Fleur de grandeur naturelle. 2, Fleur très-grossie. 3, La même dont on a conservé un pétale et cinq étamines, pour montrer leur insertion. 4, Pistil.

Anarrenia Coriacea.

Peint par P. J. Redouté

ANAMENIA (1).

FAM. des RENONCULACÉES, *JUSS.* — POLYANDRIE POLYGYNIE, *LINN.*

CHARACTER ESSENTIALIS. *Calyx* 5-phyllus. *Petala* 5 aut plura, ungue nudo. *Germina* receptaculo globoso imposita. *Baccæ* plurimæ, monospermæ. — Herbæ perennes. Folia radicalia, sæpius biternata; foliolis lateralibus plerùmque basi obliquè truncatis : rarò bipinnata. Flores in scapo umbellati. Habitus Umbelliferarum. Plantæ acerrimæ, pro vesicatoriis adhibitæ.

ANAMENIA *CORIACEA.*

ANAMENIA foliolis subcordatis, coriaceis, glabriusculis; lateralibus basi obliquè truncatis; umbellà supradecompositâ, patentissimâ.

RANUNCULUS Æthiopicus foliis rigidis, floribus ex luteo virescentibus. COMMEL. *Hort. Amstelod.* pag. 1, tab. 1. — CHRISTOPHORIANA Africana ranunculoides, foliis rigidis. BOERH. *Lugdb.* 2, pag. 62. — ADONIS *Capensis.* LINN. *Spec. Plant.* pag. 772. WILLDEN. *Spec. Plant.*

Plante herbacée, vivace, parsemée de quelques poils couchés et peu apparens, originaire du Cap de Bonne-Espérance, croissant sur les montagnes parmi les rochers. Elle passe l'hiver dans l'orangerie, et fleurit au printemps.

—————

RACINE formée de plusieurs fibres alongées, munies d'un chevelu à leur base, de la grosseur d'une plume de corbeau, de couleur brune.

FEUILLES radicales, rapprochées en touffe, portées sur un pétiole presque droit, très-ouvertes et horizontales, deux fois ternées, coriaces, d'un vert foncé en dessus, d'un vert pâle et de couleur cendrée en dessous, larges de deux décimètres. *FOLIOLES PRIMAIRES* pétiolées, ordinairement ternées, rarement géminées ou simples. *FOLIOLES SECONDAIRES* presque en cœur, peu aiguës, concaves à leur base, renflées sur leurs bords, munies de dents glanduleuses à leur sommet; relevées de trois à cinq nervures qui se ramifient, parsemées de veines saillantes qui se croisent en forme de réseau; longues de sept centimètres, larges de quatre : les deux latérales presque sessiles, tronquées obliquement sur un des côtés de leur base, quelquefois divisées en deux lobes; l'impaire ou la terminale pétiolée, ayant les côtés de sa base égaux, toujours simple et entière.

PÉTIOLE COMMUN presque droit, extrêmement dilaté à sa base qui embrasse le collet de la racine, convexe en dehors, creusé en dedans d'un large sillon; d'un vert cendré, long d'un décimètre, de la grosseur d'une plume à écrire. *PÉTIOLES* des *FEUILLES PRIMAIRES* écartés, horizontaux, renflés à leur base, de la forme et de la couleur du pétiole commun, longs de trois centimètres. *PÉTIOLES* des *FEUILLES SECON-DAIRES* semblables à ceux des feuilles primaires : les deux latéraux extrêmement courts; celui de la foliole impaire long d'un centimètre.

HAMPE naissant du milieu des feuilles, montante, courbée, cylindrique, striée, d'un violet tendre, de la grosseur d'une plume de cygne, longue de quinze centimètres.

OMBELLE UNIVERSELLE surcomposée, très-étalée, concave, irrégulière, munie d'une collerette, formée d'un petit nombre de rayons. *RAYONS* de la forme et de la couleur

—————

(1) Formé d'*Anahamen*, nom employé par les Arabes, pour désigner l'Adonis et l'Anémone.

de la hampe, se développant successivement, inégaux : ceux de la circonférence longs de seize centimètres ; ceux du centre plus courts.

OMBELLES PARTIELLES très-ouvertes, concaves, munies d'une collerette, formées de huit à dix pédoncules inégaux, recourbés, de la forme et de la couleur des rayons, ordinairement simples et à une fleur, quelquefois divisés et à plusieurs fleurs.

COLLERETTE UNIVERSELLE formée de quelques folioles ouvertes, rétrécies en pétiole à leur base, dentées, rarement ternées, plus souvent simples et ovales. COLLERETTES PARTIELLES formées de folioles ouvertes, en spatule, très-entières, en nombre égal à celui des pédoncules.

FLEURS penchées, pédiculées, d'un vert jaunâtre, de la grandeur de celles de la Clématite des haies.

PÉDICULES recourbés, de la forme et de la couleur des pédoncules.

CALICE à cinq folioles ouvertes, oblongues, obtuses, de la couleur et de la longueur des pétales.

PÉTALES hypogynes, très-rarement au nombre de cinq et alternes avec les folioles du calice, plus souvent au nombre de dix ou de vingt, et disposés sur deux ou sur plusieurs rangées ; oblongs, obtus, très-ouverts.

ÉTAMINES nombreuses, blanchâtres, ayant la même insertion que la corolle et beaucoup plus courtes. FILETS cylindriques. ANTHÈRES arrondies, à deux lobes attachés aux côtés de la partie supérieure des filets, s'ouvrant latéralement.

OVAIRES nombreux, portés sur un réceptacle globuleux, ovales, légèrement comprimés. STYLES latéraux, cylindriques, subsistans. STIGMATES recourbés, aigus.

FRUIT de la grosseur d'une mûre, formé de plusieurs baies portées sur un réceptacle globuleux, ovales, pointues, lisses, d'un noir foncé.

SEMENCES solitaires, attachées au fond de chaque baie ; ovales, légèrement comprimées, lisses, et de couleur brune.

Obs. 1°. J'ai présenté à la classe des sciences physiques et mathématiques de l'Institut quelques observations sur l'*Adonis capensis*, LINN. Il résulte de ces observations, 1°. que Linnæus avoit compris sous la dénomination d'*Adonis capensis* trois espèces distinctes ; 2°. que ces espèces ayant un fruit formé de plusieurs baies, doivent constituer un genre nouveau.

2°. Les espèces qui appartiennent au genre *ANAMENIA* peuvent être caractérisées par les phrases suivantes :

A. *foliis biternatis.*

ANAMENIA coriacea. Foliolis subcordatis, coriaceis, glabriusculis ; lateralibus basi obliquè truncatis ; umbellâ supradecompositâ, patentissimâ.

ANAMENIA laserpitiifolia. Foliolis subcordatis, rigidis, glabriusculis ; lateralibus basi obliquè truncatis ; umbellâ subsimplici, pauciflorâ. — *IMPERATORIA* ranunculoides Africana enneaphyllos, Laserpitii lobatis foliis rigidis, margine spinosis. PLUKEN. *Almagest.* 198, tab. 95, fig. 2.— *Adonis capensis*, LINN. *Spec. Plant.* LAMARCK, *Dictionn.* — *Adonis vesicatoria*, LINN. *Supplem.* AIT. WILLDEN.

ANAMENIA gracilis. Foliolis ovatis, profundè serratis, rigidis, pilosis ; scapis apice ramosis ; ramis erectis paucifloris. — *Adonis Æthiopica* ? THUNBERG, *Prodrom. Plant. Capens.* — Ex Herbario Jussiæano.

ANAMENIA hirsuta. Foliis lanceolatis, profundè serratis, hirsutis ; scapis basi ramosis ; ramis decumbentibus, paucifloris. — Christophoriana trifoliata ; foliis scabris ; flore sulphureo rariore. BURM. *Plant. African.* p. 145, tab. 51. — *IMPERATORIA* ranunculoides, Sphondylii hirsuto folio minor. PLUKEN. *Mantiss.* RAI. *Hist. Plant.* vol. 3, pag. 316. — *Adonis Capensis.* LINN. *Spec. Plant.* LAM. *Dict.* WILLDEN. *Spec. Plant.* — Ex Herbar. Juss.

B. *foliis bipinnatis.*

ANAMENIA Daucifolia. Foliis bipinnatis : foliolis linearibus pinnatifidis. — *Adonis filia.* LINN. *Suppl.* WILLDEN. *Spec. Plant.* — *Adonis Daucifolia.* LAM. *Dict.*

5°. Le genre *ANAMENIA* doit être placé dans l'ordre des rapports entre l'*HYDRASTIS* et l'*ADONIS.* Il se rapproche du premier par la nature de son fruit ; mais il en diffère par les caractères de la fleur. Il a de l'affinité avec le second par la structure des fleurs ; mais il s'en éloigne par son fruit formé de plusieurs baies, et sur-tout par son port qui représente celui des Ombellifères. Ainsi l'*ANAMENIA* a les fleurs de l'Adonis, le fruit de l'Hydrastis, et le port des Ombellifères.

Expl. des fig. 1, Fleur vue en dessous, pour montrer les cinq folioles du calice. 2, La même dont le calice et la corolle ont été retranchés. 3, Une étamine avant l'émission du pollen. 4, La même après l'émission du pollen. 5, Un ovaire grossi. 6, Fruit formé de plusieurs baies. 7, Une baie dont on a retranché la moitié supérieure, pour montrer la forme et la situation de la semence. 8, Semence.

Stipphelia Gnidium

Dessin par P. J. Redouté

23

STYPHELIA *GNIDIUM.*

FAM. des BRUYÈRES, *JUSS.* — PENTANDRIE MONOGYNIE, *LINN.*

STYPHELIA corollæ limbo reflexo, hirsuto; spicis terminalibus, solitariis, ovatis, brevissimis; foliis sparsis, lineari-lanceolatis.

Arbrisseau toujours vert, très-rameux, se rapprochant par son port du PROTEA *pallens*, originaire de Botany-Bay, se multipliant aisément de boutures. Il passe l'hiver dans l'orangerie, et fleurit à la fin du printemps.

———————————

Tige droite, cylindrique, extrêmement rameuse, recouverte d'une écorce crevassée et de couleur cendrée; haute d'un mètre, de la grosseur du pouce. *Branches* nombreuses, alternes, rapprochées, peu ouvertes, pliantes, courbées vers leur sommet, nues dans leur partie inférieure et creusées de cicatrices formées par la chute des feuilles; d'un brun cendré, de la grosseur d'une plume à écrire. *Rameaux* ayant la direction et la forme des branches, paroissant striés et pubescens, lorsqu'on les observe avec la loupe : ceux des années antérieures garnis de fleurs à leur sommet, ceux de l'année présente stériles, feuillés dans toute leur étendue, surmontés d'une pointe formée par les feuilles non développées qui se recouvrent les unes les autres.

Feuilles éparses, sessiles, articulées, linéaires et en lance, très-entières, aiguës, glanduleuses à leur sommet, convexes, glabres, paroissant striées lorsqu'on les observe avec la loupe; d'un vert presque glauque, longues de deux centimètres, larges de quatre millimètres : les inférieures ouvertes, les supérieures droites.

Épis au sommet des rameaux anciens; solitaires, droits, ovales, obtus, de la longueur des feuilles. *Axes* des épis, cylindriques, légèrement pubescens, munis vers leur base d'écailles ovales et blanchâtres qui se recouvrent mutuellement comme les tuiles d'un toit.

Fleurs très-petites, droites, d'un blanc de lait, répandant une odeur semblable à celle du Lilas; les supérieures se développant avant les premières.

Bractées trois, ovales, aiguës, concaves, membraneuses sur leurs bords, situées à la base de chaque fleur et représentant un calice extérieur.

Calice en cloche, subsistant, à cinq divisions profondes, droites, oblongues, obtuses, concaves, à bords membraneux, trois fois plus courtes que la corolle.

Corolle hypogyne, monopétale, tubulée, tombant promptement. *Tube* renflé, creusé de cinq sillons et presque pentagone; glabre. *Limbe* à cinq découpures ovales, obtuses, réfléchies, convexes et velues en dessus, glabres et concaves en dessous, de la longueur du tube.

Étamines cinq, attachées à la partie moyenne du tube de la corolle et alternes avec les divisions de son limbe. *Filets* filiformes, glabres, de la longueur du tube. *Anthères* insérées dans leur partie moyenne sur les filets, droites, linéaires, glanduleuses à leur sommet, creusées sur le devant de deux sillons; couleur de rose, deux fois plus courtes que les divisions du limbe. *Poussière fécondante* d'un jaune doré.

Ovaire libre, ovale, verdâtre, entouré à sa base de cinq écailles fortement échancrées ; divisé intérieurement en trois loges, ne contenant qu'un petit nombre d'ovules. STYLE cylindrique, glabre, de la longueur du tube. STIGMATE tronqué, paraissant, lorsqu'on l'observe avec la loupe, surmonté de quelques petites glandes.

Fruit......

Obs. 1°. Le genre STYPHELIA établi par M. Smith (1) est le même que le VENTENATIA de M. Cavanilles (2). Comme ce dernier genre a été publié postérieurement à celui du STYPHELIA, il doit lui être réuni. Il est probable que l'espèce nommée VENTENATIA procumbens ne diffère point de celle qui est connue sous le nom de STYPHELIA juniperina.

2°. Le STYPHELIA se rapproche beaucoup de l'EPACRIS, LINN., par les caractères de la fleur; mais il en diffère essentiellement par son fruit qui est un drupe divisé en cinq loges ne contenant chacune que deux semences (3). La plante que je viens de décrire ne m'ayant présenté dans l'examen que j'ai fait de l'intérieur de ses ovaires, que trois loges et quelques ovules , j'ai dû la rapporter plutôt au genre STYPHELIA, qu'à celui de l'EPACRIS dont le fruit est une capsule divisée en cinq loges, s'ouvrant en cinq valves , et contenant un grand nombre de semences.

3°. Les espèces du genre STYPHELIA pourroient être divisées en deux sections, qui comprendroient, l'une, les espèces dont le limbe de la corolle est velu en dedans, et l'autre les espèces dont le limbe est entièrement glabre. Le STYPHELIA gnidium devroit alors être rapporté à la première section , et il se distingueroit aisément des espèces qu'elle contiendroit par ses fleurs très-petites , disposées en un épi court, terminal et solitaire.

4°. Quoique le fruit du STYPHELIA soit un drupe , on ne peut pas néanmoins douter que ce genre n'appartienne , de même que celui de l'Arbousier , à la Famille des Bruyères. Les semences sont également suspendues dans ces deux genres , ainsi que dans ceux dont le fruit est capsulaire , à des placentas pendans. Ce caractère d'une grande importance, est général dans la Famille des Bruyères. Il a été observé par M. Corréa de Serra.

Expl. des fig. 1, Fleur grossie, pour montrer les trois bractées qui représentent un calice extérieur. 2, Corolle ouverte et grossie, pour montrer l'insertion et la forme des étamines. 3 , Une étamine séparée. 4, Calice. 5, Pistil.

(1) *Botany of New Holland.* pag. 45.
(2) *Plantæ Hispanicæ.* vol. 4 , pag. 28.
(3) *Botany of New Holland.* pag. 45.

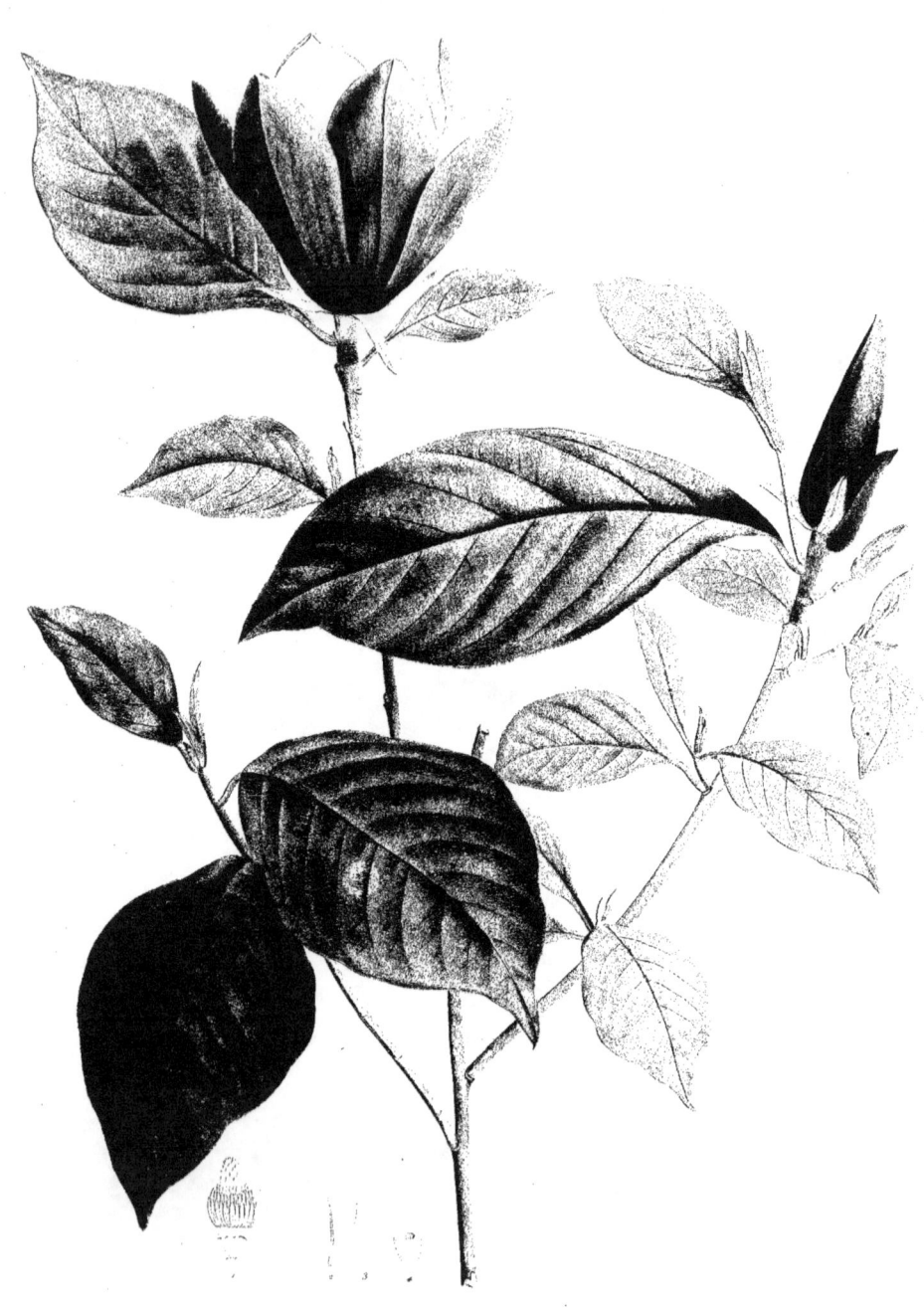

Magnolia Discolor

Peint par P. J. Redouté.   Gravé par N. F. Legrand.

24

MAGNOLIA *DISCOLOR.*

Fam. des Magnoliers, *Juss.* — Polyandrie Polygynie, *Linn.*

MAGNOLIA foliis ovato-lanceolatis, acutis, reticulato-venosis; corollis hexapetalis, extùs purpureis, intùs niveis.

Magnolia *obovata.* Foliis obovatis, subtùs parallelo-nervosis, reticulatis. Thunb. *Act. Societ. Linn. London.* 2, pag. 336.

Magnolia *obovata.* Foliis obovatis, acutis, reticulato-venosis; petalis oblongis, obtusis. Willden. *Spec. Plant.* vol. 2, pag. 1257.

Magnolia *purpurea.* Floribus hexapetalis, petalis extùs purpureis. Curtis, *Magaz.* 390.

Magnolia *denudata.* Foliis deciduis; ramulis divaricatis, articulatis, apice crassioribus. Lamarck, *Dict.*

Magnolia *glauca,* var. B. Thunb. *Flor. Japon.* 236.

Mokk wurèn. Kæmpf. *Amœnit. exot.* 845. Banks, *Icon. Kœmpfer.* 43.

Arbrisseau trouvé par M. Thunberg dans l'Isle de Niphon, cultivé dans les jardins de la Chine et du Japon, à cause de la beauté de ses fleurs; se multipliant aisément de boutures et de rejets. Il passe l'hiver dans l'orangerie, et fleurit sur la fin du printemps.

————————

Tige droite, cylindrique, rameuse, creusée de cicatrices circulaires formées par la chute des stipules; d'un brun cendré dans sa partie inférieure, d'un vert foncé dans la supérieure, et parsemée de quelques tubercules peu saillans; haute de onze décimètres, de la grosseur de l'index. Rameaux axillaires, alternes, peu ouverts, renflés à leur sommet, ayant la forme et la couleur de la partie supérieure de la tige.

Feuilles droites avant leur développement, pliées en deux, roulées en dedans sur leurs bords, pubescentes et entièrement recouvertes par des stipules : ensuite alternes, horizontales, pétiolées et se prolongeant sur le pétiole, nues, ovales et en lance, pointues, légèrement ondées, munies de cils peu apparens; relevées en dessous d'une côte saillante et rameuse, creusées en dessus d'un pareil nombre de sillons, veinées en réseau, presque glabres, paroissant ponctuées lorsqu'on les observe avec la loupe; d'un vert foncé et luisant sur leur surface supérieure, d'un vert foncé et terne sur l'inférieure, longues de vingt-quatre centimètres, larges de quatorze.

Pétioles très-courts, embrassant la tige et les rameaux, peu ouverts, convexes d'un côté, sillonnés de l'autre, pubescens.

Stipules deux, droites, en lance, concaves, pubescentes, d'abord étroitement réunies par leurs bords, et formant une gaîne cylindrique et pointue; se séparant ensuite, tombant promptement, et laissant une empreinte circulaire sur la partie du rameau où elles étoient insérées.

Pédoncules au sommet de la tige, solitaires, droits, cylindriques, renflés, pubescens, très-courts, à une fleur, munis de bractées.

Fleurs droites, en forme de cloche, deux fois plus grandes que celles du Magnolia *glauca;* sans odeur, d'un beau pourpre en dehors, d'un blanc de lait en dedans.

RÉCEPTACLE long de trois centimètres, dilaté à sa base et creusé dans le pourtour de six cavités orbiculaires; rétréci dans sa partie moyenne et creusé de fossettes; en forme de massue dans sa partie supérieure.

BRACTÉES deux, droites, opposées, insérées au milieu du pédoncule sur lequel elles laissent par leur chute, une empreinte circulaire; ovales, aiguës, pubescentes en dehors, d'un pourpre noirâtre, d'abord rapprochées par leurs bords et recouvrant le bouton de fleur, se séparant ensuite et se détachant à mesure que la fleur s'épanouit; paroissant rayées, veineuses et ponctuées, lorsqu'on les observe avec la loupe.

CALICE formé de trois folioles ouvertes, en lance, aiguës, concaves, de la couleur des feuilles, devenant noirâtres par la dessiccation; plus courtes que les bractées, et paroissant comme elles, rayées, veineuses et ponctuées.

PÉTALES six, insérés chacun dans une cavité du réceptacle, d'abord roulés sur eux-mêmes et formant un cône alongé, ensuite ouverts et en cloche; ovales-renversés, charnus vers leur base, relevés dans leur longueur de plusieurs nervures fines et rameuses, parsemés de points peu apparens.

ÉTAMINES insérées dans les fossettes dont la partie inférieure du réceptacle est creusée; nombreuses, droites, très-courtes, tombant promptement. FILETS cylindriques, d'un pourpre foncé, élargis dans leur moitié inférieure. ANTHÈRES adhérentes aux côtés de la moitié supérieure des filets; linéaires, s'ouvrant dans leur longueur.

OVAIRES nombreux, attachés à la partie supérieure du réceptacle, se recouvrant mutuellement comme les tuiles d'un toit; ovales, convexes en dehors, planes en dedans, à une seule loge, d'un vert gai. STYLES très-courts, d'un pourpre foncé. STIGMATES simples.

FRUIT......

OBS. 1°. Le genre *MAGNOLIA* a été établi par Plumier sur une espèce originaire des Antilles, dont M. de Jussieu a fait un genre particulier sous le nom de *TALAUMA.*

2°. Les Botanistes connoissent aujourd'hui onze espèces de *MAGNOLIA*, sans compter celle de Plumier : savoir, six espèces originaires de l'Amérique Septentrionale, M. *grandiflora*, LINN., M. *glauca*, LINN., M. *tripetala*, LINN., M. *acuminata*, LINN., M. *auriculata*, LAM., M. *macrophylla*, MICHAUX; et cinq qui croissent à la Chine et au Japon sous les mêmes parallèles que celles de l'Amérique Septentrionale, M. *discolor*, M. *tomentosa*, THUNB., M. *pumila*, ANDR., M. *fasciata*, ANDR., et M. *precia* (1), connue dans les jardins sous le nom de *Yulan* (2). Cette dernière espèce cultivée à la Malmaison, ainsi que chez M. Cels, n'a pas encore fleuri.

Expl. des fig. 1, Fleur dont on a enlevé la corolle, pour montrer le calice formé de trois folioles, et le réceptacle creusé de cavités à sa base, portant les étamines dans sa partie inférieure, et les ovaires dans sa partie supérieure. 2, Une étamine grossie et vue de trois quarts, pour montrer les anthères qui adhèrent à ses côtés. 3, Un ovaire grossi. 4, Le même coupé transversalement, pour montrer qu'il n'est qu'à une loge.

(1) Ainsi nommé par M. Corréa de Serra, parce que les fleurs paroissent avant les feuilles.
(2) Voyez la description de ce bel arbre dans le tom. III des Mémoires concernant l'Histoire, les Sciences, etc. des Chinois, par les Missionnaires de Pékin, pag. 441.

Clerodendrum Viscosum

Peint par P. J. Redouté.

CLERODENDRUM *VISCOSUM.*

Fam. des Gattiliers, *Juss.* — Didynamie Angiospermie, *Linn.*

CLERODENDRUM subtomentosum; foliis cordatis, dentatis; calicibus ampliatis, subpentagonis, viscosis; laciniis corollæ secundis.

Clerodendrum infortunatum. Linn. *Flor. Zeylan.* Willden. *Spec. Plant.* (exclusis synonymis Burmanni ac Rumphii.)

Peragu. Rheed. *Hort. Malabar.* vol. 2, pag. 41, pl. 25. — Frutex baccifer Malabaricus, floribus pentapetalis binis, unâ baccâ nigrâ in calice stelliformiter expanso. Raj. *Hist. Plant.* 1571. (Descriptio ex Rheedio omninò deprompta.)

Arbrisseau originaire des Indes, croissant dans les endroits sablonneux, presque drapé ou recouvert de poils courts et serrés, terminé par une panicule de fleurs blanches et odorantes. Il passe l'hiver dans la serre chaude, et fleurit au milieu du printemps.

Racine fibreuse, d'un jaune roussâtre.

Tige droite, rameuse, cylindrique et recouverte d'un épiderme gercé dans sa partie inférieure; tétragone dans la supérieure, creusée d'un sillon sur chaque face, et d'un vert cendré; haute d'un mètre, de la grosseur du pouce. Rameaux axillaires, opposés, peu ouverts, de la forme et de la couleur de la partie supérieure de la tige.

Feuilles opposées en croix, droites et pliées en deux avant leur développement, ensuite ouvertes et presque horizontales; pétiolées, en cœur, pointues, dentées, relevées d'une côte saillante qui se divise dans toute son étendue, en un grand nombre de nervures dont les ramifications sont presque parallèles; veineuses, un peu concaves, molles au toucher, d'un vert cendré, longues de quinze centimètres et larges de onze : les supérieures ou celles du voisinage des fleurs beaucoup plus courtes.

Pétioles articulés, convexes d'un côté, sillonnés de l'autre, de la longueur des feuilles.

Panicule au sommet de la tige et des rameaux, droite, globuleuse, longue et large d'un double décimètre. Rameaux de la panicule axillaires, opposés en croix, articulés, horizontaux, cylindriques, striés, à deux ou trois bifurcations, d'un brun roussâtre : les inférieurs très-ouverts; les supérieurs presque droits.

Fleurs droites, pédiculées, d'un blanc de lait, de couleur pourpre à leur base, répandant une odeur agréable, et semblable à celle du Mirabilis Dichotoma Linn.; longues et larges de cinq centimètres.

Pédicules ouverts, cylindriques, un peu renflés à leur sommet, munis de bractées, de la couleur des rameaux.

Bractées opposées, sessiles, articulées ou insérées sur un tubercule, horizontales, ovales, très-entières, aiguës, concaves, tombant promptement.

Calice en cloche, presque pentagone, renflé, pubescent, parsemé de quelques glandes visqueuses, divisé profondément, subsistant. Divisions au nombre de cinq, droites, ovales-oblongues, pointues, égales, se recouvrant par leurs bords.

Corolle monopétale, hypogyne, tubuleuse, irrégulière. Tube cylindrique, étroit, strié, pubescent, fendu à son sommet, d'un blanc verdâtre, presque entièrement recouvert par le calice. *LIMBE* à cinq divisions tournées du même côté, presque égales, parsemées de poils peu apparens : celle du centre, droite, ovale-oblongue, aiguë; les latérales opposées par paires, obliques, montantes, ovales et obtuses.

ÉTAMINES quatre, attachées au sommet du tube, deux fois plus longues que la corolle. *FILETS* cylindriques, pointus à leur sommet, d'abord abaissés et courbés en demi-cercle, ensuite horizontaux et réfléchis; glabres, de la couleur de la corolle. *ANTHÈRES* mobiles, ovales, comprimées, à deux lobes, creusées de deux sillons sur leur face antérieure; d'un pourpre foncé. *POUSSIÈRE FÉCONDANTE* de la couleur des anthères.

OVAIRE libre, arrondi, glabre, verdâtre, paroissant, lorsqu'on l'observe à la loupe, creusé à son sommet de quatre stries. *STYLE* de la longueur des étamines, ayant la même direction et la même forme. *STIGMATE* à deux divisions courtes, pointues et écartées.

BAIE peu succulente, recouverte par le calice, globuleuse, légèrement déprimée, luisante, de couleur cendrée, contenant quatre osselets. *OSSELETS* attachés au fond de la baie, droits, convexes et réticulaires d'un côté, anguleux et lisses de l'autre; à une seule semence.

SEMENCE ovale, obtuse, de couleur brune.

OBS. 1.º Le fruit du *CLERODENDRUM viscosum* m'a été communiqué par M. La Haye, jardinier de l'expédition de Dentrecasteaux, qui a rapporté de l'Inde, principalement des Isles de Java et de Batavia, une nombreuse collection de plantes.

2.º Linnæus, en décrivant le *CLERODENDRUM infortunatum* dans sa Flore de Ceylan, a cité comme synonymes de cette plante le *PERAGU* de Rheede, et le *CLERODENDRUM folio lato et acuminato* de Burmann(1). Ces deux plantes ont à la vérité beaucoup de rapports entre elles; mais elles diffèrent par plusieurs caractères importans. Dans le *PERAGU* de Rheede, les feuilles sont en cœur et dentées; le calice renflé, pentagone et parsemé de glandes visqueuses, recouvre presque entièrement le tube de la corolle; et le limbe de cette corolle est partagé en cinq divisions unilatérales. Dans le *CLERODENDRON* de Burmann, les feuilles faiblement échancrées à leur base, sont très-entières sur leurs bords; le calice est infiniment plus court que le tube de la corolle; et le limbe de cette corolle est bilabié. Les caractères que je viens d'énoncer, ayant été vérifiés sur différens échantillons du *CLERODENDRON folio lato et acuminato*, qui existent dans la collection de M. de Jussieu, et dans celle de Burmann, dont M. de Lessert est devenu le propriétaire; je me suis déterminé à séparer cette plante du *PERAGU* de Rheede. J'ai laissé le nom de *CLERODENDRUM infortunatum* à l'espèce qui a été figurée par Burmann, et qui paroît être celle que Linnæus a décrite dans sa Flore de Ceylan; et j'ai désigné sous le nom de *CLERODENDRUM viscosum* celle qui a fleuri à la Malmaison, et qui est évidemment la même que le *PERAGU* de Rheede. Le *CLERODENDRUM infortunatum* peut être déterminé par la phrase suivante:
CLERODENDRUM foliis subcordatis, integerrimis; tubo corollæ calice triplò longiore; limbo bilabiato.

M. Willdenow a ajouté aux deux synonymes que Linnæus avoit rapportés à son *CLERODENDRUM infortunatum*, le *PETASITES agrestis* de Rumphe (2); mais il suffit de jeter les yeux sur la figure de cette plante, et de lire la description très-étendue qui en a été donnée par l'auteur de l'Herbier d'Amboine, pour être convaincu qu'elle diffère beaucoup des *CLERODENDRUM viscosum* et *infortunatum*.

3.º Le genre *CLERODENDRUM* ne présente dans les organes de la fleur, aucun caractère constant qui le distingue du *VOLKAMERIA*; mais le fruit offre des différences qui peuvent être employées pour séparer ces deux genres. Le fruit du *CLERODENDRUM* est, comme l'a observé Gærtner, une baie qui renferme quatre osselets uniloculaires et monospermes; tandis que celui du *VOLKAMERIA* est une baie à deux osselets biloculaires et dispermes.

Expl. des fig. 1, Fleur nouvellement épanouie; pédiculée et munie de deux bractées. 2, Corolle ouverte, pour montrer l'insertion des étamines. 3, Pistil. 4, Fruit. 5, Le même coupé transversalement, pour montrer les quatre osselets. 6, Un osselet. 7, Semence nue.

(1) *Thesaurus Zeylanicus*, pag. 66, pl. 29.
(2) *Herbarium Amboinense*. vol. 4, pag. 108, pl. 49.

Selago Lucida

Peint par P. J. Redouté   Gravé par L. L. Alès

26

SELAGO *LUCIDA.*

F**AM.** des G**ATTILIERS**, *J**USS**.* — D**IDYNAMIE** G**YMNOSPERMIE**, *L**INN**.*

SELAGO spicis teretibus, terminalibus; foliis obovatis, integerrimis, lucidis; caule fruticoso.

Arbuste originaire du Cap de Bonne Espérance, dont le feuillage d'un vert foncé et luisant, forme un contraste agréable avec les fleurs disposées en épis, et d'un blanc de lait. Il passe l'hiver dans l'orangerie, et fleurit sur la fin du printemps.

———————

R**ACINE** rameuse, fibreuse, de couleur cendrée.

T**IGES** nombreuses, droites, cylindriques, rameuses, hérissées dans leur partie inférieure de la base subsistante des pétioles, feuillées dans la supérieure; de couleur cendrée, hautes de quatre décimètres, de la grosseur d'une plume à écrire. R**AMEAUX** alternes, rapprochés, presque droits, d'un vert tendre; paraissant striés et pubescens, lorsqu'on les observe avec la loupe.

F**EUILLES** alternes, rapprochées, très-ouvertes, pétiolées, ovales-renversées, entières, relevées en dessous d'une côte saillante, creusées en dessus d'un sillon, rudes au toucher sur leurs bords; planes, luisantes, d'un vert foncé, longues de douze millimètres, larges de huit.

P**ÉTIOLES** droits, convexes en dehors, et parsemés de poils peu apparens; sillonnés et glabres en dedans; très-courts, se prolongeant sur les tiges et sur les rameaux.

É**PIS** au sommet des tiges et des rameaux, solitaires, droits, cylindriques, longs de quatre centimètres. A**XE** des É**PIS** entièrement couvert de fleurs, cylindrique, strié, pubescent, garni de bractées.

F**LEURS** très-rapprochées, situées chacune dans l'aisselle d'une bractée; sessiles, d'un blanc de lait, peu odorantes, longues de deux centimètres, larges de dix millimètres: les inférieures presque horizontales et se développant les premières; les supérieures droites.

B**RACTÉES** droites, ovales, pointues, luisantes, de la couleur des feuilles, plus longues que les calices des fleurs; subsistantes.

C**ALICE** tubulé, creusé de cinq sillons, glabre, divisé à son limbe en cinq dents droites, aiguës et membraneuses sur leurs bords; trois fois plus court que le tube de la corolle, subsistant.

C**OROLLE** monopétale, hypogyne, tubulée, irrégulière. T**UBE** légèrement courbé, cylindrique, un peu renflé vers le sommet. O**RIFICE** nu. L**IMBE** ouvert, à deux lèvres. L**ÈVRE** **SUPÉRIEURE** à deux découpures linéaires, obtuses, concaves, courbées en dedans à leur sommet. L**ÈVRE** **INFÉRIEURE** un peu plus longue, à trois divisions profondes, écartées, semblables aux découpures de la lèvre supérieure.

Étamines attachées à la corolle, au nombre de quatre, dont deux plus grandes (*didynames*). Filets droits, en alène, glabres, blanchâtres : deux insérés à l'orifice, de la moitié de la longueur des divisions du limbe; deux renfermés dans le tube, insérés à sa partie moyenne. Anthères vacillantes, ovales, comprimées, à une loge, s'ouvrant intérieurement par un sillon longitudinal; d'un jaune pâle.

Ovaire libre, ovale, légèrement comprimé, verdâtre, creusé d'un sillon sur chaque face. Style capillaire, courbé vers son sommet, de la couleur de la corolle, plus long que les étamines. Stigmate simple.

Fruit muni d'une bractée à sa base, recouvert par le calice, formé d'une semence elliptique, pointue, convexe d'un côté, concave de l'autre, et contenant dans cette cavité un ovule qui n'a pas été fécondé, ou une seconde semence avortée.

Obs. 1.º L'espèce que je viens de décrire, est évidemment congénère du *Dalea* de Gærtner; mais ce genre *Dalea*, établi sur une espèce de *Lippia* (1), rapportée par M. Thunberg au *Selago*, ne paroît pas devoir être conservé. En comparant les caractères du *Dalea* et du *Selago*, l'on voit que ces deux genres ne diffèrent essentiellement que par leur fruit, dont l'un contient deux semences fécondes, et l'autre une semence féconde avec une semence avortée. Cette différence est-elle assez importante pour distinguer deux genres qui se rapprochent d'ailleurs par un grand nombre de caractères?

2.º Les deux ovules contenus dans l'ovaire des fleurs du *Selago Lucida*, sont recouverts d'une tunique mince, qui disparoît à mesure que le fruit se forme, et qui paroît faire partie de l'enveloppe extérieure de la semence. Ce caractère confirme l'affinité qui existe entre les genres *Selago* et *Verbena*.

Expl. des fig. 1, Fleur avec sa bractée. 2, Bractée séparée, vue en dedans. 3, Corolle ouverte pour montrer l'attache des étamines. 4, Une étamine séparée et grossie. 5, Calice et pistil. 6, Pistil grossi. 7, Fruit avec sa bractée. 8, Le même retiré du calice. 9, Semences dont une fertile et l'autre stérile, vues en dedans. (Les figures 7, 8 et 9 sont grossies).

(1) *Lippia ovata. Linn. Mantiss.*

Ionidium Polygalafolium

Peint par P. J. Redouté.

IONIDIUM.

FAM. des VIOLETTES (1). PENTANDRIE MONOGYNIE, *LINN.*

CHARACTER GENERICUS. *Calix* pentaphyllus, foliolis basi pedunculo affixis. *Corolla* hypogyna, irregularis, pentapetala, subbilabiata : labio superiore horizontali, dipetalo; labii inferioris tripetali petalo medio longiore, latiore, ecalcarato. *Stamina* quinque, calicinis foliolis opposita : antheræ distinctæ, utrinquè adnatæ filamentis brevibus, ligulatis, ultrà productis. *Ovarium* liberum; stylo unico; stigmate simplici. *Capsula* calice cincta, oligosperma, unilocularis, trivalvis; valvis medio seminiferis. *Embryo* rectus, in perispermo carnoso centralis; cotyledonibus ovatis. *Herbæ aut suffrutices ; folia stipulacea, sæpiùs alterna ; pedunculi solitarii, axillares, uniflori, sub apice geniculati ; petala quandoquè unguiculata.*

Obs. Genus a *VIOLA* diversum flore non resupinato, calice non basi producto, corollà ecalcaratà, subbilabiatà et corollam Scrophulariæ mentiente, antheris distinctis, capsulà oligospermà.

IONIDIUM POLYGALÆFOLIUM.

IONIDIUM foliis oppositis, lanceolatis, integerrimis; stipulis petiolo longioribus ; pedunculis cernuis, longissimis. — VIOLA verticillata. ORTEGA *Decas* 4, pag. 5o. *CAVAN. Leccion. Botan.* vol. 2, pag. 373.

Plante herbacée, vivace, originaire de la Nouvelle Espagne, paroissant, lorsqu'on l'observe avec la loupe, parsemée dans toutes ses parties d'un duvet court et peu apparent. Elle fleurit sur la fin du printemps.

———

RACINE cylindrique, pivotante, munie de quelques chevelus; d'un gris cendré.

TIGES nombreuses, dures et presque ligneuses, rapprochées en touffe, tombantes, cylindriques, feuillées, simples ou munies de quelques rameaux vers leur base, de couleur brune dans leur partie inférieure, d'un vert pâle à leur sommet; longues de trois décimètres, de la grosseur d'une plume de corbeau. RAMEAUX peu nombreux, alternes, rapprochés, ayant la direction, la forme et la couleur des tiges.

FEUILLES opposées, obliques, presque sessiles, munies de stipules, relevées d'une nervure saillante et rameuse, rudes au toucher sur leurs bords, d'un vert gai en dessus, d'un vert pâle en dessous : les inférieures réfléchies, elliptiques, longues de treize millimètres; les supérieures horizontales, en lance, aiguës, longues de quatre centimètres, larges de sept millimètres.

PÉTIOLES extrèmement courts, réfléchis et horizontaux, élargis sur leurs bords par le prolongement des feuilles; convexes d'un côté, planes de l'autre, d'un vert pâle.

STIPULES deux, adhérentes aux côtés de la base de chaque pétiole et opposées; en lance, aiguës, rudes au toucher sur leurs bords, de la couleur des feuilles et du tiers de leur longueur.

PÉDICULES naissant alternativement dans l'aisselle d'une des feuilles opposées; solitaires, filiformes, à une fleur, articulés au dessous de leur sommet, de couleur brune, de la longueur des feuilles; d'abord recourbés, se redressant insensiblement à mesure que le fruit se forme.

FLEURS très-petites, penchées, d'un vert jaunâtre avec une légère teinte purpurine.

CALICE subsistant, de la moitié de la longueur de la fleur, à cinq divisions profondes, droites, ovales, aiguës, égales, relevées d'une nervure peu saillante; concaves, pubescentes, ne se prolongeant point par leur base au-delà du point d'insertion.

———

(1) Le genre Violette paroît, selon l'observation de M. de Jussieu, devoir être considéré comme le type d'une famille nouvelle dont les éléments ne sont pas encore découverts. Ce nouvel ordre qu'il suffit d'indiquer, a quelques rapports avec celui des Cistes ; mais il en diffère essentiellement par son inflorescence, par sa corolle irrégulière, par ses étamines en nombre déterminé, par la nature de son périsperme, et par la structure de l'embryon.

PÉTALES cinq, hypogynes, alternes avec les divisions du calice, sessiles, horizontaux, peu ouverts, inégaux, représentant une fleur labiée. LÈVRE SUPÉRIEURE un peu plus longue que le calice, à deux pétales ovales-renversés, réfléchis à leur sommet. LÈVRE INFÉRIEURE à trois pétales : les deux latéraux oblongs, tronqués obliquement à leur sommet; le moyen beaucoup plus grand, concave ou à bords relevés dans sa partie supérieure, n'ayant à sa base ni éperon, ni protubérance.

ÉTAMINES cinq, ayant la même attache que la corolle, opposées aux divisions du calice, libres et distinctes dans toute leur étendue. FILETS courts, en languette, de couleur fauve à leur sommet. ANTHÈRES linéaires, adhérentes à chaque côté du milieu des filets, creusées de deux sillons, membraneuses, blanchâtres.

OVAIRE libre, globuleux, relevé de trois angles arrondis, glabre, verdâtre. STYLE horizontal, filiforme, subsistant. STIGMATE simple, réfléchi, crochu.

CAPSULE de la forme de l'ovaire, entourée du calice, surmontée du style, de couleur brune, à une loge, s'ouvrant en trois valves, d'abord concaves, ensuite en forme de nacelle.

SEMENCES au nombre de six, attachées deux à deux par un tubercule blanchâtre au milieu de chaque valve; globuleuses, luisantes, d'un noir foncé.

OBS. 1.° Les Botanistes qui ont adopté le système sexuel, sont partagés d'opinion sur la classe à laquelle le genre *VIOLA* doit être rapporté. Les uns, à l'exemple de Linnæus, l'ont classé dans la Syngénésie Monogamie, et les autres dans la Pentandrie Monogynie. En admettant le genre que je viens d'établir, il ne doit plus y avoir de diversité de sentimens. L'*IONIDIUM* appartient à la Pentandrie, et le *VIOLA* à la Syngénésie Monogamie.

2.° L'individu d'*IONIDIUM polygalæfolium* que j'ai décrit, étoit formé d'une touffe de tiges qui avoient toutes des feuilles opposées, à l'exception d'une seule où elles étoient parfaitement alternes.

3.° Le genre *IONIDIUM* renferme plusieurs espèces dont la plupart avoient été rapportées au genre *VIOLA*. Ces espèces peuvent être déterminées par les caractères suivans :

* *PETALIS UNGUICULATIS.*

IONIDIUM calceolaria. Hirsutum; foliis lanceolatis; petali inferioris lateribus involutis. *VIOLA calceolaria*, LINN. et WILLDEN. *Spec. Plant.* (1)

IONIDIUM ipecacuanha. Foliis ovalibus, serratis, glabris; petalo inferiore plano. — *VIOLA ipecacuanha*, LINN. *Mat. Med.* WILLDEN. *Sp. Pl.* (2)

** *PETALIS SESSILIBUS.*

IONIDIUM glutinosum. Foliis alternis, ovato-lanceolatis, argute serratis. — Monte-Video. Ex *Herb. Juss.*

IONIDIUM buxifolium. Foliis alternis, obovatis, integerrimis, margine revolutis. — Madagascar. Ex *Herb. Juss.*

IONIDIUM heterophyllum. Foliis alternis, integerrimis, inferioribus obovatis, superioribus lineari-lanceolatis, acuminatis. — PLUKEN. tab. 120, fig. 8. Chine, Madras. Ex *Herb. Juss.*

IONIDIUM enneaspermum. Foliis alternis, stipulaceis, lanceolatis, acuminatis, integerrimis. — *VIOLA enneasperma*, LINN. *Flor. Zeylan.* 317. WILLDEN. *Sp. Pl.* (3)

IONIDIUM parviflorum. Foliis ovatis, serratis, inferioribus oppositis, superioribus alternis. (4) — *VIOLA parviflora*, LINN. *Supplem.* 546. WILLDEN. *Sp. Pl.*

IONIDIUM strictum. Foliis oppositis, lanceolatis, integerrimis; stipulis brevissimis, pedunculis erectis folio brevioribus. — Saint-Domingue. POITEAU.

IONIDIUM polygalæfolium. Foliis oppositis, lanceolatis, integerrimis; stipulis petiolo longioribus; pedunculis cernuis, longissimis.

Expl. des fig. 1, Fleur avec son pédicule. 2, Pétales dans leur disposition naturelle. 3, Fleur dont le calice et la corolle ont été retranchés, pour montrer l'attache et la forme des étamines. 4, Une étamine vue en dedans. 5, Calice et pistil. 6, Fruit. 7, Une valve avec ses deux semences. 8, Une semence présentée du côté de son point d'attache. (Les fig. 1, 2, 3, 4 et 5 sont grossies.)

(1) Doit-on rapporter à cette espèce le *VIOLA itoubou* d'Aublet, dont les tiges sont rameuses, et dont les feuilles sont ovales?

(2) L'Ipécacuanha employé en Europe comme vomitif, est fourni par deux plantes de la famille des Rubiacées. L'Ipécacuanha du Pérou provient de la racine du *PSYCHOTRIA emetica* (voy. LINN. *Supplem.* 144. Exclusis synonymis Pisonis et Marcgravii); et celui du Brésil est procuré par la racine du *CALLICOCCA ipecacuanha* (voy. *Transact. of the Linn. Societ.* vol. 6, pag. 137). Ce genre *CALLICOCCA*, qui est le même que le *TAPOGOMEA* d'Aublet et le *CEPHAELIS* de Swartz, ne diffère presque du *PSYCHOTRIA* que par son inflorescence (voy. VAHL. *Eclog. Americ.* pag. 18). Le *PSYCHOTRIA emetica* et le *CALLICOCCA ipecacuanha* ne sont pas les seules plantes dont les racines soient émétiques. La plupart des espèces du genre *IONIDIUM* passent pour avoir cette propriété, ainsi que quelques Apocinées, etc.

(3) Le *Polygala fruticosum lavandulæ folio viridi, flore cæruleo*, HERMANN, *Flor. Zeylan.* pag. 195, tab. 85, cité par M. Willdenow comme synonyme du *VIOLA enneasperma*, paroît devoir être rapporté au *POLYGALA theezans* LINN.

(4) CAVANILLES, *Plant. Hispan.* vol. 6, pag. 21.

Pongamia Glabra

Peint par P. J. Redouté.

Imprimé par L. Lemot.

PONGAMIA.

Fam. des Légumineuses, *Juss.* — Diadelphie Décandrie, *Linn.*

CHARACTER GENERICUS. *Calix* cyathiformis, coloratus, obliquè truncatus, quinquedentatus. *Petala* unguiculata : vexillum patens ; alæ et carina conniventes. *Stamina* decem, diadelpha : filamentis novem coalitis, decimo libero : antheris ciliatis, apice glandulosis. *Legumen* substipitatum, compresso-planum, rostratum, evalve, mono seu dispermum. — *Arbores. Folia stipulacea, ternata aut impari-pinnata ; foliolis oppositis ; petiolis et petiolulis articulatis. Flores racemosi, axillares.*

PONGAMIA GLABRA.

Pongamia foliis pinnatis ; foliolis 2-3-jugis, ovatis, acuminatis, glabris.

Robinia mitis. *Linn. Spec. Plant.* 1044. — Galedupa indica (1). *Lamarck, Dict. Ex Herbario* Lamarck. — Pongamia. *Lamarck, Illustrat. Gener.* pl. 603. — Dalbergia arborea. *Willden Spec. Plant.* — Pongam seu Minari. *Rheede, Hort. Malabar.* vol. 6, pag. 5, pl. 3.

Arbre très-élevé, toujours vert, originaire des grandes Indes. Il passe l'hiver dans la serre chaude, et fleurit au commencement de l'été.

Tige droite, cylindrique, rameuse, d'un gris cendré dans sa partie inférieure, d'un vert foncé et luisant dans la supérieure ; parsemée de quelques glandes blanchâtres et peu saillantes; haute de huit décimètres, de la grosseur de l'index. *Rameaux* axillaires, alternes, peu ouverts, ayant la forme et la couleur de la partie supérieure de la tige.

Feuilles alternes, horizontales, pétiolées, munies de stipules, ailées avec impaire, longues de quinze centimètres. *Folioles* sur deux ou trois rangées; opposées, pétiolées, ovales, pointues, ondées ; relevées d'une côte saillante d'où partent plusieurs nervures latérales, alternes et montantes; veineuses, glabres, luisantes, d'un vert foncé en dessus et plus pâle en dessous, subsistantes, longues de sept centimètres, larges de cinq : l'impaire plus longue et plus large.

Pétiole commun, renflé et articulé à sa base, ridé dans sa partie inférieure, convexe en dehors, comprimé sur les côtés, sillonné intérieurement; glabre, luisant, d'un vert foncé. *Pétioles partiels* ou *des folioles,* horizontaux, cylindriques, articulés sur le pétiole commun et de la même couleur; très-courts.

Stipules distinctes du pétiole et beaucoup plus courtes; opposées, horizontales, lunulées, munies sur leurs bords de poils peu apparents; obtuses, tombant promptement.

Grappes simples, axillaires, solitaires, droites, pédonculées, ovales, obtuses, beaucoup plus courtes que les feuilles. *Pédoncule* cylindrique, glabre, luisant, d'un vert gai.

Fleurs horizontales, pédiculées, papillonacées, d'un blanc sale, sans odeur, munies de bractées, de la grandeur de celles de la Coronille des jardins (*Coronilla Emerus. Linn.);* les inférieures se développant les premières.

(1) Excluso synonymo Rumphii.

Pédicules alternes, naissant deux à deux dans le même point, articulés, ouverts, filiformes, parsemés de poils peu apparents; de la longueur des fleurs.

Bractées à la base et au sommet des pédicules; ouvertes, en lance, aiguës, concaves, pubescentes, très-courtes, tombant promptement.

Calice en forme de coupe, parsemé de poils peu apparents, d'un brun violet, tronqué obliquement à son limbe qui est divisé en quatre dents très-courtes et inégales : la supérieure large, profondément échancrée; les trois inférieures un peu plus longues, aiguës.

Pétales cinq, attachés à la base du calice, munis chacun d'un onglet. Étendard ouvert, arrondi, échancré au sommet, à bords pliés en dedans; strié, et parsemé sur chaque strie de poils noirâtres et très-courts. Ailes horizontales, plus courtes que l'étendard, oblongues, obtuses, glabres, munies d'une oreillette arrondie sur le côté de la base opposé à l'onglet. Carène recouverte par les deux ailes et plus courte; formée de deux pétales rapprochés et se séparant sans effort, ovales-oblongs, obtus, glabres, tronqués obliquement sur le côté de la base opposé à l'onglet.

Étamines dix, ayant la même attache que la corolle, diadelphes. Filets réunis au nombre de neuf dans la moitié de leur étendue, en une gaîne cylindrique et fendue sous l'étendard; libres dans leur partie supérieure, alternativement plus courts, blanchâtres : dixième filet appliqué contre la fissure de la gaîne, libre dans toute son étendue. Anthères vacillantes, ovales, comprimées, surmontées d'une petite glande; à deux lobes, creusées sur les côtés d'un sillon parsemé de poils noirâtres.

Ovaire linéaire, comprimé, contenant deux ovules, hérissé de poils noirs. Style très-court, filiforme, courbé. Stigmate un peu renflé, en forme de glande.

Légume porté sur un pédicule court et renflé, entouré à sa base par le calice subsistant; membraneux, elliptique, plane, un peu arqué, surmonté d'une pointe recourbée; d'un gris cendré, ne s'ouvrant point, ne contenant qu'une semence.

Semence en forme de rein, comprimée, d'un brun foncé, adhérente à la suture supérieure du légume.

Obs. 1.º Le genre Pongamia se distingue du Dalbergia, par ses étamines qui ne sont point divisées en deux paquets portant chacun quatre ou cinq anthères (1); de l'Amerimnon, par ses étamines qui ne sont point monadelphes, par son fruit qui ne s'ouvre point; et du Pterocarpus, par son fruit qui n'est pas ailé.

2.º J'aurois dû peut-être citer avec doute le Dalbergia arborea de M. Willdenow, et le synonyme de Rheede; parceque la plante qui est figurée dans l'Hortus Malabaricus, et qui est le type du genre Pongamia, semble différer, surtout par la forme de ses fruits et de ses semences, du Pongamia glabra.

3.º M. La Haye, jardinier en chef dans l'expédition du voyage à la recherche de La Pérouse, m'a communiqué une plante originaire de Java, qui est congénère du Pongamia. J'ai aussi trouvé dans l'Herbier de M. de Jussieu, sous le nom de Galedupa grandiflora, une espèce qui paroit devoir être rapportée au genre Pongamia. Ces deux espèces peuvent être distinguées de celle que j'ai décrite, par les phrases suivantes :

Pongamia grandiflora. Foliis pinnatis; foliolis 6-jugis, ellipticis, obtusis, subtùs pubescentibus. Indes. Ex Herbar. D.ni de Jussieu.

Pongamia Sericea. Foliis ternatis; foliolis oblongis, subtùs sericeis. Java. Communicata a D.no La Haye.

Expl. des fig. 1, Pétales. 2, Calice et Organes Sexuels. 3, Gaîne des étamines, ouverte. 4, Une étamine grossie. 5, Pistil. 6, Légume.

(1) Essentia generis consistit in filamentis, in duo corpora æqualia, verticalia, supernè et infernè a se invicêm separata, coalitis. Schreber, Genera Plantarum, pag. 484.

Dionæa Muscipula

Peint par P. J. Redouté.

29

DIONÆA.

Pʟᴀɴᴛᴇs ɪɴᴅᴇᴛᴇʀᴍɪɴᴇᴇs (1), *Jᴜss.* — Dᴇᴄᴀɴᴅʀɪᴇ Mᴏɴᴏɢʏɴɪᴇ, *Lɪɴɴ.*

CHARACTER GENERICUS. *Calix* 5-partitus, basi retusus, persistens. *Petala* 5, disco hypogyno inserta, obovata. *Stamina* 10, ibidem inserta, corollâ breviora, alternatim petalis laciniisque calicinis opposita. *Ovarium* liberum, subrotundum, depressum, 10-sulcatum, disco cinctum : stylus persistens; stygma orbiculato-planum, fimbriatum. *Capsula* subrotunda, membranacea, suprà et subtùs depressa, 5-angulosa, 1-locularis, a centro ad peripheriam radiatim disrumpens, polysperma. *Receptaculum* centrale, spongiosum. *Semina* numerosissima. *Albumen* carnosum. *Embryo* rectus. — *Herba. Folia radicalia, petiolis dilatatis insidentia, subrotunda, ciliata, valdè sensibilia. Flores in scapo corymbosi, terminales, singuli 1-bracteati.*

DIONÆA MUSCIPULA.

Dɪᴏɴᴀᴀ muscipula. Eʟʟɪs, *Nova Acta Upsal.* 1, pag. 98, tab. 8. Lᴀᴍᴀʀᴄᴋ, *Dict.* et *Illustr.* tab. 362. Wɪʟʟᴅᴇɴ. *Spec. Plant.* Mɪᴄʜᴀᴜx, *Flor. Boreali-Americ.* 1, pag. 267.

Plante herbacée, vivace, croissant dans les lieux humides et marécageux de la Caroline du Nord, très-commune aux environs de Wilmington dans les endroits incultes désignés par le nom de *Barrens.* Les individus placés dans les serres chaudes de la Malmaison, ont fleuri au milieu du printemps.

Rᴀᴄɪɴᴇ fibreuse, d'un brun foncé.

Fᴇᴜɪʟʟᴇs radicales, pétiolées, d'abord pliées en deux, à bords roulés en dedans, et réfléchies sur la partie antérieure du pétiole qui est droit : ensuite ouvertes, étalées en rose et couchées, arrondies, fortement échancrées à leur base ainsi qu'à leur sommet, munies sur leurs bords de cils roides et alongés; relevées d'une côte saillante d'où partent un grand nombre de nervures fines et transverses qui se ramifient, et forment un réseau dans leur partie supérieure; recouvertes de points glanduleux et rougeâtres, parsemées en dessus de quelques soies roides et droites; un peu concaves, se rapprochant par leurs bords, se serrant étroitement, et croisant leurs cils, dès qu'on les touche; luisantes, d'un vert gai, longues et larges de deux centimètres.

Pᴇᴛɪᴏʟᴇs de la couleur des feuilles et trois fois plus longs, embrassant à leur base le collet de la racine, d'abord presque droits, ensuite couchés; entourés dans toute leur étendue, à l'exception du sommet qui est parfaitement nu, d'un large rebord comme dans les orangers; en forme de coin, ondulés, paroissant veineux et parsemés de petites glandes, lorsqu'on les observe avec la loupe.

Hᴀᴍᴘᴇ naissant du milieu des feuilles, droite, cylindrique, nue, glabre, de la couleur des feuilles, haute de dix-huit centimètres, de la grosseur d'une plume de corbeau.

Fʟᴇᴜʀs au sommet de la hampe, droites, pédiculées, formant par leur ensemble un corymbe lâche et un peu convexe; munies de bractées, d'un blanc de lait, sans odeur, aussi grandes que celles du Syringa : celles du centre se développant les premières.

Pᴇᴅɪᴄᴜʟᴇs cylindriques, parsemés de glandes peu apparentes, longs de deux centimètres : les extérieurs légèrement penchés; les intérieurs droits.

Bʀᴀᴄᴛᴇᴇs au-dessus de la base des pédicules et plus courtes; solitaires, horizontales, en lance, pointues, concaves, parsemées, principalement sur leurs bords, de glandes brunes et peu apparentes.

---

(1) Il est impossible de déterminer, dans l'état actuel de nos connoissances, l'ordre auquel doit être rapporté le Dɪᴏɴᴀᴀ. La plante avec laquelle ce genre paroît avoir le plus d'affinité, est le Dʀᴏsᴇʀᴀ; mais dans le Dʀᴏsᴇʀᴀ les semences adhèrent aux parois des valves, tandis que dans le Dɪᴏɴᴀᴀ elles sont insérées à un placenta central. Le Dɪᴏɴᴀᴀ paroît être le type d'une nouvelle famille dont les élémens ne sont pas encore connus.

CALICE de la moitié de la longueur de la fleur, creusé extérieurement à sa base autour du point où s'insère le pédicule; formé de cinq divisions profondes, ouvertes, en lance, pointues, concaves, parsemées de glandes peu apparentes; d'un vert pâle, subsistantes.

PÉTALES cinq, insérés sur un disque adhérent à la base du calice et à celle de l'ovaire; alternes avec les divisions du calice; ouverts en rose, ovales-renversés, rétrécis à leur base en un onglet court; striés, veineux, concaves vers leur sommet, paroissant échancrés par le pli que forment les bords en se rapprochant; se flétrissant avant de tomber.

ÉTAMINES dix, ayant la même attache que la corolle et beaucoup plus courtes, alternativement opposées aux divisions du calice et aux pétales; blanchâtres, de grandeur égale. FILETS droits, en alène. ANTHÈRES arrondies, à deux lobes, s'ouvrant latéralement. POLLEN formé de globules nombreux, de la couleur des anthères.

OVAIRE entouré à sa base d'un disque saillant; arrondi, déprimé, creusé de dix sillons dont cinq alternes moins profonds; verdâtre, à une loge, contenant un grand nombre d'ovules. STYLE droit, cylindrique, dilaté vers le sommet, blanchâtre, de la longueur des étamines, subsistant. STIGMATE plane, frangé, paroissant dans la maturité du fruit, divisé en cinq parties.

CAPSULE fortement déprimée et presque orbiculaire, relevée dans son contour de cinq angles arrondis, entourée par le calice, surmontée du style; membraneuse et diaphane, d'un noir foncé, à une loge, contenant un grand nombre de semences; ne s'ouvrant point spontanément et se déchirant du centre à la circonférence en plusieurs fentes. PLACENTA central, spongieux, peu saillant.

SEMENCES remplissant toute la cavité de la capsule, ovales-renversées, luisantes, d'un noir de jais, très-petites.

EMBRYON petit, droit, cylindrique, entouré d'un périsperme blanchâtre, charnu et grumeleux.

OBS. 1.º M. Solander est le premier Botaniste qui ait connu la plante que je viens de décrire. Il se disposoit à la publier, lorsque l'amour de l'Histoire Naturelle lui fit entreprendre ce fameux voyage autour du globe, dont les résultats ont été si heureux pour les sciences. Quelque temps après le départ de ce savant Naturaliste, M. Ellis envoya à Linnæus la description et une figure du DIONÆA que le célèbre professeur d'Upsal fit insérer dans le premier volume des *Nova Acta Regiæ Societatis Scientiarum Upsaliensis*.

2.º Il n'est aucun végétal connu dont les feuilles soient douées d'un degré aussi énergique d'irritabilité, que celles du DIONÆA muscipula. Si l'on touche leur surface supérieure avec une aiguille, si un insecte se pose dessus, ou si on les transporte de la serre chaude en plein air, aussitôt leurs lobes se redressent, se rapprochent et se serrent étroitement; les cils se croisent et se recourbent; et les feuilles restent plus ou moins de temps fermées, selon l'impression plus ou moins vive qu'elles ont éprouvée.

3.º La nature de l'irritabilité des Végétaux étant encore un problème, j'ai cru qu'il étoit plus utile de décrire avec exactitude l'organisation des feuilles du DIONÆA, que de chercher à expliquer la cause qui détermine leurs lobes à se rapprocher, lorsqu'un insecte se pose sur leur surface, ou lorsqu'on l'irrite par le contact.

4.º Les feuilles du DIONÆA sont formées chacune de deux lobes demi-ovales et séparés par une côte sillonnée, de laquelle partent des nervures parallèles et très-rapprochées, comme dans le Bananier. Ces nervures, simples dans les deux tiers de leur étendue, se ramifient vers leur sommet, se croisent; et leurs divisions se rejoignent aux bords de la feuille pour former les cils. Toute la portion du disque où les nervures sont simples, est parsemée de quelques soies roides: elle est aussi recouverte de points glanduleux colorés qui sont moins nombreux et moins apparents dans la partie où les nervures présentent des ramifications, et qui existent aussi sur les cils. Les intervalles des nervures simples sont remplis d'un parenchyme beaucoup plus mince que celui qui est entre les veines ou ramifications des nervures.

Expl. des fig. 1, Fleur dont le calice est ouvert pour montrer l'insertion des pétales et des étamines sur le disque situé entre l'ovaire et le calice. 2, Fruit. 3, Capsule coupée longitudinalement, pour montrer l'attache des semences. 4, Une semence grossie.

Euphorbia Mellifera

Peint par P. J. Redouté.

30

EUPHORBIA *MELLIFERA.*

Fam. des Euphorbes, *Juss.* — Dodécandrie Trigynie, *Linn. Syst. Veget. §. 2. Fruticosæ, inermes.*

EUPHORBIA foliis sparsis, lanceolatis, acutis, lævibus; floribus paniculatis; ramis paniculæ quinquefloris; capsulis muricatis.

Euphorbia *Mellifera. Ait. Hort. Kewens.* 3, page 493. *Willden. Spec. Plant.* n.° 32.

Euphorbia *Longifolia.* Lamarck, *Dictionn.* n.° 13.

Arbrisseau très-laiteux, croissant naturellement à Madère, se distinguant aisément de toutes les espèces d'Euphorbe dont la tige est ligneuse, par ses feuilles semblables à celles du Laurier-Rose (*Nerium oleander* Linn.), et par ses fleurs d'un brun foncé, disposées en thyrse. Il passe l'hiver dans l'orangerie, et fleurit au commencement du printemps.

———————

Racine pivotante, fibreuse, jaunâtre, poussant plusieurs rejets.

Tige droite, cylindrique, peu rameuse, nue dans presque toute son étendue et marquée de cicatrices demi-circulaires formées par la chute des pétioles; feuillée à son sommet; parfaitement glabre, d'un vert glauque, haute d'un mètre et demi, de la grosseur du pouce. Rameaux peu nombreux, presque droits, alternes, de la forme et de la couleur de la tige.

Feuilles vers le sommet de la tige et des rameaux; alternes, rapprochées, horizontales et réfléchies, pétiolées et se prolongeant sur le pétiole, en lance, amincies à leurs extrémités; très-entières, pointues, relevées d'une côte saillante, rameuse, et velue dans sa partie inférieure; veineuses, glabres, d'un vert foncé en dessus, d'un vert glauque en dessous, blanchâtres et membraneuses sur leurs bords, roulées en dedans sur elles-mêmes avant leur développement, et formant une longue pointe comme celles des figuiers; longues de douze centimètres, larges de deux.

Pétioles articulés, horizontaux, convexes et velus en dehors, sillonnés et glabres en dedans, très-courts.

Panicule au sommet de la tige et des rameaux, ovale-arrondie, droite, longue de douze centimètres, large de dix. — *Pédoncules* ou *Rameaux* de la *Panicule* alternes, horizontaux, cylindriques, glabres, divisés à leur sommet, munis de bractées à leur base, longs de huit centimètres; les supérieurs plus courts.

Pédicules au nombre de cinq, savoir, quatre extérieurs, et un dans le centre; cylindriques, glabres, munis de bractées à leur base, inégaux, ordinairement simples, rarement bifurqués; d'abord très-courts, s'alongeant ensuite à mesure que les fleurs se développent.

Fleurs d'abord rapprochées en tête, ensuite écartées par l'alongement des pédicules; et disposées en petites ombelles; d'un brun foncé, répandant une odeur de miel, munies de bractées à leur base : celle du centre simplement mâle, se développant la première et tombant promptement; les quatre extérieures hermaphrodites.

Bractées droites, ovales, aiguës, membraneuses, tombant promptement : celles des rameaux de la panicule solitaires; celles des pédicules et des fleurs au nombre de deux et opposées.

Calice d'une seule pièce, en forme de toupie, relevé de cinq nervures, divisé à son limbe. *Découpures* au nombre de dix, savoir, cinq extérieures très-ouvertes, demi-circulaires, un peu épaisses, d'un vert pâle en dessous, ponctuées et d'un brun foncé en dessus; et cinq intérieures alternes, courbées en dedans, ovales, frangées à leur sommet, velues à leur base et sur leurs bords, d'une légère teinte rougeâtre.

Étamines ordinairement au nombre de douze, quelquefois de seize; attachées au réceptacle, se développant successivement, d'abord renfermées dans le calice, ensuite saillantes hors de la fleur. *Filets* droits, cylindriques, d'un vert pâle, articulés dans leur partie moyenne. *Anthères* droites, arrondies, à deux lobes, de couleur violette. *Poussière fécondante* d'un jaune doré.

Réceptacle hérissé d'écailles nombreuses, frangées, renfermées dans le calice.

Ovaire situé au centre des étamines, porté sur un pédicule cylindrique qui s'alonge insensiblement et se réfléchit à mesure que le fruit se forme; ovale, creusé de trois sillons, paroissant, lorsqu'on l'observe avec la loupe, recouvert d'écailles disposées sur six rangées. *Styles* trois, réunis à leur base, libres et distincts à leur sommet. *Stigmates* six, en forme de glandes.

Capsule portée sur un pédicule réfléchi, penchée en dehors du calice, ovale-arrondie, d'un pourpre foncé, creusée de six sillons dont trois alternes plus profonds; hérissée de glandes disposées sur six rangées alternes avec les sillons; formée de trois coques......

Obs. 1.º Le fruit de l'*Euphorbia mellifera* n'étant pas parvenu à une maturité parfaite, je n'ai pu décrire sa structure intérieure qui doit être conforme à celle des autres espèces du genre.

2.º Linnaeus a désigné une espèce d'Euphorbe originaire des Indes, sous le nom de *Neriifolia*. Ce nom spécifique, s'il n'eût pas été déjà employé, auroit mieux convenu à l'espèce que je viens de décrire, et dont les feuilles ressemblent plus à celles du *Nerium oleander*, que les feuilles de l'espèce qui porte le nom de *Neriifolia*.

3.º M. Vaillant a consigné dans la relation de son Voyage d'Afrique une observation très importante sur le suc des Euphorbes. Il a reconnu que le suc de ces plantes étoit plus caustique à l'époque de la fructification. J'ai cru devoir rappeler l'observation de ce célèbre voyageur, à laquelle les Physiciens et les Naturalistes n'ont pas donné l'attention qu'elle méritoit.

Expl. des fig. 1, Un rameau de la panicule dont les fleurs sont entièrement développées, pour montrer les cinq pédicules, les bractées, et la fleur du centre simplement mâle. 2, Fleur hermaphrodite ouverte et trois fois grossie, pour montrer les dix découpures du calice, le réceptacle hérissé de soies, l'attache des étamines qui se développent successivement et qui sont articulées dans leur partie moyenne, la forme et la direction du pistil.

Platylobium Formosum

Peint par P. J. Redouté.

31

PLATYLOBIUM *FORMOSUM.*

FAM. des LÉGUMINEUSES, *JUSS.* — DIADELPHIE DÉCANDRIE, *LINN.*

PLATYLOBIUM ramis teretibus, hirsutis; foliis oppositis, cordato-ovatis, reticulatis; ovario piloso.

PLATYLOBIUM *formosum.* Foliis cordato-ovatis; germine piloso. SMITH, *Acta Societ. Linn. Londin.* 2, pag. 350, et *Botany of New Holland,* pag. 17, pl. 6. WILLDEN. *Spec. Plantar.*

CHEILOCOCCA *apocynifolia. SALISB. prodr.* 412.

Arbrisseau originaire de Botany-Bay, d'un aspect charmant; qui par la beauté de son feuillage, le nombre et l'éclat de ses fleurs d'un jaune doré et tachées de pourpre, mérite d'être recherché pour l'embellissement des jardins. Il passe l'hiver dans l'orangerie, et fleurit sur la fin du printemps.

———————————

TIGE droite, cylindrique, noueuse, velue, très-rameuse, d'un violet sombre; haute de huit décimètres, de la grosseur d'une plume de cygne. BRANCHES dans les nœuds de la tige; axillaires, opposées, ouvertes, velues, grêles, pliantes, de la forme et de la couleur de la tige. RAMEAUX semblables aux branches, très-courts.

FEUILLES opposées, réfléchies, pétiolées, munies de stipules; en cœur et ovales, très-entières, aiguës et surmontées d'une pointe courte, relevées de veines saillantes qui se croisent en forme de réseau; convexes, coriaces, subsistantes, velues lorsqu'elles se développent, ensuite presque glabres; d'un vert foncé en dessus, d'un vert cendré en dessous, longues de quatre centimètres, larges de trois.

PÉTIOLES très-courts, droits, cylindriques, hérissés de poils nombreux et blanchâtres.

STIPULES distinctes du pétiole et de la même longueur; opposées, réfléchies, en lance, aiguës, striées, pubescentes en dehors, glabres en dedans, membraneuses, de couleur brune.

PÉDICULES solitaires dans les aisselles des feuilles; au nombre de deux ou de trois au sommet des rameaux; d'abord droits, se réfléchissant ensuite à mesure que le fruit se forme; cylindriques, velus, à une fleur, munis de bractées, beaucoup plus longs que les pétioles.

FLEURS d'un beau jaune doré et tachées de pourpre, de la grandeur de celles du Pois commun.

BRACTÉES à la base des pédicules et à leur sommet, opposées par paires; droites, semblables aux stipules.

CALICE en cloche, velu en dehors, glabre en dedans, d'un vert tendre avec une légère teinte purpurine, divisé à son limbe en cinq découpures; subsistant. DÉCOUPURES peu ouvertes : les deux supérieures très-grandes, ovales-renversées; les trois inférieures beaucoup plus petites, en lance, aiguës.

Corolle attachée à la base du calice, papillonacée, formée de cinq pétales portés chacun sur un onglet court. *Étendard* deux fois plus long que le calice; très-ouvert, ovale-arrondi, profondément échancré, relevé en dehors d'une nervure, creusé en dedans d'un sillon; strié, veineux, marqué vers sa base d'une tache d'un pourpre vif et rayonnant sur ses bords; se divisant au moindre effort en deux parties, comme la carène de la plupart des papillonacées. *Ailes* plus courtes que l'étendard, réfléchies et recouvrant la carène, demi ovales-renversées, munies d'un appendice sur le côté de la base qui est opposé à l'onglet. *Carène* de la longueur des ailes, tachée de pourpre à son sommet, formée de deux pétales étroitement rapprochés, ovales-renversés, munis d'un appendice sur un des côtés de leur base.

Étamines dix, ayant la même attache que la corolle. *Filets* réunis à leur base en un tube court, libres dans le reste de leur étendue; en alène, courbés à leur sommet, glabres, blanchâtres. *Anthères* vacillantes, ovales, d'un jaune pâle, à deux lobes; s'ouvrant latéralement.

Ovaire pédiculé, linéaire, comprimé, très-velu. *Style* courbé en dedans, filiforme, glabre, subsistant. *Stigmate* simple.

Légume long de quatre centimètres, large de vingt-six millimètres; pédiculé, réfléchi, oblong, comprimé, obtus, surmonté d'une petite pointe, tronqué obliquement à sa base, muni dans la suture supérieure d'un rebord mince et saillant; à une loge, s'ouvrant en deux valves; d'abord d'un vert cendré et très-velu, ensuite d'un brun foncé, presque glabre, et parsemé de stries qui se croisent en forme de réseau.

Semences ovales, obtuses, légèrement comprimées, de couleur brune, adhérentes à la suture supérieure du légume par un cordon ombilical, munies à leur ombilic d'une caroncule saillante et courbée en arc.

Obs. 1.º Le genre *Platylobium* établi par M. Smith dans le second volume des Transactions de la Société Linnéenne de Londres, et dans *Botany of New Holland*, contient six espèces, dont deux décrites dans les ouvrages que je viens de citer, trois figurées dans le *Botanist Repository* de M. Andrews, et une que je possède dans ma collection, et qui peut être déterminée par la phrase suivante:

Platylobium obcordatum. Ramis striatis, pubescentibus; foliis alternis, obcordatis, reticulatis, minimis.

Les semences de ces six espèces sont toutes munies à leur ombilic d'une caroncule saillante qui n'existe que dans un petit nombre de plantes légumineuses.

2.º L'étendard du *Platylobium formosum* se divise aisément dans le sens de la longueur, en deux pièces, sans qu'il paroisse y avoir la moindre déchirure sur le bord par lequel ces deux pièces adhéroient. J'ai observé ce caractère sur plusieurs autres légumineuses, et principalement sur le Pois cultivé.

3.º Le *Platylobium formosum* présente dans l'opposition parfaite de ses feuilles, un caractère qui n'avoit été encore observé dans aucune légumineuse (1).

Expl. des fig. 1, Fleur pédiculée, munie de bractées. 2, Pétales. 3, Gaîne des étamines. 4, Pistil pédiculé. 5, Fruit. 6, Une semence.

(1) *Folia stipulacea alterna (in paucissimis subopposita).* Juss. *Gener. Plant.* pag. 345.

Persoonia Linearis

Peint par P. J. Redouté.

C

32

PERSOONIA *LINEARIS*.

FAM. des PROTÉES, *JUSS.* — TÉTRANDRIE MONOGYNIE, *LINN.*

PERSOONIA foliis linearibus, mucronatis, subvillosis.

PERSOONIA *linearis.* *ANDREWS*, *Botan. Reposit.* 77.

Arbrisseau d'un bel aspect, originaire de Botany-Bay, toujours vert, s'élevant à deux mètres. Il passe l'hiver dans l'orangerie, et fleurit au milieu de l'été.

TIGE haute de huit décimètres, de la grosseur de l'index; droite, cylindrique, très-rameuse, feuillée et hérissée dans sa partie supérieure de poils courts et blanchâtres, nue et recouverte dans l'inférieure d'un épiderme roussâtre qui se détache par petites plaques. *BRANCHES* alternes, pliantes, recourbées, parsemées inférieurement de tubercules formés par la base subsistante des feuilles; de la forme et de la couleur de la tige. *RAMEAUX* très-rapprochés et presque verticillés, peu ouverts, velus, d'un brun rougeâtre.

FEUILLES éparses, horizontales, présentant un de leurs bords dans la direction de la tige; sessiles, articulées, linéaires, rétrécies à leur base, pointues à leur sommet, très-entières sur leurs bords, parsemées sur chaque surface de poils couchés et peu apparents; coriaces, d'un vert foncé, subsistantes, longues de six centimètres, larges de deux millimètres.

PÉDICULES dans la partie supérieure de la tige, des branches et des rameaux; axillaires, très-ouverts, articulés, cylindriques, renflés vers leur sommet; à une fleur, pubescents, d'un vert blanchâtre, longs de huit millimètres.

FLEURS horizontales, d'un jaune jonquille, sans odeur, plus longues que les pédicules.

CALICE formé de quatre folioles droites et rapprochées dans leur moitié inférieure en un tube renflé à sa base, et resserré vers le sommet; très-ouvertes et recourbées en arc dans leur moitié supérieure; linéaires, aiguës, pubescentes en dehors, glabres en dedans, se détachant successivement après la fécondation, et tombant séparément.

ÉTAMINES quatre, attachées à la base des folioles du calice et plus courtes; droites, rapprochées dans presque toute leur étendue en un tube qui engaîne le style; de la couleur du calice. *FILETS* adhérents dans leur moitié inférieure au calice, libres dans la supérieure, recourbés vers leur sommet; linéaires, comprimés, sillonnés intérieurement. *ANTHÈRES* adhérentes à la moitié supérieure et antérieure des filets, s'ouvrant chacune par deux sillons longitudinaux.

Ovaire porté sur un pédicule court et entouré à sa base de quatre glandes saillantes; libre, ovale-arrondi, glabre, blanchâtre, sillonné en devant, à une loge, contenant deux ovules comprimés. Style cylindrique, droit, un peu contourné vers le sommet, de la longueur et de la couleur des étamines; subsistant. Stigmate tronqué, sillonné ou à deux lèvres peu apparentes.

Fruit......

Obs. 1.º Le genre Persoonia établi par M. Smith (1), et dont M. Andrews a figuré trois espèces (2), se rapproche du Linkia de M. Cavanilles (3), par tous les caractères de la fleur. Si le fruit de ce dernier genre que le savant directeur du Jardin royal de Madrid n'a pas observé dans sa parfaite maturité, était un drupe; il est hors de doute que les Linkia et Persoonia seroient réunis en un seul genre, et désignés par le nom du premier, puisqu'il est antérieur au Persoonia.

2.º Depuis la publication du Genera de M. de Jussieu, les Botanistes ont décrit plusieurs genres qu'ils ont rapportés à la famille des Protées. Cette famille, entièrement composée de plantes étrangères à l'Europe, se trouve maintenant augmentée de cinq genres, et peut-être de sept : savoir, l'Hakea, de M. Schrader (4); les Xylomelum, Lambertia, Persoonia de M. Smith; et le Linkia de M. Cavanilles. Il est encore probable que le Gevuina placé par M. de Jussieu parmi les plantes d'ordres indéterminés, et que le Cylindria de Loureiro (5), doivent appartenir à la famille des Protées. Je passe sous silence le Quadria que les auteurs de la Flore du Pérou ont reconnu être le même genre que le Gevuina; le Conospermum de M. Smith, qui appartient à la famille des Thymélées; et le Conchium du même auteur, qui d'après l'énoncé de son caractère, ne paraît pas différer de l'Hakea, comme l'a déjà observé M. Cavanilles.

Expl. des fig. 1, Fleur pédiculée. 2, Une foliole du calice, vue en dedans pour montrer l'attache et la forme de l'étamine. 3, Même figure grossie. 4, Pistil dont l'ovaire est porté sur un pédicule entouré à sa base de quatre glandes. 5, Le même dont l'ovaire a été coupé longitudinalement pour montrer qu'il est uniloculaire, et qu'il ne renferme que deux ovules.

(1) *Transactions of the Linnean Society.* Vol. 4, pag. 215.
(2) *Botanists Repository*, 74, 77 et 280.
(3) *Icones Plantarum.* Vol. 4, pag. 61, pl. 589.
(4) *Sertum Hannoverianum.* Pag. 27, pl. 17.
(5) *Flora Cochinchinensis.* Edit. German. Vol. 1, pag. 86.

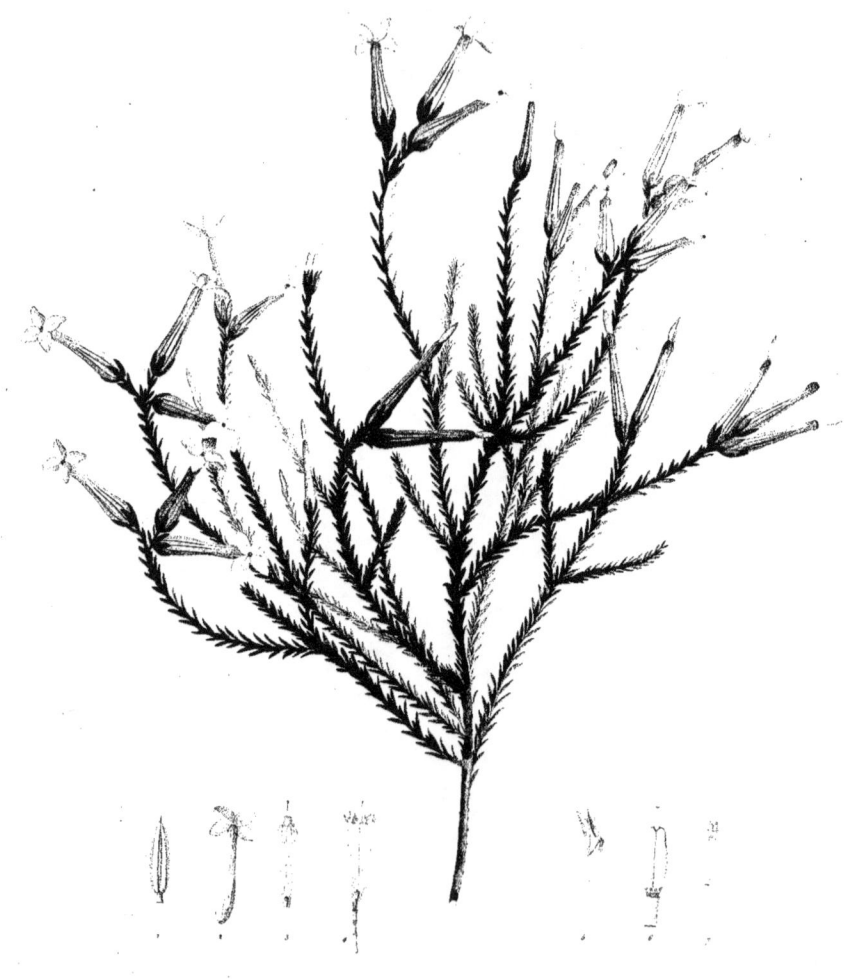

Erica Lagenaformis

Peint par P. J. Redouté.

ERICA *LAGENÆFORMIS*.

Fam. des Bruyères, *Juss.* — Octandrie Monogynie, *Linn.*

ERICA foliis ternis, erecto-patulis; corollà lagenæformi, viscidà; limbi laciniis ovatis, tubo quadruplò brevioribus.

Erica *(lagenæformis)* foliis ternis; corollà 12-14-lineari, viscidà; tubo ovato, apice ventricoso; limbo tubo 4-plo breviore, ovato. *Salisbury, Species of Erica.*

Erica *(Jasminiflora)* antheris basi bicornibus, inclusis; stylo exserto; corollis ampullaceis, sesquipollicaribus, laciniis cordatis, patentibus; floribus subternis; foliis ternis, trigonis, subulatis, patenti erectis. *Andrews, Ericæ, n.° 49.*

Arbuste originaire du Cap de Bonne-Espérance, remarquable par la grandeur, la forme et la beauté de ses fleurs disposées en petits bouquets au sommet des jeunes rameaux. Il passe l'hiver dans l'orangerie, et fleurit depuis le milieu de l'été jusqu'au commencement de brumaire.

Tige droite, cylindrique, nue vers sa base, et recouverte d'un épiderme brunâtre et gercé; feuillée et rameuse dans le reste de son étendue; haute de trois décimètres, de la grosseur d'une plume à écrire. Branches alternes, rapprochées, peu ouvertes, nues dans leur partie inférieure, et parsemées de tubercules sur lesquels étaient insérées les feuilles. Rameaux ayant la situation, la direction et la forme des branches; terminés à leur sommet par un petit bouquet de fleurs.

Feuilles recouvrant entièrement la partie supérieure de la tige, les branches et les rameaux; verticillées au nombre de trois, droites dans leur moitié inférieure, ouvertes et légèrement recourbées vers leur sommet; pétiolées, linéaires, pointues, planes en dedans, convexes en dehors, et creusées sur le milieu d'un sillon longitudinal; munies sur leurs bords de cils roides et glanduleux; d'un vert foncé, subsistantes, longues de sept millimètres, larges d'un seul.

Pétioles insérés sur un tubercule saillant, droits et appliqués contre les branches ou les rameaux; renflés et articulés à leur base, convexes en dehors, planes en dedans, blanchâtres, très-courts.

Fleurs au sommet des jeunes rameaux, ordinairement au nombre de trois, pédiculées, visqueuses, munies de bractées; de couleur de chair et parsemées de lignes d'un rouge assez vif; longues de quatre centimètres, larges de seize millimètres.

Pédicules ouverts, cylindriques, visqueux, de couleur pourpre, deux fois plus longs que les feuilles.

Bractées deux ou trois, alternes sur les pédicules et de la même longueur; droites, de la forme et de la couleur des feuilles.

Calice formé de quatre folioles droites, linéaires et en lance, munies sur leurs bords de cils courts et glanduleux; pointues, concaves et très-visqueuses en dedans, convexes et sillonnées en dehors; subsistantes, de la couleur des feuilles, de la longueur du pédicule.

Corolle monopétale, hypogyne, tubulée, se flétrissant avant de tomber. *Tube* trois fois plus long que le calice; relevé de huit lignes ou nervures très-fines, ventru à sa base, insensiblement rétréci jusqu'au sommet qui est un peu renflé. *Limbe* ouvert, à quatre divisions ovales, obtuses, concaves, quatre fois plus courtes que le tube.

Étamines huit, ayant la même attache que la corolle, alternes avec les glandes du disque qui entoure l'ovaire; de la longueur du tube. *Filets* planes, tortueux, blanchâtres, coudés et courbés en dedans vers leur sommet. *Anthères* d'abord rapprochées en cône et adhérentes par leurs faces latérales, se séparant ensuite au moment de la fécondation ou lorsqu'on ouvre la corolle; vacillantes, linéaires, creusées sur les côtés de deux ouvertures; fendues à leur sommet, munies à leur base de deux pointes légèrement courbées.

Ovaire entouré d'un disque glanduleux; cylindrique, obtus, creusé de quatre sillons, d'un vert tendre. *Style* filiforme, plus long que le tube, d'un pourpre foncé. *Stigmate* en tête, surmonté de quatre glandes.

Fruit........

Obs. 1.° L'espèce que je viens de décrire a beaucoup de rapports avec les *Erica Gorteriæfolia, Ampullæformis* et *Jasminiflora* Salisb. Elle se distingue aisément des deux premières par ses feuilles qui ne sont point recourbées, et de la troisième par sa corolle dont le tube n'est point cylindrique.

2.° Le genre *Erica* est un de ceux qui renferment le plus grand nombre d'espèces. Les plantes qui appartiennent à ce genre croissent naturellement en Europe, et sur-tout en Afrique au Cap de Bonne Espérance. Ce sont des arbrisseaux, des sous-arbrisseaux et des arbustes qui conservent leurs feuilles pendant l'hiver, et qui, par l'éclat et la forme variée de leurs fleurs, contribuent à l'embellissement des jardins. Parmi les Monographies qui ont été données de ce genre intéressant, l'on doit distinguer celle qui a été publiée par M. Salisbury, dans le sixième volume des Transactions de la Société Linnéenne de Londres. Ce savant Botaniste a remarqué le premier, dans l'exposition du caractère générique, que les anthères adhéroient entr'elles avant la fécondation, par les ouvertures creusées sur leurs faces latérales. Il a observé que l'*Erica vulgaris* dont les cloisons sont adhérentes à l'axe du fruit (1), devoit constituer un genre particulier, auquel il a donné le nom de *Calluna*. Dans le tableau des espèces, M. Salisbury en a présenté 247 qu'il a disposées selon leur degré d'affinité, en s'attachant principalement aux caractères fournis par la structure de la corolle et des anthères. Les phrases spécifiques énoncent avec clarté les caractères distinctifs : les synonymes nécessaires pour faire connoître les espèces des auteurs, sont cités avec la plus grande exactitude.

Expl. des fig. 1, Une feuille vue en dessous. 2, Corolle séparée. 3, Étamines avant la fécondation. 4, Étamines après la fécondation. 5, Partie supérieure d'une étamine grossie, pour montrer l'insertion et la forme de l'anthère. 6, Ovaire grossi avec une petite portion du style, pour montrer le disque glanduleux. 7, Partie supérieure du style grossie, pour montrer les quatre glandes qui surmontent le stigmate.

_____

(1) Ce caractère est parfaitement exprimé dans la figure que Gærtner a donnée de l'*Erica vulgaris.*

Rhamnus Glandulosus.

Peint par P. J. Redouté.

Gravé par Mass.

RHAMNUS *GLANDULOSUS.*

Fam. des Nerpruns, *Juss.* — Pentandrie Monogynie, *Linn. Syst. Vegetab.* §. 11. *Inermes.*

RHAMNUS floribus hermaphroditis, racemosis; foliis ovatis, obtusè serratis, glabris, basi glandulosis. *Aiton, Hort. Kewens. Willden. Spec. Plant.*

Arbrisseau à feuilles luisantes, toujours vertes et munies d'une glande dans les aisselles de leurs nervures inférieures; originaire des Canaries. Il passe l'hiver dans l'orangerie, et fleurit au milieu du printemps.

Tige droite, cylindrique, très-rameuse, recouverte d'une écorce d'un brun cendré et gercée; haute d'un mètre, de la grosseur du petit doigt. *Branches* alternes, ouvertes, divisées, de la forme et de la couleur de la tige. *Rameaux* axillaires, articulés, ayant la direction et la forme des branches; paroissant, lorsqu'on les observe avec la loupe, parsemés de poils couchés et très-courts.

Feuilles alternes, rapprochées, horizontales et réfléchies, pétiolées, munies de stipules; ovales, pointues, dentées, relevées d'une côte saillante et rameuse, veinées, glanduleuses vers leur base, glabres, luisantes, d'un vert foncé sur la surface supérieure, d'un vert pâle sur l'inférieure; longues de sept centimètres, larges de trois.

Pétioles articulés, horizontaux et réfléchis, convexes d'un côté, sillonnés de l'autre, parsemés de poils peu apparents; d'un vert cendré, très-courts.

Stipules latérales, distinctes du pétiole, droites, en lance, pointues, d'un brun foncé, plus courtes que les pétioles.

Grappes extrêmement courtes, axillaires, droites, obtuses. *Axe* des *Grappes* cylindrique, pubescent, muni de bractées; d'un vert cendré.

Fleurs droites, pédiculées, ordinairement hermaphrodites, quelquefois simplement mâles, de la grandeur de celles de l'Alaterne; d'abord d'un vert un peu jaunâtre, ensuite d'un jaune couleur de miel.

Pédicules articulés, droits, cylindriques, glabres, munis de bractées, de la couleur et de la longueur des fleurs.

Bractées à la base des pédicules, et plus courtes; droites, ovales, aiguës, quelquefois divisées à leur sommet; convexes, pubescentes en dehors.

Calice tubulé, glabre. *Tube* insensiblement dilaté, en forme de toupie. *Limbe* à cinq divisions réfléchies, en lance, aiguës, à peine de la longueur du tube.

Corolle formée de cinq pétales attachés au sommet du tube du calice, alternes avec ses divisions, et deux fois plus courts; droits, linéaires, aigus, concaves, semblables à des écailles, tombant promptement.

Étamines cinq, ayant la même attache que la corolle, opposées aux pétales et beaucoup plus grandes. *Filets* droits, en alène, se prolongeant sur le tube du calice et de la même couleur. *Anthères* vacillantes, ovales, à deux lobes, d'abord d'un jaune pâle, ensuite verdâtres.

Ovaire libre, globuleux, creusé de trois sillons. *Styles* trois, très-courts. *Stigmates* obtus.

Fruit......

Obs. Les genres *Rhamnus, Frangula, Alaternus, Ziziphus* et *Paliurus* de Tournefort, ont été réunis par Linnæus en un seul genre désigné par le nom de *Rhamnus*. L'espèce que je viens de décrire appartient évidemment au genre *Alaternus* de Tournefort; et elle se distingue au premier aspect de toutes les espèces de ce genre, par les glandes situées vers la base du disque des feuilles, et naissant dans les aisselles des nervures qui partent de la côte moyenne.

Expl. des fig. 1, Fleur grossie avec son pédicule muni à sa base d'une bractée trifide. 2, Calice ouvert et grossi, pour montrer l'attache des pétales et des étamines. 3, Ovaire grossi.

Pultenaea Ericoides.

Peint par P. J. Redouté.   Gravé par ... Allais.

PULTENÆA *ERICOIDES*.

Fam. des Légumineuses, *Juss.* — Décandrie Monogynie, *Linn.*

PULTENÆA hirsuta; foliis sparsis, linearibus, margine revolutis; floribus solitariis, axillaribus.

Sous-Arbrisseau dont le port ressemble beaucoup à celui d'une Bruyère; originaire de la Nouvelle Hollande. Il passe l'hiver dans l'orangerie, et fleurit au commencement de l'été.

Tiges droites, cylindriques, très-rameuses, nues et hérissées de petits tubercules sur lesquels étoient articulées les feuilles; d'un brun cendré, hautes de cinq décimètres, de la grosseur d'une plume à écrire. Branches alternes, rapprochées, droites, de la forme et de la couleur des tiges. Rameaux vers le sommet des branches, presque verticillés ou disposés en faisceaux; droits, feuillés, hérissés de poils longs et de couleur de rouille.

Feuilles alternes, extrêmement rapprochées et paroissant verticillées; horizontales et réfléchies, sessiles, articulées, linéaires, à bords roulés en dehors, obtuses, surmontées d'une petite glande, parsemées sur chaque surface, et principalement sur l'inférieure, de poils longs et blanchâtres; d'un vert foncé en dessus et plus pâle en dessous; longues de douze millimètres, à peine larges de deux.

Fleurs dans les aisselles des feuilles; solitaires, droites, pédiculées, munies d'une bractée; d'un jaune de citron, de la grandeur de celles du Mélilot.

Pédicules droits, cylindriques, pubescents, plus courts que les fleurs.

Bractées à la base des pédicules; droites, ovales, obtuses, concaves, membraneuses, tombant promptement, de la longueur des pédicules.

Calice en forme de cloche, pubescent en dehors, glabre en dedans, d'un vert pâle, subsistant, divisé à son limbe. Limbe à cinq découpures droites, en lance, pointues, égales, terminées par une glande peu apparente.

Corolle insérée à la base du calice, papillonacée, formée de cinq pétales munis chacun d'un onglet. Étendard relevé, ovale-arrondi, échancré au sommet, à bords légèrement repliés, creusé en dedans d'un sillon longitudinal; marqué en dehors de deux lignes d'un pourpre peu foncé. Ailes presque de la longueur de l'étendard; oblongues, obtuses, concaves, munies d'une oreillette sur le côté de leur base qui est opposé à l'onglet. Carène formée de deux pétales rapprochés par leur bord inférieur; ayant la direction et la forme des ailes.

Étamines dix, ayant la même attache que la corolle. Filets libres, filiformes, courbés en dedans, blanchâtres, inégaux. Anthères vacillantes, ovales, aiguës, comprimées, creusées intérieurement de deux sillons; d'un jaune doré.

Ovaire ovale, recouvert de poils longs et soyeux, porté sur un pédicule court, cylindrique et glabre. *Style* filiforme, ayant la direction des étamines et plus long. *Stigmate* simple.

Fruit......

Obs. 1.° Quoique l'espèce que je viens de décrire, s'éloigne du *Pultenæa* par son calice qui est nu ou dépourvu d'appendices, j'ai cru néanmoins devoir la rapporter à ce genre, parceque de tous les groupes de plantes légumineuses à étamines distinctes, c'est celui dont elle se rapproche par un plus grand nombre de caractères. Elle diffère du *Podalyria*, par son calice qui n'est point à deux lèvres, par son légume qui n'est point polysperme; du *Gompholobium*, par ses feuilles simples, par son calice à cinq découpures, par son légume qui ne doit contenir qu'une ou deux semences; du *Daviesia*, par son port, par son calice qui n'est point anguleux, et par son légume qui, d'après la forme de l'ovaire, ne paroît pas devoir être comprimé.

2.° Il est probable que les caractères des genres auxquels on a rapporté les espèces de légumineuses découvertes dans les îles de la mer du Sud, seront réformés lorsqu'on en aura observé un plus grand nombre. Plusieurs espèces de ces genres nouvellement établis, ne paroissent différer de l'*Aspalathus*, du *Borbonia* et du *Spartium* que par leurs étamines distinctes.

Expl. des fig. 1, Fleur de grandeur naturelle, vue de trois quarts. 2, Pétales. 3, Calice et organes sexuels. 4, Même figure grossie, pour montrer les étamines distinctes. 5, Pistil grossi et pédiculé.

Verbena Mutabilis

Peint par P. J. Redouté.   Gravé par P. J. Lanvin.

VERBENA *MUTABILIS*.

Fam. des Gattiliers, *Juss.* — Diandrie Monogynie, *Linn.*

VERBENA diandra; spicis longissimis, carnosis, nudis; foliis ovatis, subtùs subtomentosis; flore mutabili; caule fruticoso.

Verbena *mutabilis. Jacq. Icon. Rar.* 207. *Willden. Spec. Plantar.* 1, pag. 115.

Zapania *mutabilis. Lamarck, Illustrat.* pag. 59.

Arbrisseau originaire de l'Amérique Equinoxiale, dont les fleurs d'abord d'un rouge de feu, ensuite de couleur de chair, s'épanouissent successivement et presque en forme de verticilles sur un axe cylindrique, charnu et très-alongé. Il passe l'hiver dans la serre chaude, et fleurit pendant l'été.

Tige moelleuse, droite, ligneuse et cylindrique dans sa partie inférieure; herbacée et tétragone dans la supérieure; rameuse, d'un vert blanchâtre, hérissée de poils courts, haute d'un mètre, de la grosseur du petit doigt. Rameaux dans les aisselles des feuilles; opposés, ouverts, très-courts, ayant la forme et la couleur de la partie supérieure de la tige.

Feuilles opposées en croix, horizontales, pétiolées et se prolongeant sur le pétiole; ovales, aiguës, dentées, relevées en dessous d'une côte rameuse et saillante, creusées en dessus d'un pareil nombre de sillons; veineuses, ridées, rudes au toucher et d'un vert foncé sur la surface supérieure, blanchâtres et hérissées de poils courts sur l'inférieure; longues de quinze centimètres, larges de huit.

Pétioles articulés, très-ouverts, dilatés sur leurs bords; convexes en dehors, planes en dedans, de la couleur des feuilles et beaucoup plus courts.

Épi au sommet de la tige; cylindrique, pubescent, muni de bractées, long de trois décimètres, courbé dans sa partie supérieure. Axe de l'Épi, charnu, creusé sur toute sa surface de cavités dans lesquelles sont insérés les calices des fleurs.

Fleurs de la grandeur de celles du Bouillon-blanc (*Verbascum thapsus*), munies chacune d'une bractée, se développant successivement plusieurs ensemble depuis la base jusqu'au sommet de l'épi, et disposées en verticilles dans la partie de l'axe qu'elles occupent; d'abord d'un rouge de feu, ensuite de couleur de rose, puis couleur de chair; se flétrissant avant de tomber.

Bractées à la base des fleurs et du tiers de leur longueur; droites, ouvertes à leur sommet, en lance, très-pointues, concaves, pubescentes en dehors, glabres en dedans, blanchâtres et ciliées sur leurs bords; subsistantes.

Calice d'une seule pièce, tubulé, comprimé, pubescent, serré contre l'axe de l'épi; relevé en dessus, dans sa moitié inférieure, d'une nervure, et profondément échancré à son sommet; strié en dessous, et divisé à son limbe en quatre dents, dont deux intérieures très-courtes.

Corolle monopétale, insérée sous l'ovaire, tubulée, inégale. *Tube* cylindrique, dilaté dans sa partie supérieure, finement strié, recourbé, glabre en dehors, pubescent intérieurement, plus long que le calice. *Limbe* très-ouvert, à cinq découpures dont quatre arrondies, légèrement échancrées; l'inférieure plus petite, ovale, obtuse.

Étamines quatre, dont deux fertiles et deux stériles; renfermées dans le tube de la corolle. *Filets* insérés dans la partie moyenne du tube et se prolongeant dans sa partie inférieure; droits, filiformes, glabres, blanchâtres. *Anthères* à deux lobes écartés, arrondis, inégaux, s'ouvrant intérieurement, de la couleur des filets.

Ovaire libre, conique, glabre, d'un vert pâle, creusé d'une strie sur chaque face. *Style* filiforme, glabre, blanchâtre, de la longueur du tube. *Stigmate* en tête, tronqué, verdâtre.

Semences deux, situées au fond du calice qui fait les fonctions de péricarpe, enveloppées avant leur maturité d'une tunique commune et très-mince; oblongues, aiguës, noirâtres, luisantes.

Obs. 1.° Le *Verbena orubica* que M. de Lamarck a regardé comme la même espèce que le *Verbena mutabilis*, en diffère essentiellement par les dents de ses feuilles qui sont très-aiguës, par ses fleurs plus petites et d'une couleur différente, et par son épi feuillé, ou plutôt par ses bractées qui sont écartées de l'axe de l'épi dans toute leur étendue.

2.° Le genre *Verbena, Linn.* renferme plusieurs espèces qui se rapprochent à la vérité par les caractères les plus essentiels; mais qui diffèrent par plusieurs considérations assez importantes, pour autoriser les Botanistes à en former des genres secondaires. M. de Lamarck a déjà réuni sous le nom de *Zapania* toutes les espèces dont les semences au nombre de deux, sont renfermées dans un calice presque bivalve. Cette division est très-utile à la science. Mais comme elle comprend des espèces qui diffèrent par le nombre des étamines, et sur-tout par leur port, telles que les *Zapania nodiflora, citrodora, indica*, etc., ne seroit-il pas à propos de subdiviser encore le genre *Zapania*, ou d'établir dans le genre *Verbena, Linn.*, les sections suivantes qui paroissent assez tranchées?

§. I. *Fructus dispermus. Flores tetrandri, capitati.*
§. II. *Fructus dispermus. Flores diandri, densè spicati.*
§. III. *Fructus dispermus. Flores tetrandri, laxè spicati.*
§. IV. *Fructus tetraspermus. Flores tetrandri, laxè spicati.*

L'espèce que j'ai décrite se rapporte à la seconde section qui comprend les *Verbena orubica, Linn., Verbena indica, Linn., Verbena lævis, Juss., Verbena Jamaicensis, Linn., Verbena mutabilis, Jacq., Verbena Cayennensis, Rich.,* et *Verbena prismatica, Linn.*

Expl. des fig. 1, Bractée. 2, Fleur vue par derrière pour montrer la forme du calice. 3, Corolle ouverte pour montrer le nombre et l'attache des étamines. 4, Étamine fertile grossie pour montrer la forme des anthères. 5, Calice vu par devant pour montrer les quatre dents du limbe. 6, Pistil.

Magnolia Pumila

Peint par P. J. Redouté.

MAGNOLIA *PUMILA.*

FAM. des MAGNOLIERS, *JUSS.* — POLYANDRIE POLYGYNIE, *LINN.*

MAGNOLIA foliis perennantibus, ellipticis, undulatis, acuminatis, reticulato-venosis; floribus hexapetalis, cernuis.

MAGNOLIA *(pumila).* Foliis ellipticis, undulatis, acuminatis, subglaucis; floribus nutantibus, albis; petalis carnosis, obovatis, concavis. *ANDR. Botan. Reposit.* 226.

Arbrisseau peu élevé, originaire de la Chine, passant l'hiver dans la serre chaude où il conserve son feuillage, et où il fleurit dans toutes les saisons.

TIGE droite, cylindrique, rameuse, glabre, marquée d'impressions circulaires formées par la chûte des stipules; recouverte dans sa partie inférieure d'un épiderme cendré et gercé; d'un vert foncé dans la supérieure, et parsemée de petites glandes ou tubercules peu saillants; haute de quatre décimètres, de la grosseur d'une plume de cygne. *RAMEAUX* axillaires, alternes, articulés, droits, ayant la forme et la couleur de la partie supérieure de la tige.

BOURGEONS au sommet de la tige et des rameaux; solitaires, droits, cylindriques, pointus, un peu tortueux, semblables à ceux des figuiers.

FEUILLES droites avant leur développement, pliées en deux, à bords roulés en dedans, entièrement recouvertes par des stipules : ensuite alternes, rapprochées, ouvertes, pétiolées, nues, elliptiques, ondées, pointues, munies d'un rebord membraneux; relevées d'une côte saillante et rameuse, veinées en réseau, coriaces, d'une saveur aromatique; d'un vert foncé et luisant sur la surface supérieure, d'un vert cendré et terne sur l'inférieure; longues de quatorze centimètres, larges de cinq.

PÉTIOLES articulés, peu ouverts, convexes en dehors, planes en dedans avec un rebord saillant; glabres, d'un vert tendre, très courts.

STIPULES deux, droites, en lance, glabres, concaves, d'abord étroitement réunies par leurs bords, et formant une gaîne cylindrique et pointue; se séparant ensuite, tombant promptement, et laissant une cicatrice circulaire sur la partie du rameau où elles étoient insérées.

PÉDICULES au sommet de la tige et des rameaux; solitaires, recourbés, cylindriques, à une fleur, glabres, parsemés de glandes peu apparentes, marqués dans leur partie moyenne d'une impression circulaire formée par la chûte des bractées; deux fois plus longs que les pétioles, de la couleur des rameaux.

BOUTONS de FLEURS, penchés, oblongs, amincis vers leur base, renflés vers leur sommet, presque en forme de massue, entièrement recouverts par deux bractées qui se séparent et qui tombent à mesure que la fleur s'épanouit.

Fleurs pendantes, en forme de cloche, d'un blanc de lait, moitié plus petites que celles du *Magnolia glauca*; répandant une odeur analogue à celle du fruit du *Bromelia Ananas*; s'épanouissant ordinairement vers le midi, et ne subsistant que quelques heures.

Bractées deux, insérées au milieu du pédicule, droites, opposées, ovales, obtuses, concaves, glabres, d'un vert pâle; d'abord rapprochées et recouvrant le bouton de fleur, se séparant ensuite à mesure que ce bouton prend de l'accroissement, et se détachant lorsque la fleur commence à s'ouvrir.

Réceptacle de la moitié de la longueur de la fleur; conique, creusé autour de sa partie inférieure de six cavités orbiculaires où sont insérés les pétales, parsemé dans sa partie moyenne d'un grand nombre de fossettes où s'attachent les étamines, portant plusieurs ovaires à son sommet.

Calice inséré à la base du réceptacle, formé de trois folioles très ouvertes, ovales-oblongues, obtuses, concaves, d'un vert pâle en dehors, blanchâtres en dedans, presque aussi longues que la fleur, tombant promptement.

Pétales six, peu ouverts, épais et charnus, concaves, amincis à leur base, disposés sur deux rangs, tombant promptement : ceux du rang extérieur alternes avec les folioles du calice, ovales-arrondis, échancrés à leur sommet; ceux du rang intérieur opposés aux folioles du calice, ovales, aigus, un peu plus courts que les extérieurs.

Étamines très nombreuses, droites, se recouvrant mutuellement comme les tuiles d'un toit; blanchâtres, très courtes, tombant promptement. *Filets* en lance, pointus, convexes en dehors, creusés intérieurement depuis leur base jusque vers leur sommet de deux sillons. *Anthères* situées dans les sillons des filets.

Ovaires nombreux, droits, inégaux, rapprochés en une tête ovale; se recouvrant mutuellement, convexes en dehors, planes en dedans, sillonnés longitudinalement sur le milieu de chaque face; à une loge, blanchâtres. *Styles* nuls. *Stigmates* aigus, noirâtres.

Fruit......

Obs. Toutes les parties de la fleur du *Magnolia pumila* deviennent d'un brun foncé par la dessiccation; et le plus grand nombre de ces parties, savoir le pédicule, les bractées, le calice, les pétales extérieurs, et les ovaires, qui étoient lisses dans leur état de fraîcheur, sont alors chagrinées ou parsemées de petits tubercules saillants.

Expl. des fig. 1, Fleur pédiculée dont on a retranché le calice, la corolle et les étamines, pour montrer les points d'attache de chacun de ces organes. 2, Une étamine grossie et vue en dedans, pour montrer les deux sillons dans lesquels sont logées les anthères. 3, Un ovaire. 4, Le même coupé transversalement pour montrer qu'il est uniloculaire.

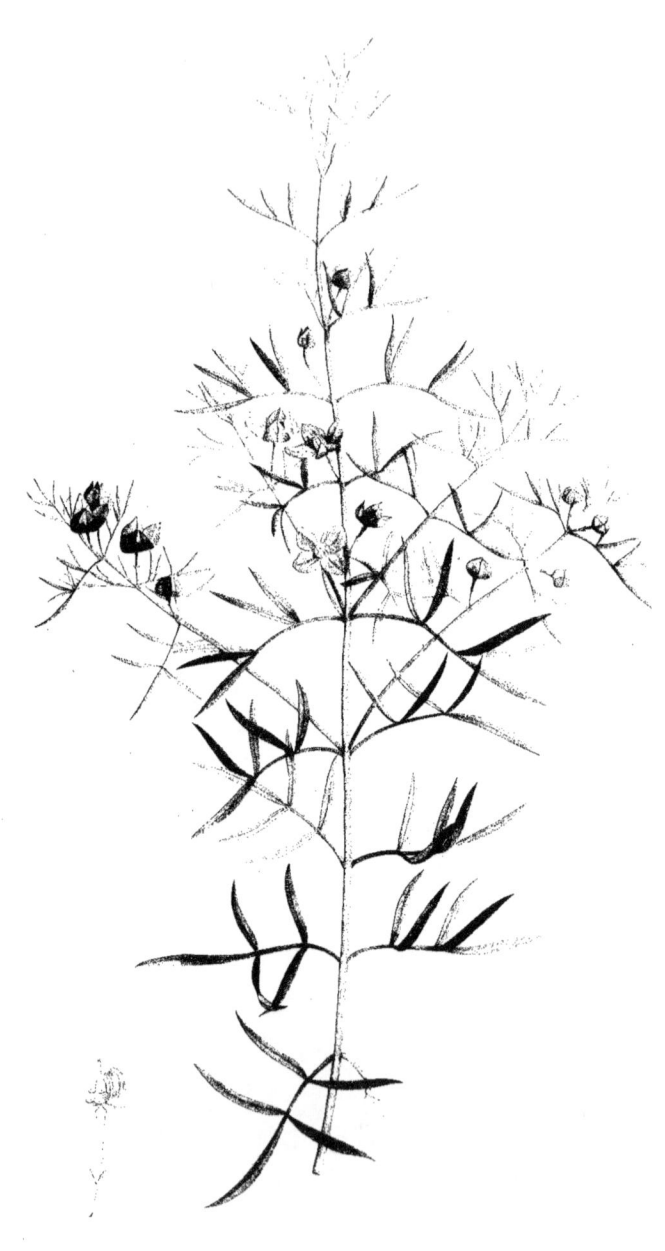

Boronia Pinnata.

Peint par P. J. Redouté.

BORONIA *PINNATA*.

Fam. des Rutacées, *Juss.* — Octandrie Monogynie, *Linn.*

BORONIA foliis impari-pinnatis, integerrimis.

Boronia pinnata. *Smith, Tracts relating to Natural History*, pag. 290, pl. 4. *Andrews Botanists Repository*, 58.

Arbuste aromatique, d'un bel aspect et d'un port élégant, croissant naturellement aux environs du Port-Jackson. Il passe l'hiver dans l'orangerie. Ses fleurs se développent successivement pendant tout le printemps : elles sont d'une belle couleur rose, et répandent une odeur douce et agréable.

Tige droite, cylindrique, feuillée, rameuse, flexible dans sa partie supérieure; recouverte d'un épiderme lisse et d'un brun clair; haute de sept décimètres, de la grosseur d'une plume à écrire. *Rameaux* axillaires, opposés, peu ouverts, de la forme et de la couleur de la tige.

Feuilles opposées en croix, horizontales et réfléchies, pétiolées, dépourvues de stipules, ailées avec impaire, d'un vert foncé, longues et larges de six centimètres; les supérieures insensiblement plus courtes. *Folioles* sur deux ou trois rangées; opposées, droites et horizontales, sessiles, articulées sur le pétiole commun, en lance, aiguës, très-entières, un peu épaisses, lisses, ponctuées, répandant, lorsqu'on les froisse, une odeur de myrte : longues de trois centimètres, larges de trois millimètres; l'impaire ou la terminale un peu plus longue.

Pétiole commun très ouvert et quelquefois réfléchi; convexe d'un côté, sillonné de l'autre, noueux dans les points d'insertion des folioles; de la couleur des feuilles.

Pédoncules axillaires, solitaires, droits, cylindriques, striés, noueux, renflés vers leur sommet; simples et à une seule fleur, ou divisés et à plusieurs fleurs; munis de bractées; d'une légère teinte purpurine, de la longueur des folioles.

Fleurs droites, d'une belle couleur rose, répandant une odeur douce et agréable, analogue à celle de l'Aubépine; de la grandeur de celles de la Rue.

Bractées dans les nœuds des pédoncules, opposées en croix et réunies à leur base; droites, en lance, aiguës, concaves, ponctuées, très courtes, d'une légère teinte purpurine.

Calice très court, à quatre divisions profondes, ouvertes, ovales, aiguës, ponctuées, d'abord d'un vert tendre, ensuite de couleur de pourpre; subsistantes.

Corolle insérée sous un disque hypogyne, formée de quatre pétales alternes avec les divisions du calice, ouverts, disposés en croix, sessiles, ovales, aigus, concaves, parsemés intérieurement et sur leurs bords d'un duvet court et peu apparent.

Étamines huit, ayant la même attache que la corolle, opposées alternativement aux pétales et aux divisions du calice. *Filets* courbés et recouvrant l'ovaire, planes, velus en dehors, glabres en dedans, blanchâtres, plus courts que la corolle.

Anthères en bouclier, penchées, ovales, surmontées d'une petite glande; de couleur brune, s'ouvrant latéralement. *Pollen* d'un jaune doré.

Ovaire ovale-arrondi, creusé de quatre sillons, ou à quatre lobes, glabre, porté sur un disque glanduleux, orbiculaire, saillant et d'un violet foncé. *Styles* quatre, droits, cylindriques, rapprochés, de la longueur des étamines. *Stigmates* obtus.

Fruit.......

Obs. 1.° Les feuilles du *Boronia pinnata* ne sont pas toujours parfaitement opposées, et on en trouve quelquefois d'alternes dans la partie inférieure des rameaux.

2.° Depuis la publication du *Genera* de M. de Jussieu, la famille des Rutacées a été enrichie par M. Smith de cinq Genres nouveaux, savoir *Zieria*, *Correa*, *Eriostemon*, *Crowea* et *Boronia*. Ce dernier genre a beaucoup d'affinité avec le *Ruta*; mais il s'en distingue aisément par le nombre des parties de la fructification, et sur-tout par ses pétales sessiles ou sans onglet.

3.° Les pédoncules paroissent devoir être multiflores dans le *Boronia pinnata*. Il existe en effet des rudiments de fleurs dans les aisselles des bractées; mais ces fleurs ne se sont point développées dans l'individu qui a été figuré.

4.° Le genre *Boronia* n'honore pas moins le Botaniste qui l'a établi, que celui dont il porte le nom. M. Smith voyageant en Italie, prit à son service Boroni qui, par ses bonnes qualités, ne tarda pas à gagner la confiance et à mériter l'affection de son maître. Les occupations du célèbre Botaniste Anglois développèrent le goût de l'étude dans le cœur du jeune Italien. M. Smith lui donna des leçons de Botanique. Les progrès de Boroni furent très rapides. M. Smith vit alors en lui un collaborateur, et il en fit son ami. Il l'engagea ensuite à accompagner M. Sibthorp qui devoit faire un voyage en Grèce, pour les progrès de l'Histoire Naturelle, et qui fut très flatté d'avoir Boroni pour compagnon de ses travaux. Malheureusement Boroni périt dans ce voyage par l'effet d'une chûte qu'il fit à Athènes, du haut d'un balcon.

Expl. des fig. 1, Fleur grossie, dont on a enlevé trois pétales et six étamines, pour montrer l'insertion de ces deux organes, le disque glanduleux, et le pistil.

Parnassia Asarifolia

Peint par P. J. Redouté. Gravé par Chapuis.

PARNASSIA *ASARIFOLIA.*

Fam. des Capriers, *Juss.* — Pentandrie Tétragynie, *Linn.*

PARNASSIA foliis radicalibus, reniformibus; petalis unguiculatis; appendicibus trifidis.

Plante herbacée, vivace, originaire de l'Amérique Septentrionale, croissant dans les lieux humides, fleurissant sur la fin de l'été.

———————————

Racine cylindrique, rampante, hérissée de fibres, munie dans sa partie supérieure de la base subsistante des pétioles; de couleur brune.

Feuilles radicales, rapprochées en touffe, presque droites, pétiolées, en forme de rein, très entières, relevées de plusieurs nervures; paroissant veineuses lorsqu'on les observe avec la loupe; glabres, d'un vert tendre, longues de quatre centimètres, larges de cinq.

Pétioles peu ouverts, dilatés à leur base et embrassant le collet de la racine; cylindriques, striés, glabres, de la couleur des feuilles, longs d'un décimètre.

Hampe s'élevant du sommet de la racine, grêle, flexible, contournée, sillonnée et presque tétragone, entourée dans sa partie moyenne d'une feuille arrondie et fendue à sa base en deux lobes rapprochés; glabre, d'un vert pâle, haute de vingt-six centimètres.

Fleur solitaire au sommet de la hampe; de la même couleur que celle du *Parnassia palustris,* et plus grande.

Calice à cinq divisions profondes, ouvertes, ovales, aiguës, glabres, relevées en dehors de trois nervures, creusées en dedans de trois stries; très courtes, d'un vert tendre, subsistantes.

Corolle insérée sous l'ovaire, formée de cinq pétales munis d'un appendice à leur base, alternes avec les divisions du calice, ouverts, ovales-oblongs, très obtus, concaves, relevées en dehors de nervures fines dont les plus intérieures se réunissent au sommet; creusés en dedans d'un pareil nombre de stries; portés sur un onglet plane, étroit et de la longueur du calice; se flétrissant avant de tomber. *Appendices* ayant la même direction que les pétales; convexes en dehors, concaves en dedans, partagés vers leur sommet en trois découpures inégales et surmontées d'une glande.

Étamines cinq, ayant la même attache que la corolle et plus courtes; opposées aux divisions du calice. *Filets* simples, filiformes, blanchâtres, d'abord droits et entourant l'ovaire avant l'émission du pollen, ensuite très ouverts. *Anthères* de la couleur des filets, droites, ovales, obtuses, creusées de quatre sillons, s'ouvrant sur les sillons latéraux. *Pollen* formé de molécules nombreuses et jaunâtres.

Ovaire libre, ovale-arrondi, creusé de quatre stries, glabre, d'un vert pâle. Style nul. Stigmates quatre, ovales, comprimés, rapprochés par leurs bords, très courts, subsistants.

Fruit......

Obs. 1.º Parmi les différents ordres auxquels ont été rapportées les plantes polypétales, monopétales et apétales dont les étamines ont une insertion hypogyne, soit médiate, soit immédiate ; celui des Capriers est le seul dont le Parnassia se rapproche par un plus grand nombre de caractères. Mais, comme ce genre diffère des Capriers par ses pétales munis intérieurement à leur base d'un appendice, par son ovaire sessile, par son stigmate multiple, par son embryon droit et cylindrique, et même par son port ; ne doit-on pas le considérer comme le type d'une nouvelle famille dont les éléments ne sont pas encore connus ? Il est vraisemblable que le Parnassia est, dans l'état actuel de la science, ce qu'étoient autrefois le Nyctago, le Protea qui ont exercé longtemps la sagacité des Botanistes occupés de la recherche des rapports naturels, et qui, depuis la découverte de plusieurs genres analogues, constituent aujourd'hui des Familles distinctes et parfaitement caractérisées.

2.º Les Botanistes ont donné différentes dénominations aux organes situés à la base intérieure des pétales du Parnassia. M. de Jussieu les a considérés comme des écailles ou des appendices ; Linnæus les a décrits comme des nectaires ; Vaillant les regardoit comme la véritable corolle de la fleur, et ce célèbre Botaniste les comparoit aux organes qu'il a le premier désignés par le nom de Pétales dans les Aconitum, Nigella, Helleborus et autres Renonculacées avec lesquelles le Parnassia paroît avoir quelque affinité.

3.º Le genre Parnassia comprend trois espèces qui peuvent être distinguées par les phrases suivantes :

Parnassia palustris. Foliis radicalibus, cordatis ; petalis subsessilibus ; appendicibus multisetis.
Parnassia caroliniana. (Mich. Flor. Boreali-Americ.) Foliis radicalibus, suborbiculatis ; petalis subsessilibus ; appendicibus trisetis.
Parnassia Asarifolia. Foliis radicalibus, reniformibus ; petalis unguiculatis ; appendicibus trifidis.

Expl. des fig. 1, Un pétale. 2, Une étamine fertile. 3, Un appendice. 4, Calice et pistil.

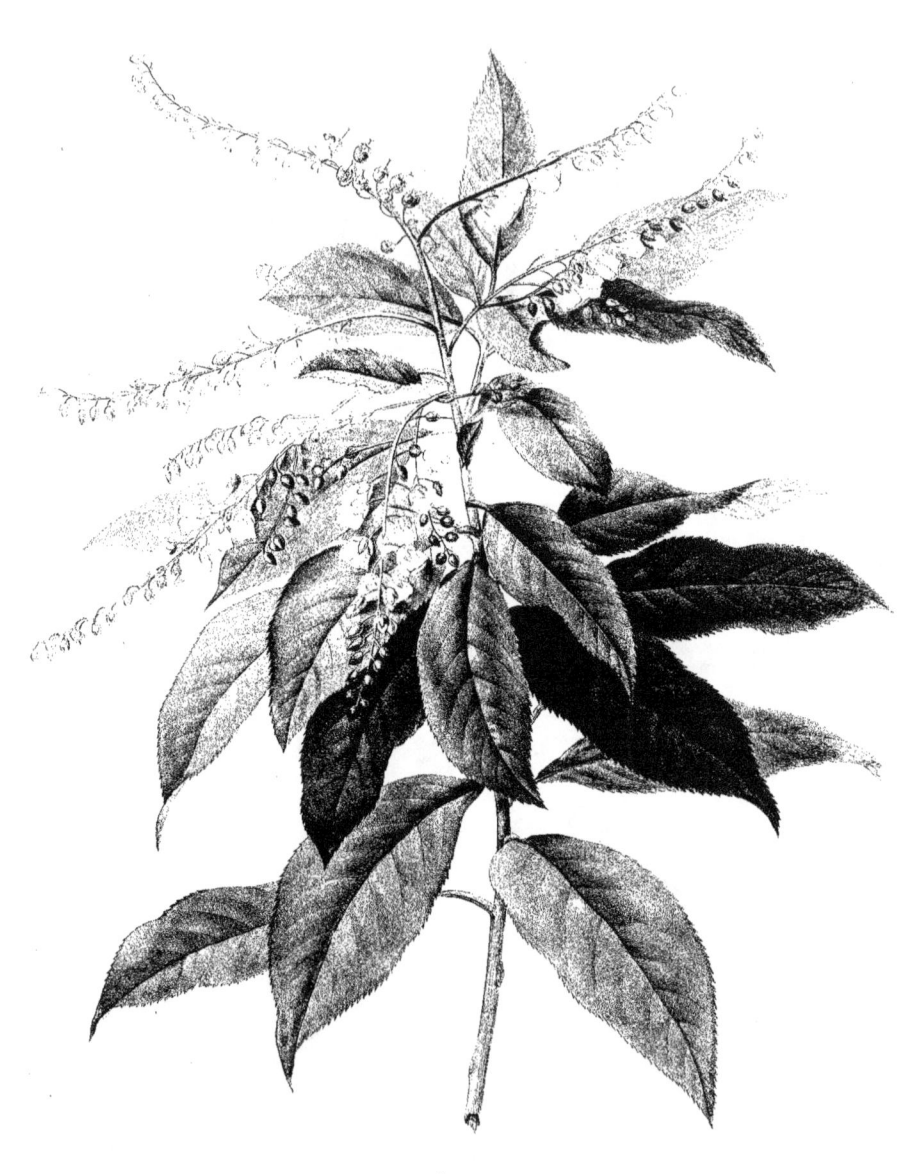

Clethra Arborea

P. pau P.J. Redouté.

CLETHRA *ARBOREA.*

FAM. des BRUYÈRES, *JUSS.* — DÉCANDRIE MONOGYNIE, *LINN.*

CLETHRA foliis oblongo-lanceolatis, acuminatis, serratis, subtùs scabrinsculis; racemis laxè paniculatis.

CLETHRA (arborea). Foliis oblongo-lanceolatis, utrinquè glabris; racemis spiciformibus; calicibus obtusis. AIT. *Hort. Kewens.* 2, pag. 73.

CLETHRA (arborea). Foliis oblongis, acuminatis, serratis, glabris; racemis paniculatis, florentibus ebracteatis; pedunculis hirsutis. *WILLDEN. Spec. Plant.* 2, pag. 620.

Arbre peu élevé, originaire de Madère, d'un bel aspect, garni au sommet des branches et des rameaux d'une panicule très étalée de fleurs d'un blanc de lait et d'une odeur suave. Il passe l'hiver dans l'orangerie, et fleurit pendant l'été.

TRONC droit, cylindrique, divisé dans sa partie supérieure en un grand nombre de rameaux qui forment une cime arrondie; recouvert d'un épiderme gercé et de couleur cendrée. BRANCHES alternes, ouvertes, cylindriques, feuillées, hérissées vers leur sommet de poils courts et de couleur de rouille. RAMEAUX situés vers l'extrémité supérieure des branches; axillaires, horizontaux, d'un brun rougeâtre.

FEUILLES alternes, rapprochées vers le sommet des branches et des rameaux, horizontales et réfléchies, pétiolées, oblongues et en lance, dentées en scie, pointues, relevées en dessous d'une nervure saillante et rameuse, creusées en dessus d'un pareil nombre de sillons; veinées en réseau, un peu concaves, parfaitement glabres et d'un vert foncé sur la surface supérieure, d'un vert plus pâle et hérissées de poils courts sur la surface inférieure; longues de treize centimètres, larges de cinq.

PÉTIOLES articulés, horizontaux et recourbés, convexes en dehors, planes en dedans, hérissés de poils de couleur de rouille; d'un brun rougeâtre, longs de trois centimètres.

PANICULE au sommet des branches et des rameaux, très étalée, munie de bractées. RAMEAUX de la PANICULE alternes, horizontaux, cylindriques, très alongés, garnis de fleurs dans toute leur étendue, hérissés de poils courts, de la couleur des pétioles; ordinairement simples, quelquefois divisés.

FLEURS disposées en grappe simple sur les rameaux de la panicule; unilatérales, pédiculées, pendantes, d'un blanc de lait; répandant une odeur suave, analogue à celle de l'Aubépine.

PÉDICULES d'abord réfléchis, se redressant ensuite à mesure que le fruit approche de sa maturité; articulés, alternes, rapprochés, cylindriques, plus courts que les fleurs, de la couleur des pétioles.

BRACTÉES à la base des rameaux de la panicule, et des pédicules des fleurs; solitaires, en lance, aiguës, concaves, pubescentes en dehors; d'abord droites et de couleur verte, ensuite réfléchies et de couleur de rouille; tombant promptement.

CALICE à cinq divisions profondes, droites, ovales, obtuses, concaves, relevées de nervures peu apparentes; pubescentes en dehors, glabres intérieurement, d'un blanc cendré, subsistantes.

COROLLE formée de cinq pétales insérés sur un disque hypogyne, alternes avec les divisions du calice; peu ouverts, ovales-renversés, légèrement échancrés à leur sommet, rayés, glabres en dehors, parsemés intérieurement de quelques poils peu apparents; se flétrissant avant de tomber.

ÉTAMINES dix, ayant la même attache que la corolle et plus courtes. *FILETS* droits et planes dans leur partie inférieure, courbés et en alène dans la supérieure; blanchâtres. *ANTHÈRES* vacillantes, recouvrant l'ovaire, oblongues, fendues à leur base, glanduleuses à leur sommet, creusées de quatre sillons, s'ouvrant sur les côtés de leurs divisions; d'abord de la couleur des filets, ensuite d'un jaune sale.

OVAIRE libre, entouré d'un disque peu saillant; globuleux, creusé de trois sillons, recouvert de poils blanchâtres. *STYLE* droit, cylindrique, glabre, plus long que les étamines; subsistant, d'un rouge foncé. *STIGMATE* à trois découpures, droites, obtuses.

CAPSULE entourée par le calice, surmontée du style, de la forme de l'ovaire, de la grosseur d'un pois, membraneuse, roussâtre, creusée de trois sillons, divisée intérieurement en trois loges, s'ouvrant du sommet à la base en trois valves. *CLOISONS* simples, adhérentes au milieu des valves. *PLACENTAS* solitaires au fond de chaque loge, anguleux, creusés de petites cavités sur toute leur surface.

SEMENCES huit ou douze dans chaque loge......

Obs. 1.° Il est probable que les semences du *CLETHRA arborea*, qui ne sont pas parvenues à une maturité parfaite, ressemblent à celles des autres espèces du genre.

2.° Michaux a trouvé sur les montagnes les plus élevées de la Caroline une nouvelle espèce de *CLETHRA* qui est arborescente, et qu'il a désignée par le nom de *CLETHRA acuminata*, dans sa Flore de l'Amérique septentrionale. Cette nouvelle espèce qui est cultivée chez M. Cels, diffère de celle que j'ai décrite par plusieurs caractères, et sur-tout par ses feuilles glabres et glauques en dessous, par ses épis presque solitaires, et par ses bractées plus longues que les fleurs.

Expl. des fig. 1, Fleur sans calice, pour montrer l'attache de la corolle. 2, Un pétale. 3, Fleur dont on a retranché le calice et la corolle, pour montrer l'attache et la direction des étamines. 4, Une étamine grossie, pour montrer la forme de l'anthère. 5, Pistil. 6, Fruit dont les valves commencent à se séparer. 7, Le même sans calice, coupé transversalement pour montrer les trois placentas. 8, Une valve séparée, vue en dedans pour montrer la cloison. 9, Un placenta séparé et grossi.

Nemesia Fœtens.

P.t fec. P. J. Redouté

41

NEMESIA (1).

Fam. des Scrophulaires, *Juss.* — Didynamie Angiospermie, *Linn.*

CHARACTER GENERICUS. *Calix* 5-partitas, persistens. *Corolla* basi calcarata; tubo brevi; limbo 2-labiato, suprà erecto 4-fido, infrà horizontali emarginato; palato ad faucem prominulo. *Stamina* quatuor, didynama, fauce inclusa. *Ovarium* liberum; stylo unico; stigmate simplici. *Capsula* compressa, oblonga, apice truncata, 2-locularis, 2-valvis; valvis carinatis. *Receptaculum seminiferum* conforme, fungosum, marginibus liberis intrà valvas versùs carinam productis, nervo utrinquè medio instructum dissepimenti supplente vices et valvularum marginibus apposito. *Semina* numerosissima, linearia, margine membranaceo cincta, quadruplici ordine in singulo loculo disposita. — *Herbæ aut Suffrutices. Folia opposita. Flores solitarii axillares, vel racemosi terminales.*

NEMESIA *FOETENS.*

Arbuste assez touffu, originaire du Cap de Bonne Espérance, répandant une odeur forte et désagréable. Il passe l'hiver dans l'orangerie, et fleurit sur la fin de l'été.

Racine fibreuse, de couleur cendrée.

Tige droite, cylindrique, très rameuse, recouverte d'un épiderme gercé et d'un gris cendré; haute de deux décimètres, de la grosseur d'une plume à écrire. Branches axillaires, herbacées, opposées, rapprochées, peu ouvertes, tétragones, creusées d'un sillon sur les faces antérieure et postérieure; glabres, de couleur brune vers leur base, d'un vert foncé dans leur partie supérieure. Rameaux axillaires, extrêmement courts, peu développés.

Feuilles opposées en croix, horizontales et réfléchies, linéaires et en lance, aiguës, relevées de trois nervures peu apparentes; glabres, un peu épaisses, d'un vert foncé en dessus et plus pâle en dessous, de la longueur des entrenœuds : les inférieures pétiolées et se prolongeant sur le pétiole, munies sur leurs bords de quelques dents écartées; les supérieures très entières, sessiles et presque réunies à leur base.

Pétioles extrêmement courts, horizontaux, convexes en dehors, sillonnés en dedans, glabres, de la couleur des feuilles.

Grappes au sommet des branches; droites, simples, courtes, arrondies, pubescentes, peu garnies de fleurs; munies de bractées.

Fleurs dans les aisselles des bractées; horizontales, pédiculées, d'un gris blanchâtre, veinées de pourpre, marquées d'une tache d'un jaune orangé dans l'intérieur; longues et larges de deux centimètres.

Pédicules solitaires, ouverts, cylindriques, parsemés de poils glanduleux et peu apparents; de la couleur des rameaux, de la longueur des fleurs.

Bractées situées à la base des pédicules, et plus courtes; opposées, horizontales, sessiles, ovales, aiguës, concaves, pubescentes, d'un vert foncé.

Calice à cinq divisions profondes, en lance, aiguës, pubescentes, deux fois plus courtes que la corolle : les trois supérieures, droites; les deux inférieures, plus ouvertes.

(1) Dioscoride donnoit le nom de *Nemesis* à une espèce d'*Antirrhinum*.

Corolle monopétale, insérée sous l'ovaire, irrégulière, personnée, munie à sa base d'un éperon court, cylindrique, obtus et légèrement courbé. *Tube* renflé, sillonné, très court. *Lèvre supérieure* droite, à quatre divisions oblongues, très obtuses, planes, presque égales. *Lèvre inférieure* de la longueur de la supérieure, horizontale, entière, oblongue, tronquée et un peu échancrée à son sommet, réfléchie sur ses bords, creusée en dessous d'un large sillon, munie intérieurement à sa base d'un palais. *Palais* formé de deux protubérances qui ferment l'orifice de la corolle; pubescent à sa base, d'un jaune orangé.

Étamines quatre dont deux plus courtes *(didynames)*; attachées au sommet du tube de la corolle, situées sous la lèvre supérieure. *Filets* cylindriques, tortueux, d'un blanc de neige, renfermés dans l'orifice : ceux des étamines plus courtes peu apparents. *Anthères* rapprochées par paires; réniformes, d'un jaune pâle, uniloculaires, s'ouvrant longitudinalement.

Ovaire libre, ovale, légèrement comprimé. *Style* cylindrique, très court, subsistant. *Stigmate* obtus.

Capsule entourée à sa base par le calice, surmontée du style; oblongue, comprimée, tronquée à son sommet, creusée sur chaque face de deux sillons; glabre, à deux loges, s'ouvrant en deux valves. *Valves* en forme de carène, très obtuses à leur sommet qui est anguleux sur le côté extérieur; se divisant dans leur parfaite maturité. *Placenta* central, oblong, obtus, fongueux, relevé sur chaque face d'une nervure qui fait les fonctions de cloison; dilaté sur ses bords qui se prolongent dans l'intérieur de chaque valve; porté sur un pédicule très court.

Semences très nombreuses, disposées sur quatre rangées dans chaque loge, et se recouvrant mutuellement; linéaires, de couleur brune, parsemées de tubercules peu apparents, entourées d'une membrane très mince qui paroît, lorsqu'on l'observe avec la loupe, creusée de stries transversales et parallèles.

Obs. 1.º Le genre que je viens d'établir, a beaucoup d'affinité avec les *Antirrhinum*, *Linaria*, *Anarrhinum* et *Hemimeris*. Il se distingue des trois premiers par plusieurs caractères, et sur-tout par la structure de son fruit; et il diffère principalement de l'*Hemimeris* par sa corolle qui est munie d'un éperon.

2.º L'espèce que MM. Aiton, Vahl et Willdenow ont décrite sous le nom d'*Antirrhinum macrocarpum*, est évidemment congénère du *Nemesia*. En effet cette plante ressemble par tous les caractères de la fleur et du fruit, au *Nemesia fœtens*; et elle n'en diffère que par sa tige herbacée, et par la forme de ses feuilles. J'ai dû changer son nom spécifique, *macrocarpum*; parceque le fruit du *Nemesia fœtens* est de la même grosseur et de la même grandeur.

3.º Je rapporte également au genre que j'ai établi, une plante de l'herbier de M. de Jussieu. Quoique l'échantillon que possède ce Célèbre Professeur soit imparfait, j'ai reconnu néanmoins que la tige herbacée et simple portoit des feuilles linéaires, que les fleurs personnées et munies d'un éperon étoient disposées en une grappe courte et étalée, et que les fruits étoient parfaitement semblables à ceux du *Nemesia fœtens*.

Nemesia fœtens. Foliis lineari-lanceolatis, inferioribus petiolatis dentatis, summis sessilibus integerrimis; floribus capitato-racemosis.

Nemesia linearis. Foliis linearibus, integerrimis, sessilibus; floribus corymboso-racemosis. *Ex Herb. Jussieu.*

Nemesia chamædrifolia. Foliis ovatis, serratis, petiolatis; pedunculis axillaribus, unifloris. — *Antirrhinum macrocarpum, Ait., Vahl, Willden.*

Expl. des fig. 1, Corolle vue par derrière, pour montrer la forme du tube. 2, Une étamine vue avant l'émission du pollen. 3, La même, grossie. 4, Bractée, pédicule, calice et pistil. 5, Fruit. 6, Une valve de la capsule. 7, Placenta séminifère sur un de ses bords, et nu de l'autre. 8, Une semence. (Les figures 3, 4, 7 et 8 sont grossies).

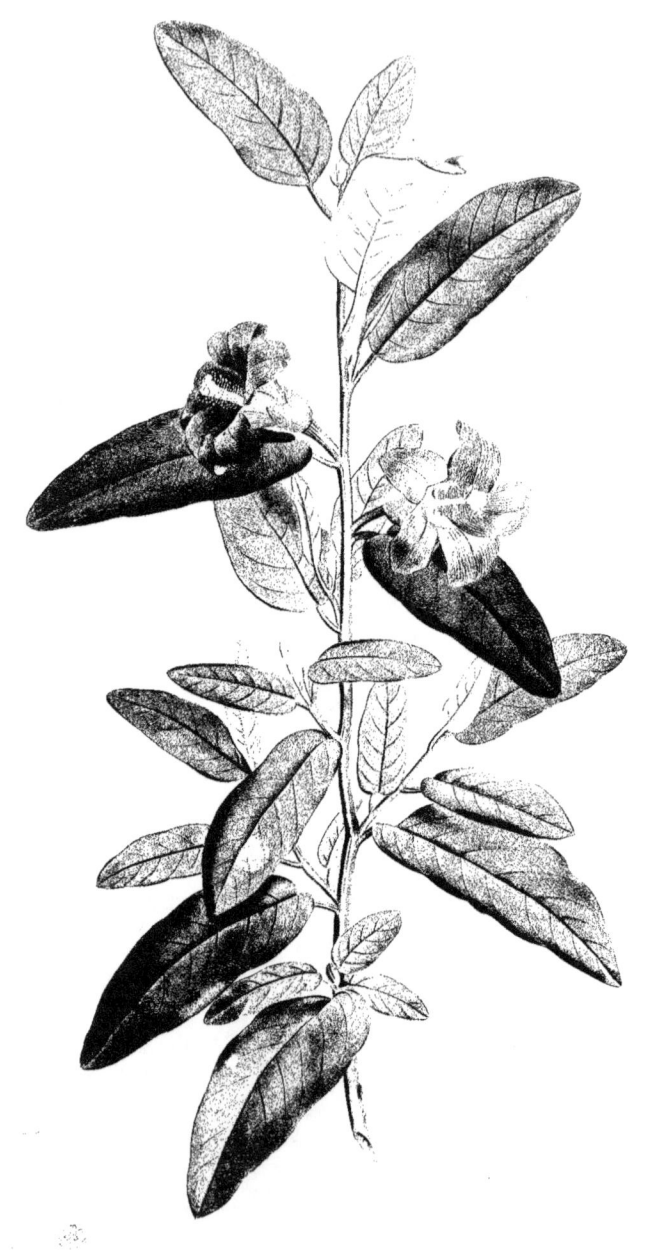

Lagunaa Squama

Peint par P.J. Redouté.

42

LAGUNÆA *SQUAMEA.*

Fam. des Malvacées, *Juss.* — Monadelphie Polyandrie, *Linn.*

LAGUNÆA arborescens; foliis lanceolato-oblongis, integerrimis, subtùs squameis, albicantibus.

Hibiscus Patersonius. *Andrews, Botan. Reposit.* 286.

Arbre de trois à quatre mètres de hauteur, toujours vert, parsemé dans toutes ses parties, principalement sur la surface inférieure des feuilles, de petites écailles frangées et de couleur cendrée; originaire de l'Isle de Norfolk, située à l'est de la Nouvelle Hollande; cultivé en Europe de semences envoyées par le Colonel Paterson. Il passe l'hiver dans l'orangerie, et fleurit sur la fin de l'été.

Tige droite, cylindrique, rameuse, feuillée, recouverte à sa base d'un épiderme brunâtre; parsemée d'écailles, rude au toucher, et d'un vert cendré dans sa partie supérieure; haute de cinq décimètres, de la grosseur du petit doigt. *Rameaux* axillaires, alternes, peu ouverts, ayant la forme et la couleur de la partie supérieure de la tige.

Feuilles alternes, horizontales, pétiolées, munies de stipules; en lance et oblongues, très entières, obtuses, relevées en dessous d'une côte rameuse, creusées en dessus d'un pareil nombre de sillons; veineuses, coriaces, d'un vert foncé et parsemées de quelques écailles sur la surface supérieure, blanchâtres sur l'inférieure et recouvertes d'écailles serrées; subsistantes, longues de neuf centimètres, larges de trois.

Pétioles articulés, très ouverts, convexes en dehors, sillonnés intérieurement, couverts d'écailles; rudes au toucher, de la couleur de la surface inférieure des feuilles, extrêmement courts.

Stipules latérales, linéaires, horizontales, de la couleur des pétioles et plus courtes; tombant promptement.

Pédicules dans les aisselles des feuilles; solitaires, très ouverts et un peu recourbés, cylindriques, sillonnés, articulés à leur base, dilatés à leur sommet; à une fleur, de la couleur des pétioles et plus longs.

Fleurs articulées au sommet des pédicules; horizontales, d'un violet terne, sans odeur, de la grandeur de celles du *Camellia Japonica.*

Calice d'une seule pièce, en cloche, simple ou nu à sa base, divisé à son limbe; épais, coriace, écailleux en dehors, recouvert en dedans de poils redressés et soyeux; contenant une liqueur visqueuse, subsistant, trois fois plus court que la fleur. *Limbe* à cinq découpures, droites, ovales, aiguës, égales.

Corolle en forme de cloche, adhérente à la base de la colonne tubuleuse formée par la réunion des étamines, composée de cinq pétales alternes avec les découpures du calice, ovales-oblongs, obtus, rétrécis en un onglet épais, droits dans leur moitié inférieure, très ouverts et recourbés dans la supérieure; relevés en dehors de nervures, et couverts de petites écailles peu apparentes; striés et glabres en dedans.

Étamines nombreuses, insérées sous l'ovaire, réunies dans presque toute leur étendue en un tube cylindrique, glabre, blanchâtre, de la longueur de la corolle, renflé et creusé de cinq sillons vers sa base, engaînant l'ovaire et le style, couvert dans sa moitié supérieure de la portion des filets qui est libre, horizontale et filiforme. *Anthères* vacillantes, ovales, creusées de quatre sillons, s'ouvrant latéralement, d'un jaune doré.

Ovaire en forme de poire renversée, couvert de poils redressés et soyeux, d'un blanc cendré, divisé intérieurement en cinq loges qui contiennent chacune plusieurs ovules disposés sur deux rangs, et attachés à l'angle intérieur des loges. *Style* droit, cylindrique, dilaté à son sommet, parsemé de poils peu apparents. *Stigmate* à cinq lobes, ovales-arrondis, ouverts en étoile, sillonnés intérieurement, pubescents et blanchâtres en dehors.

Fruit.......

Obs. 1.ᵉ En comparant les caractères de la plante que je viens de décrire, avec ceux des genres que renferme la troisième section du *Genera* de M. de Jussieu, l'on voit qu'elle diffère essentiellement de l'*Anoda* et de l'*Achania* (1) par son fruit, dont les loges ne sont pas monospermes; du *Gossypium* par son calice qui n'est pas entouré d'une large enveloppe; du *Redutea* par son fruit à cinq loges; et qu'elle doit être rapportée au genre *Lagunæa* (2) ou à celui de l'*Hibiscus*. Ces deux derniers genres, qui ne diffèrent que par un seul caractère peu important, savoir le calice simple dans l'un et double dans l'autre, pourroient être réunis en un seul, si la considération du nombre des espèces que renferme l'*Hibiscus*, n'autorisoit à séparer ce genre de celui du *Lagunæa*. J'ai cru devoir adopter avec MM. Cavanilles, Jussieu, Schreber, Willdenow etc., une distinction qui paroît répandre plus de clarté dans la science, et qui en rend l'étude plus facile. Les genres *Lagunæa* et *Hibiscus* sont placés immédiatement l'un à la suite de l'autre dans l'ordre naturel; et ils appartiennent dans le système sexuel à la même classe et au même ordre.

2.ᵉ Le *Lagunæa squamea* a un port qui le distingue de toutes les Malvacées connues. Le Botaniste qui ignoreroit le nom de cette plante, la prendroit avant sa floraison pour une espèce d'*Heritiera*, ou d'*Eleagnus*, ou de *Kiggellaria*, ou de *Capparis*, etc.; et il seroit sans doute surpris, en voyant se développer ses belles fleurs pourprées, munies dans leur intérieur d'une colonne tubuleuse formée par la réunion des étamines.

Expl. des fig. 1, Fleur dont on a coupé le calice, et retranché trois pétales, pour montrer l'attache de la corolle. 2, Pistil. 3, Ovaire coupé transversalement pour montrer les cinq loges. 4, Un ovule de grandeur naturelle. 5, Le même grossi.

(1) Le nom d'*Achania* a été substitué par MM. Solander, Swartz, etc. à celui de *Malvaviscus*.

(2) MM. Schreber et Willdenow ont réuni au genre *Lagunæa*, le *Solandra* de Murray.

Bignonia Pandora

Peint par P. J. Redouté. Gravé par P. F. Legrand.

43

BIGNONIA *PANDOREA*.

Fam. des Bignones, *Juss.* — Didynamie Angiospermie, *Linn.*

BIGNONIA foliis pinnatis, subquadrijugis; foliolis ellipticis, sæpiùs integerrimis; racemis compositis; caule volubili.

Bignonia *pandorana*. Foliis pinnatis; foliolis lanceolatis, dentatis; caule volubili; floribus racemosis, terminalibus. *Andrews, Botan. Reposit.* 86.

Arbrisseau à tige voluble, dont les fleurs blanchâtres et tachées de pourpre à l'intérieur, sont disposées en grappes dans les aisselles des feuilles et au sommet des rameaux; originaire de l'Isle de Norfolk dans l'Océan pacifique. Il passe l'hiver dans l'orangerie, et fleurit au printemps.

Racine fibreuse.

Tige de la grosseur du petit doigt, voluble ou se roulant de droite à gauche, cylindrique, noueuse, entourée au-dessus des nœuds d'une rangée circulaire de poils peu apparents; très-rameuse, recouverte d'un épiderme gercé et de couleur cendrée. *Rameaux* axillaires, opposés, ayant la direction de la tige; tétragones vers leur sommet, de couleur brune.

Feuilles dans les nœuds de la tige et des rameaux, opposées, réfléchies, pétiolées, ailées avec impaire, glabres, luisantes, d'un vert foncé en dessus et plus pâle en dessous, longues de douze centimètres. *Folioles* deux ou quatre sur chaque rangée, opposées, horizontales, presque sessiles, elliptiques, amincies à leurs deux extrémités; obtuses et surmontées d'une pointe peu apparente; veineuses, ordinairement très-entières, quelquefois dentées vers leur sommet; longues de sept centimètres, larges de vingt-deux millimètres.

Pétioles renflés et articulés à leur base, convexes en dehors et noueux dans le point d'insertion des folioles; creusés sur les côtés et sur le devant d'un sillon dont les bords sont saillants.

Grappes dans les aisselles des feuilles et au sommet des rameaux; composées, penchées, peu garnies de fleurs. *Axe* des *Grappes* tétragone, renflé et entouré dans les points où naissent les pédoncules, d'une rangée de poils peu apparents.

Pédoncules opposés, articulés, ayant la forme de l'axe des grappes, munis de bractées; rarement simples et à une fleur, plus souvent divisés et à plusieurs fleurs. *Pédicules* parfaitement semblables aux pédoncules.

Fleurs articulées au-dessous du sommet des pédicules; d'un blanc terne, rayées de pourpre dans leur intérieur, tombant promptement, longues de trois centimètres, larges de vingt-cinq millimètres.

Bractées trois ou quatre, disposées circulairement à la base des pédoncules et des pédicules; droites, en lance, aiguës, très-courtes, tombant promptement.

Calice très-court, en cloche, glabre, divisé à son limbe en cinq lobes droits, ovales, obtus, surmontés d'une pointe peu apparente.

Corolle monopétale, hypogyne, tubulée, irrégulière. *Tube* renflé, insensiblement dilaté, légèrement courbé, glabre en dehors, velu intérieurement, quatre fois plus long que le calice. *Limbe* ouvert, à deux lèvres, parsemé en dedans de poils courts et peu apparents. *Lèvre supérieure* droite, à deux lobes arrondis, réfléchis sur leurs bords. *Lèvre inférieure* plus longue que la supérieure, à trois divisions écartées, oblongues, très-obtuses, repliées sur leurs bords.

Étamines attachées à la base de la corolle, renfermées dans le tube. *Filets* quatre, courbés à leur sommet, pointus, portant chacun une anthère, inégaux; les deux supérieurs de la moitié de la longueur du tube, les deux inférieurs plus courts : cinquième filet, stérile ou sans anthère, très-court. *Anthères* rapprochées deux à deux, formées de deux lobes écartés, ovales, uniloculaires, s'ouvrant intérieurement, blanchâtres et bordés de pourpre.

Ovaire entouré d'un disque à sa base; ovale, glabre, verdâtre. *Style* filiforme, blanchâtre, parsemé de quelques poils courts et peu apparents; de la longueur du tube de la corolle. *Stigmate* formé de deux lames ovales, comprimées, aiguës, ciliées.

Fruit......

Semences arrondies, comprimées, échancrées à leur sommet, de couleur brune, entourées d'une membrane très-mince, diaphane, parsemée de stries nombreuses, frangée et déchirée à son bord.

Obs. 1.º Le colonel Patterson, commandant du port Jackson dans la Nouvelle Hollande, envoya de l'Isle de Norfolk, en 1793, à MM. Lée et Kennedy, des graines de la plante que je viens de décrire. Il les informa qu'à l'époque où les nouvelles feuilles commençoient à pousser, la plante étoit presque entièrement recouverte d'une espèce d'insecte blanchâtre et cotonneux, du genre *Aphis;* et que cet insecte se répandoit en deux ou trois semaines sur tous les végétaux de l'Isle, et y occasionnoit des dégâts considérables. De là est venu le nom de *pandorana,* auquel j'ai cru devoir substituer celui de *pandorea.*

2.º Les semences du *Bignonia pandorea* m'ont été communiquées par M. Kennedy. J'ai trouvé parmi ces semences l'extrémité supérieure d'une capsule dans laquelle la cloison étoit parallèle; ce qui prouve que cette plante est congénère du *Bignonia Juss.*

3.º J'ai observé dans les *Bignonia stans* et *radicans Linn.,* autour de l'insertion des pétioles, une rangée circulaire de poils courts, comme dans le *Bignonia pandorea.*

4.º Les espèces de *Bignonia Linn.* cultivées à la Malmaison, sont les *Bign. Catalpa, Bign. Unguis, Bign. capreolata, Bign. pentaphylla, Bign. Leucoxylon, Bign. radicans, Bign. stans,* et *Bign. Pandorea.*

5.º Je possède dans mon herbier une nouvelle espèce de *Bignonia* récoltée à l'Isle de la Trinité par le jardinier Riedlé, que je nomme *Corymbosa.* Les feuilles de cette plante sont simples, en cœur, obtuses et coriaces; ses fleurs de la grandeur de celles du *Bign. pentaphylla,* sont disposées en corymbe au sommet des rameaux; et son calice semblable à celui des *Bign. spathacea Linn.,* et *Cassinoides Linn.,* s'ouvre longitudinalement sur les côtés. Ce dernier caractère n'indique-t-il pas qu'outre les divisions introduites par M. de Jussieu dans le *Bignonia Linn.,* on peut encore en admettre une nouvelle, ou établir un genre nouveau?

Expl. des fig. 1, Fleur articulée sur le pédicule, qui est entouré de trois bractées à sa base. 2, Corolle ouverte pour montrer l'attache et la forme des cinq étamines. 3, Une étamine fertile. 4, Calice et pistil grossis du double. 5, Une semence.

Indigofera Macrostachya

Peint par P. J. Redouté.

44

INDIGOFERA *MACROSTACHYA.*

FAM. des LÉGUMINEUSES, *JUSS.* — DIADELPHIE DÉCANDRIE, *LINN.*

INDIGOFERA foliis pinnatis, multijugis, ovali-oblongis, obtusis, pubescentibus; racemis elongatis; caule fruticoso.

Sous-Arbrisseau originaire de la Chine, d'un port élégant, remarquable par la grandeur et la beauté de ses fleurs disposées en longs épis. Il passe l'hiver dans l'orangerie, et fleurit pendant l'automne.

TIGE droite, cylindrique, rameuse; feuillée et pubescente dans sa partie supérieure; nue, glabre et marquée dans sa partie inférieure, d'impressions formées par la chute des pétioles et des rameaux; haute d'un mètre, de la grosseur d'une plume de cygne. *RAMEAUX* axillaires, alternes, ouverts, articulés, parsemés de poils blancs et couchés; d'un gris cendré.

FEUILLES alternes, horizontales, pétiolées, munies de stipules; ailées avec impaire, d'un vert foncé en dessus, blanchâtres en dessous, longues de huit centimètres, larges de trois. *FOLIOLES* sur huit à dix rangées, presque opposées, pétiolées, munies de stipules; ovales-oblongues, obtuses, surmontées d'une petite pointe, relevées en dessous d'une nervure saillante, creusées en dessus d'un sillon, paroissant veineuses lorsqu'on les observe avec la loupe; pubescentes, se réfléchissant et se rapprochant par leur face inférieure aux approches de la nuit; longues de quinze millimètres, larges de sept.

PÉTIOLE COMMUN très-court, renflé et articulé à sa base, horizontal, pubescent, convexe en dessous, creusé en dessus d'un profond sillon. *PÉTIOLES PARTIELS* ayant la direction des folioles, articulés, cylindriques, très-courts, blanchâtres.

STIPULES distinctes du pétiole commun et des pétioles partiels; droites, linéaires, pointues, pubescentes, très-courtes, tombant promptement.

GRAPPES axillaires, solitaires, simples, très-ouvertes, munies de bractées; plus longues que les feuilles. *AXES* des *GRAPPES* cylindriques, pubescents, de la couleur des pétioles; d'abord garnis de fleurs dans toute leur étendue, ensuite nus dans leur partie inférieure, et marqués de cicatrices formées par la chute des fleurs et des bractées.

FLEURS alternes et très-rapprochées, horizontales, pédiculées, de couleur de rose, de la grandeur de celles du genêt des Teinturiers *(GENISTA Tinctoria, LINN.)*; les inférieures se développant les premières, et tombant promptement.

PÉDICULES articulés, recourbés, cylindriques, pubescents, blanchâtres, très-courts.

BRACTÉES situées à la base des pédicules; solitaires, droites, ovales, aiguës, concaves, pubescentes, blanchâtres, recouvrant d'abord les boutons à fleurs, et tombant ensuite à mesure que les fleurs se développent.

CALICE d'une seule pièce, en cloche, membraneux, pubescent, blanchâtre, divisé à son limbe en cinq dents inégales : la supérieure ou celle qui est du côté de l'étendard, large et échancrée; les trois autres situées sous la carène, plus longues, droites, aiguës.

COROLLE attachée à la base du calice, papillonacée. *ÉTENDARD* redressé, sessile, ovale-arrondi, échancré à son sommet; sillonné longitudinalement, strié, marqué à sa base d'une tache blanchâtre. *AILES* de la longueur de l'étendard, réfléchies et appliquées sur chaque côté de la carène, sessiles, en forme de spatule, planes dans leur moitié supérieure, concaves et à bords rapprochés en dedans vers leur base ou moitié inférieure. *CARÈNE* très-abaissée, de la longueur des ailes, à bords pliés en dedans, portée sur un onglet fendu dans sa longueur; munie au-dessus de l'onglet, sur chacun de ses côtés, d'un éperon court, obtus et concave intérieurement.

ÉTAMINES dix, insérées sur le calice au-dessous de la corolle, renfermées dans la carène, diadelphes. *FILETS* réunis au nombre de neuf dans presque toute leur étendue en une gaîne cylindrique, comprimée, blanchâtre et fendue sous l'étendard; libres, courbés, alternativement longs et courts vers leur sommet : dixième filet libre, opposé à la fissure de la gaîne. *ANTHÈRES* vacillantes, ovales, comprimées, surmontées d'une petite pointe, creusées de quatre sillons, s'ouvrant latéralement, d'un jaune de soufre.

OVAIRE renfermé dans la gaîne des étamines; linéaire, comprimé, glabre, verdâtre, contenant un grand nombre d'ovules. *STYLE* filiforme, courbé, blanchâtre, de la longueur des étamines. *STIGMATE* renflé, obtus.

LÉGUME......

OBS. 1.º La partie supérieure de la tige de l'*INDIGOFERA Macrostachya*, est recouverte, ainsi que les rameaux et les feuilles, de poils qui adhèrent par le centre, et sont libres à leurs deux extrémités, comme dans plusieurs espèces du genre *MALPIGHIA*. Cette observation convient également à plusieurs autres espèces du genre.

2.º L'*INDIGOFERA Macrostachya* paraît avoir quelques rapports avec les espèces désignées par les noms de *frutescens, anil, tinctoria* et *disperma*. Elle se distingue aisément des trois premières, par ses feuilles divisées sur chaque rangée en huit ou dix folioles, par ses épis plus longs que les feuilles, et par ses fleurs beaucoup plus grandes. Elle diffère de l'*INDIGOFERA disperma* par plusieurs caractères, sur-tout par son légume qui, d'après la forme et la structure de l'ovaire, doit être cylindrique, glabre et polysperme.

3.º Quoique le genre *INDIGOFERA* ait la plus grande affinité avec celui du *GALEGA*, il s'en distingue néanmoins par sa fleur dont la carène est munie d'un éperon court sur chaque côté de sa base, et par son fruit qui est linéaire, grêle et cylindrique. Les espèces suivantes sont cultivées à la Malmaison; *INDIGOFERA psoraloides LINN., INDIG. candicans AIT., INDIG. amœna JACQ. Hort. Schœnb.* pl. 234, *INDIG. cytisoides LINN.* et *JACQ. Hort. Schœnb.* pl. 235., *INDIG. dendroides JACQ. Icon.* pl. 571, *INDIG. australis WILLDEN.* et Jard. Malmais. pl. 45, *INDIG. tinctoria LINN.*, et l'espèce que je publie.

Expl. des fig. 1, Un bouton à fleur grossi avec sa bractée. 2, Pétales. 3, Calice vu en dessus ou du côté de l'étendard, pour montrer la dent qui est profondément échancrée, et les organes sexuels. 4, Une étamine grossie, pour montrer la forme de l'anthère. 5, Calice vu séparément. 6, Pistil grossi, pour montrer que l'ovaire contient plusieurs ovules.

Indigofera Australis.

Peint par P. J. Redouté.

45

INDIGOFERA *AUSTRALIS*.

Fam. des Légumineuses, *Juss.* — Diadelphie Décandrie, *Linn.*

INDIGOFERA foliis pinnatis, inter paria glandulosis ; calicibus hinc truncatis, indè 5-dentatis : leguminibus cernuis.

Indigofera foliis pinnatis, glabris, multijugis, oblongis; racemis folio brevioribus; vexillis glabris; leguminibus patentibus. *Willden. Spec. Plant.*

Arbuste assez touffu, d'un bel aspect, garni d'un grand nombre de fleurs disposées en grappes, et d'une belle couleur rose; originaire de la Nouvelle Hollande. Il passe l'hiver dans l'orangerie, et fleurit au milieu du printemps.

Racine fibreuse, de couleur cendrée.

Tige droite, rameuse, cylindrique vers sa base, nue et recouverte d'un épidérme de couleur cendrée; feuillée, anguleuse et roussâtre dans sa partie supérieure; haute de quatre décimètres, de la grosseur d'une plume de cygne. Rameaux alternes, articulés, ouverts, glabres, très-courts, de la forme et de la couleur de la partie supérieure de la tige.

Feuilles alternes, horizontales et réfléchies, pétiolées, munies de stipules; ailées avec impaire, d'un vert foncé en dessus et plus pâle en dessous, longues de cinq centimètres, larges de quatre. Folioles disposées sur trois à six rangées; opposées, horizontales, portées sur un pétiole court, ovales et en lance, surmontées d'une petite glande, relevées sur leur surface inférieure d'une nervure peu saillante, creusées sur la supérieure d'un léger sillon; concaves, parsemées en dessous de poils courts et peu apparents, longues de seize millimètres, larges de cinq.

Pétioles des Feuilles articulés, horizontaux, convexes d'un côté, sillonnés de l'autre, munis entre chaque paire de folioles, d'une petite glande purpurine; paroissant, lorsqu'on les observe avec la loupe, parsemés de poils courts et couchés. Pétioles des Folioles articulés, horizontaux, cylindriques, d'un vert pâle, très-courts.

Stipules distinctes du pétiole, droites, linéaires, pointues, d'une légère teinte purpurine, très-courtes, tombant promptement.

Grappes axillaires, solitaires, presque droites, simples, à peine de la longueur des feuilles. Axes des Grappes paroissant, lorsqu'on les observe avec la loupe, tétragones, sillonnés sur les côtés, et parsemés de poils couchés et noirâtres.

Fleurs alternes, très-rapprochés, horizontales, pédiculées, munies de bractées; d'une belle couleur rose, répandant une odeur agréable, larges d'un centimètre : les inférieures se développant les premières.

Bractées deux ou trois à la base des pédicules; ovales, presque obtuses, membraneuses, d'un pourpre foncé, très-courtes.

CALICE d'une seule pièce, hémisphérique, très-ouvert, d'un pourpre foncé, parsemé de poils noirâtres et peu apparents; tronqué dans la partie du limbe qui est du côté de l'étendard; divisé dans celle qui regarde la carène, en cinq dents inégales.

COROLLE attachée à la base du calice, papillonacée, formée de quatre pétales portés chacun sur un onglet blanchâtre. *ÉTENDARD* droit, arrondi, échancré à son sommet; strié, marqué à sa base d'une tache d'un blanc de neige. *AILES* de la longueur de l'étendard, réfléchies et appliquées contre la carène, oblongues, presque obtuses, concaves, munies d'une oreillette sur le côté intérieur de leur base. *CARÈNE* un peu plus courte que les ailes, à bords relevés ou en forme de nacelle; portée sur un onglet fendu dans sa longueur, munie sur chaque côté au-dessus de l'onglet, d'un éperon court, obtus et concave intérieurement.

ÉTAMINES dix, ayant la même attache que la corolle, renfermées dans la carène, diadelphes. *FILETS* réunis au nombre de neuf dans presque toute leur étendue en une gaîne comprimée, blanchâtre et fendue sous l'étendard; libres, courbés, alternativement longs et courts dans leur partie supérieure : dixième filet libre, appliqué contre la fissure de la gaîne. *ANTHÈRES* droites, ovales, creusées de quatre sillons, d'un jaune pâle, surmontées d'une petite glande.

OVAIRE renfermé dans la gaîne des étamines; linéaire, comprimé, glabre. *STYLE* coudé, filiforme, plus long que les étamines. *STIGMATE* en tête.

LÉGUME entouré à sa base par le calice; réfléchi, cylindrique, renflé vers son sommet, s'ouvrant en deux valves, rempli d'une substance fongueuse et divisé par intervalles dans son étendue en trois ou quatre loges monospermes.

SEMENCES relevées de quatre angles peu apparents, tronquées à leur base et à leur sommet, creusées sur le milieu d'une de leurs faces d'un petit ombilic circulaire; noirâtres, paroissant, lorsqu'on les observe à la loupe, pointillées ou parsemées de petites cavités.

OBS. L'*INDIGOFERA australis* se distingue aisément des autres espèces du genre dont les feuilles sont ailées, par son pétiole muni d'une glande entre chaque paire de folioles, et par son calice hémisphérique, très-ouvert, tronqué d'un côté et denté de l'autre.

Expl. des fig. 1, Fleur avec son pédicule. 2, Pétales. 3, Calice ouvert pour montrer l'attache et la forme des étamines. 4, Une étamine séparée, pour montrer la forme des anthères. 5, Calice et pistil. 6, Légume. 7, Une valve vue en dedans, pour montrer les loges que forme la substance fongueuse. 8, Une semence. (Les figures 3, 4 et 5 sont grossies.)

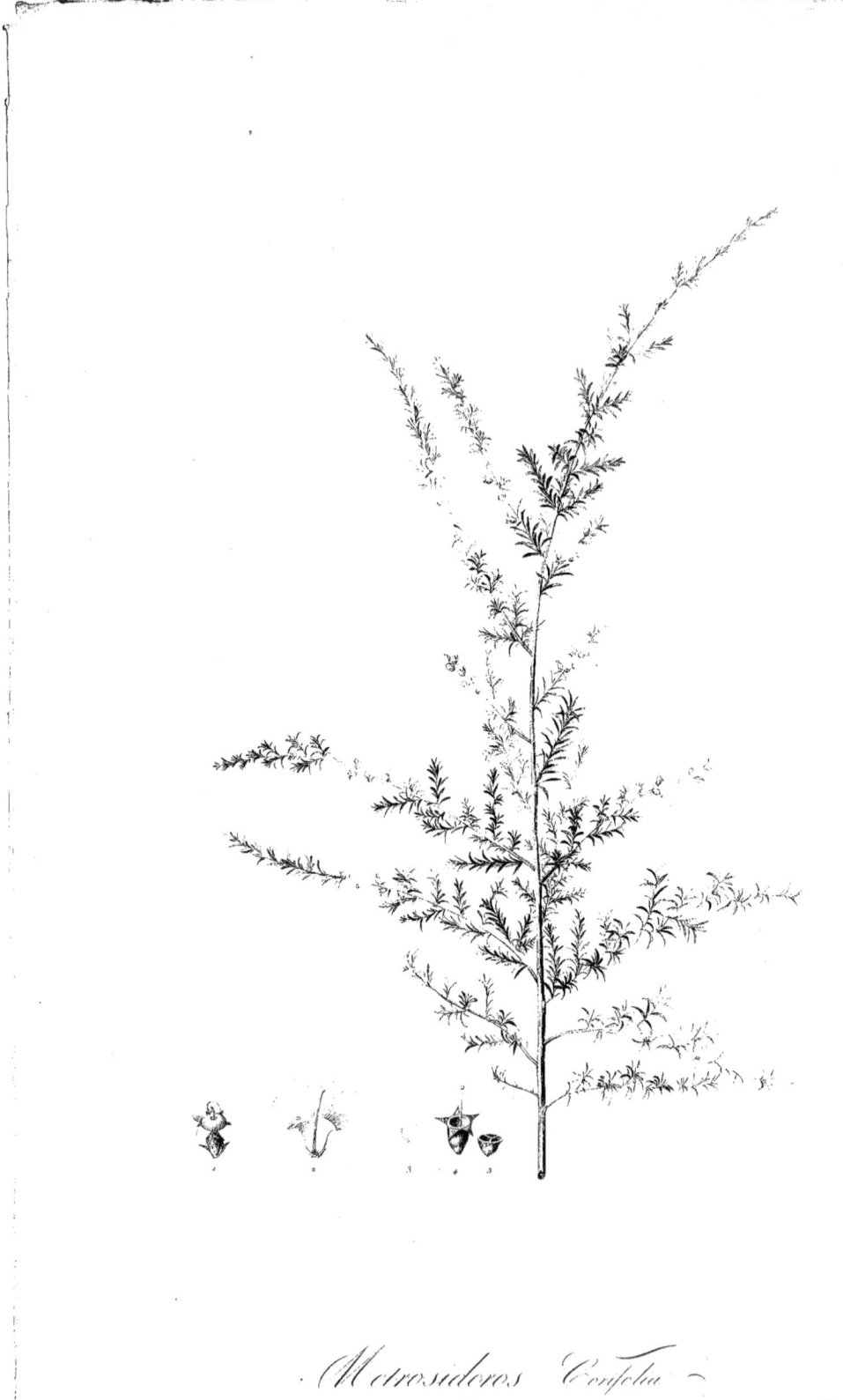

Metrosideros Confolia

Dein par P. J. Redouté.

46

METROSIDEROS *CORIFOLIA.*

FAM. des MYRTES, *JUSS.* — ICOSANDRIE MONOGYNIE, *LINN.*

METROSIDEROS foliis *Ericæ* vel *Coridis*, sparsis, linearibus, patulis, subciliatis; floribus lateralibus, spicatis, lacteis.

Arbrisseau toujours vert, originaire de la Nouvelle Hollande, d'un port élégant. Il passe l'hiver dans l'orangerie, et fleurit pendant l'été.

———————————

TIGE droite, cylindrique, très-rameuse, recouverte d'un épiderme d'un brun cendré et gercé qui se détache par petites plaques; haute de huit décimètres, de la grosseur du petit doigt. *BRANCHES* alternes, rapprochées, très-ouvertes, recourbées vers leur sommet, rameuses dans toute leur étendue, hérissées de poils courts; pliantes, de la forme et de la couleur de la tige. *RAMEAUX* axillaires, rapprochés, de la forme et de la couleur des branches : les inférieurs horizontaux, alongés et divisés; les supérieurs peu ouverts, simples, insensiblement plus courts.

FEUILLES éparses, rapprochées et paroissant quelquefois opposées; très-ouvertes, recourbées vers leur sommet, pétiolées, linéaires, aiguës, parsemées sur leurs bords de poils peu apparents, creusées sur leur surface supérieure d'un léger sillon; planes, ponctuées, luisantes, d'un vert foncé en dessus et plus pâle en dessous, répandant lorsqu'on les froisse, une odeur aromatique; longues de huit millimètres, larges d'un seul.

PÉTIOLES articulés, droits, convexes d'un côté, sillonnés de l'autre, d'un blanc jaunâtre, extrêmement courts.

FLEURS de la grandeur de celles du *LEPTOSPERMUM juniperinum;* naissant dans la partie supérieure des jeunes rameaux qui ne sont pas encore parvenus à leur entier développement, et qui continuent à pousser pendant la floraison; axillaires, sessiles, d'un blanc de lait, munies chacune de deux bractées; formant par leur ensemble un épi grêle et cylindrique.

BRACTÉES adhérentes à la base du calice, opposées, ayant la direction, la forme et la couleur des feuilles.

CALICE d'une seule pièce, en forme de cloche, glabre, luisant, ponctué, d'un vert pâle, adhérent à l'ovaire dans presque toute son étendue; libre à son limbe qui est divisé en cinq découpures profondes, très-ouvertes, en lance, aiguës, concaves.

COROLLE insérée sur un disque qui adhère à la base du limbe du calice; formée de cinq pétales très-ouverts, ovales-arrondis, planes, alternes avec les découpures du calice et plus longs.

ÉTAMINES nombreuses, ayant la même attache que la corolle et trois fois plus longues. *FILETS* libres, en alène, blanchâtres, inégaux, d'abord courbés en dedans, ensuite droits et étalés en forme de houppe. *ANTHÈRES* vacillantes, arrondies, creusées de quatre sillons, s'ouvrant latéralement, d'un jaune très-pâle.

OvAIRE adhérent au calice, divisé intérieurement en trois loges qui contiennent chacune plusieurs ovules anguleux et tronqués. *STYLE* droit, cylindrique, de la couleur des filets des étamines et plus court. *STIGMATE* en tête.

Fruit.......

Obs. 1.° Le *METROSIDEROS Corifolia* se distingue aisément de toutes les espèces du Genre qui ont été publiées jusqu'à ce jour, par ses feuilles très-courtes, semblables à celles du *Coris*, ou à celles d'une Bruyère, et par ses fleurs très-petites et d'un blanc de lait.

2.° Les différences que présentent dans le port, dans la situation des feuilles, et dans quelques caractères de la fructification, les plantes qui ont été rapportées au genre *METROSIDEROS*, semblent annoncer que ce genre pourra être divisé, lorsqu'on en connoîtra un plus grand nombre d'espèces, et qu'on se sera procuré plus de moyens de comparaison. On en cultive plusieurs à la Malmaison, dont les individus ont été envoyés sous le nom de *METROSIDEROS;* mais comme la plupart n'ont pas encore fleuri, et pourroient appartenir à des Genres voisins, je crois devoir me borner dans l'énumération des espèces que possède cet établissement à celles qui sont parfaitement connues : savoir, *METROSIDEROS linearis Smith*, et *Schrader Sert. Hannover.* pl. 11; *METROSIDEROS lophantha Hort. Cels.* pl. 69; *METROSIDEROS saligna Smith*, et *Hort. Cels.* pl. 70; *METROSIDEROS lanceolata Smith*, seu *METROSIDEROS citrina Curtis*, Magaz. pl. 260; *METROSIDEROS anomala* (1) *Jard. de la Malm.*, pl. 5; et *Metrosideros corifolia.*

Expl. des fig. 1, Fleur n'étant pas encore entièrement épanouie, pour montrer les étamines courbées en dedans. 2, Fleur entièrement épanouie, dont le calice a été fendu et ouvert, et dont on a retranché quatre pétales, pour montrer l'attache de la corolle et des étamines. 3, Un pétale séparé. 4, Calice et pistil. 5, Calice coupé transversalement vers sa base, pour montrer les trois loges de l'ovaire. (Figures grossies.)

(1) Cette plante a été publiée presque dans le même temps par M. Andrews, *Botan. Reposit.* 281, sous le nom de *METROSIDEROS hirsuta.*

Melaleuca Myrtifolia.

Peint par P. J. Redouté.

47

MELALEUCA *MYRTIFOLIA.*

Fam. des Myrtes, *Juss.* — Polyadelphie Polyandrie, *Linn.*

MELALEUCA foliis constantèr oppositis, ovatis, acutis, multinerviis; staminum phalangibus basi tantùm coalitis.

Melaleuca *squarrosa?* *Smith,* *Transact. of the Linn. Societ.* vol. 6, pag. 3oo.

Arbrisseau originaire des Iles de la Mer du Sud, dont le feuillage ressemble à celui du Myrte de Tarente (*Myrtus communis*, var. C. *Lam. Dict.*), et dont les fleurs d'un jaune de soufre sont disposées en un épi cylindrique dans la partie supérieure des jeunes pousses. Il passe l'hiver dans l'orangerie, et fleurit à la fin du printemps.

Tige droite, cylindrique, très-rameuse, recouverte d'un épiderme gercé et de couleur cendrée, qui se détache par lambeaux; haute d'un mètre, de la grosseur de l'index. *Branches* opposées, horizontales, légèrement anguleuses, feuillées, velues, pliantes, d'un brun roussâtre. *Rameaux* axillaires, peu ouverts, tétragones, rapprochés, très-courts, de la couleur des branches.

Feuilles opposées en croix, rapprochées, horizontales, pétiolées, ovales, pointues, concaves, ponctuées, relevées de cinq ou de sept nervures peu apparentes; répandant, lorsqu'on les froisse, une odeur aromatique; d'un vert foncé, subsistantes, longues de douze millimètres, larges de six : celles des branches et des rameaux, glabres; celles des jeunes pousses, parsemées sur chaque surface de poils couchés.

Pétioles se prolongeant par leurs bords sur les branches et les rameaux; droits, convexes en dehors, planes en dedans, glabres, d'un vert blanchâtre, très-courts.

Épis dans la partie supérieure des jeunes pousses; cylindriques, obtus, serrés, longs de six centimètres.

Fleurs naissant trois à trois dans l'aisselle d'une bractée, et verticillées au nombre de six; horizontales, sessiles, très-rapprochées; d'un jaune de soufre, répandant une odeur agréable; longues de quinze millimètres, larges de dix.

Bractées au nombre de deux dans chaque verticille, et supportant chacune trois fleurs; opposées, très-ouvertes, ovales-arrondies, ponctuées, pubescentes, relevées de plusieurs nervures; d'abord d'un vert foncé, ensuite de la couleur des rameaux.

Calice en cloche, ponctué, glabre, divisé à son limbe en cinq lobes droits, ovales, obtus, membraneux sur leurs bords.

Pétales cinq, attachés à la base du limbe du calice, et alternes avec ses divisions; droits, ovales-arrondis, concaves, ponctués, d'un blanc de lait, tombant promptement.

Étamines nombreuses, insérées sur le calice au-dessous de la corolle; divisées en cinq paquets opposés aux pétales, et trois fois plus longs. *Filets* réunis à leur base dans chaque paquet, droits, capillaires, d'un jaune pâle. *Anthères* vacillantes, linéaires, d'un jaune de soufre, creusées de quatre sillons, s'ouvrant latéralement.

OVAIRE adhérent au fond du calice; globuleux, recouvert de poils d'un blanc de neige, divisé en trois loges, contenant un grand nombre d'ovules. STYLE droit, filiforme, plus court que les étamines. STIGMATE dilaté, tronqué.

CAPSULE membraneuse, de la grosseur d'une graine de coriandre, entièrement recouverte par le calice auquel elle adhère, et dont les lobes du limbe sont tombés; divisée en trois loges, s'ouvrant en trois valves, polysperme. CLOISONS adhérentes au milieu des valves.

SEMENCES de couleur brune, insérées à un tubercule adhérent à l'angle intérieur de chaque loge; presque toutes linéaires, tronquées à leur sommet, et stériles; une seule globuleuse et fertile.

Obs. 1.° L'espèce que je viens de décrire appartient évidemment au genre *MELALEUCA*, puisque ses étamines sont réunies en cinq paquets. Néanmoins, comme la réunion des étamines dans chaque paquet n'a lieu qu'à la base des filets, il semble que le *MELALEUCA myrtifolia* tend à se rapprocher du *METROSIDEROS*, et qu'il établit une transition entre ce dernier genre et celui auquel j'ai dû le rapporter.

2.° Le caractère de filets simplement réunis à leur base dans chaque paquet d'étamines, existe également dans les *MELALEUCA squarrosa* et *styphelioides*, SMITH : et l'affinité de ces espèces avec le genre *METROSIDEROS* fournit une nouvelle preuve de la supériorité de l'ordre naturel sur toutes les distributions arbitraires. En effet, dans l'ordre naturel les genres *MELALEUCA* et *METROSIDEROS* se trouvent placés immédiatement à la suite l'un de l'autre; tandis que dans le système sexuel, la considération des étamines libres ou réunies en plusieurs paquets, nécessite la séparation de ces deux genres, et détermine dans des classes très-éloignées la place qu'ils doivent occuper.

3.° M. Smith a divisé le genre *MELALEUCA* en deux sections, dont l'une comprend les espèces qui ont les feuilles alternes; et l'autre celles dont les feuilles sont opposées. Le *MELALEUCA myrtifolia* se distingue par un grand nombre de caractères, des espèces que renferme la dernière section; mais il a beaucoup d'affinité avec le *MELALEUCA squarrosa* qui a été placé, par MM. Smith et Willdenow, dans la section des espèces à feuilles alternes. Il paroît néanmoins en différer non seulement par ses feuilles constamment et parfaitement opposées; mais encore par ses fleurs d'un jaune de soufre, et au nombre de trois dans l'aisselle de chaque bractée.

4.° M. Smith m'a appris que l'espèce de *MELALEUCA* décrite et figurée dans cet ouvrage, pag. et pl. 4, sous le nom de *gnidiæfolia*, étoit la même que son *MELALEUCA thymifolia*. M. Andrews a publié cette même plante, à peu près en même temps que moi, sous le nom de *MELALEUCA coronata*, *Botan. Reposit.* 278. Il faut encore ajouter à ces deux synonymes, le *METROSIDEROS calycina* de M. Cavanilles. Voy. *Anales de Ciencias Naturales*, n.° 18, pag. 329.

Expl. des fig. 1, Une feuille grossie, pour montrer ses nervures. 2, Trois fleurs dans l'aisselle d'une bractée. 3, Une fleur ouverte et grossie, pour montrer l'attache et la forme de tous ses organes.

Rafnia Triflora

Peint par P. J. Redouté.

48

RAFNIA *TRIFLORA.*

FAM. des LÉGUMINEUSES, *JUSS.* — **DIADELPHIE DÉCANDRIE,** *LINN.*

RAFNIA foliis cuneiformi-obovatis; ramis angulatis; pedunculis ternis, lateralibus, unifloris.

RAFNIA *triflora.* Foliis ovatis, glabris; ramis angulatis; pedunculis ternis, unifloris. *THUNB. Prodr.* 123. *WILLDEN. Spec. Plant.*

CROTALARIA *triflora. LINN. Spec. Plant.* BERGIUS, *Descript. Plant. Capens.* 193.

BORBONIA *cordata. ANDREWS,* Botan. Reposit. 31.

Arbrisseau d'un bel aspect, dont les fleurs, grandes comme celles du *SPARTIUM junceum* et de la même couleur, recouvrent la partie supérieure de la tige et des rameaux; originaire du Cap de Bonne Espérance. Il passe l'hiver dans l'orangerie, et fleurit au milieu de l'été.

TIGE droite, courbée à son sommet, rameuse, cylindrique et parsemée dans sa partie inférieure de cicatrices semi-orbiculaires formées par la chute des pétioles; anguleuse et feuillée dans sa partie supérieure; haute d'un mètre, de la grosseur du petit doigt. *BRANCHES* alternes, peu ouvertes, anguleuses, recouvertes d'une poussière glauque. *RAMEAUX* axillaires, très-courts, de la forme et de la couleur des branches.

FEUILLES alternes, rapprochées, droites, pétiolées et se prolongeant sur le pétiole; en forme de coin et ovales renversées, très-entières, surmontées d'une glande pointue, relevées d'une côte saillante d'où partent plusieurs nervures latérales, presque opposées, montantes ou courbées vers le sommet de la feuille; glabres, un peu épaisses, d'un vert glauque, devenant noirâtres par la dessiccation; longues de cinq centimètres et larges de quatre; les supérieures insensiblement plus courtes.

PÉTIOLES extrêmement courts, se prolongeant sur la tige et les rameaux; dilatés sur leurs bords qui se rejettent en dehors; convexes d'un côté, presque planes de l'autre, de la couleur des feuilles.

PÉDICULES dans les aisselles des feuilles supérieures, au nombre de trois, presque droits, cylindriques, à une fleur, entourés de deux bractées à leur base; d'un vert glauque, de la longueur des entrenœuds.

FLEURS articulées au sommet des pédicules, horizontales, de la couleur et de la grandeur de celles du *SPARTIUM junceum;* munies chacune au-dessous de leur base de quatre bractées.

BRACTÉES des pédicules au nombre de deux, placées sur les côtés de la feuille, ayant la même direction, la même forme, et plus courtes. *BRACTÉES* des fleurs au sommet de chaque pédicule, très-petites, semblables à des dents; verticillées au nombre de quatre, noirâtres.

CALICE d'une seule pièce, en forme de cloche, glabre en dehors, pubescent à l'intérieur; d'un vert pâle, subsistant, divisé à son limbe en cinq découpures droites, en lance, aiguës, noirâtres à leur sommet; l'inférieure plus étroite et en alène.

COROLLE attachée au fond du calice, papillonacée, formée de cinq pétales munis chacun d'un onglet plane. *ÉTENDARD* droit, arrondi, échancré à son sommet, à bords roulés en dehors, rayé, porté sur un onglet courbé en dedans. *AILES* plus courtes que l'étendard, horizontales, oblongues, obtuses, courbées à leur sommet, munies d'une oreillette sur le côté de la base qui est opposé à l'onglet. *CARÈNE* montante, formée de deux pétales d'abord étroitement réunis, se séparant ensuite avec la plus grande facilité, ovales-oblongs, obtus, rétrécis vers leur sommet, sans oreillette à leur base.

ÉTAMINES dix, insérées sur le calice au-dessous de la corolle. *FILETS* réunis dans leur moitié inférieure en une gaine comprimée et fendue sous l'étendard (*monadelphes*); libres dans leur moitié supérieure, courbés, filiformes, alternativement longs et courts. *ANTHÈRES* d'un jaune doré : celles des étamines plus longues, vacillantes, arrondies, fertiles; celles des étamines plus courtes, droites, linéaires et stériles.

OVAIRE porté sur un pédicule très-court; linéaire, comprimé, glabre, d'un vert tendre. *STYLE* filiforme, courbé, blanchâtre, subsistant. *STIGMATE* simple, obtus.

LÉGUME pendant, entouré par le calice, surmonté du style; oblong, comprimé, d'un brun cendré, parsemé de veines transverses et croisées en réseau; à une loge, s'ouvrant en deux valves, long de vingt-six millimètres.

SEMENCES quatre ou six, en forme de rein, glabres, de couleur brune, insérés par un petit cordon ombilical à la suture supérieure du légume.

OBS. 1.° Le genre *RAFNIA* établi par M. Thunberg, se rapproche du *CROTALARIA* par la structure de la fleur; mais il en diffère essentiellement par son fruit qui n'est point renflé.

2.° Le *RAFNIA triflora* se distingue par plusieurs caractères du *SPARTIUM ovatum* de Bergius, ou *RAFNIA cuneifolia* de M. Thunberg, et sur-tout par ses fleurs qui ne sont point disposées au sommet des rameaux en une grappe courte et corymbiforme.

3.° Les pétales du *RAFNIA triflora* subsistent quelque temps après la fécondation, et deviennent noirâtres. Comme la dessiccation leur donne aussi cette couleur, il n'est pas étonnant que Bergius qui n'a décrit les plantes du Cap de Bonne Espérance que sur des individus desséchés, ait été incertain sur la véritable couleur des fleurs de son *CROTALARIA triflora*, et qu'il ait exprimée avec doute, (*Corolla rubro-purpurea?*).

4.° M. Willdenow a rapporté au genre *RAFNIA*, le *CROTALARIA perfoliata LINN.*; mais comme les fruits de cette plante sont très-renflés, il paroit évident qu'elle ne doit pas être séparée du genre auquel le célèbre Botaniste Suédois l'avoit réuni.

5.° Madame Bonaparte a reçu sous le nom de *CROTALARIA ilicifolia* un petit arbrisseau originaire de la Nouvelle Hollande. Cette plante qui n'a pas encore fleuri, semble s'éloigner par son port du genre *CROTALARIA*, et avoir plus d'affinité avec le *CHORIZEMA* de M. Labillardière.

6.° Je publierai dans une des prochaines livraisons, une nouvelle espèce du genre *RAFNIA (RAFNIA retusa)*, cultivée depuis un an à la Malmaison. Cette espèce forme un petit arbrisseau. Elle est originaire de Botany-Bay, et remarquable par ses feuilles semblables à celles du *CROTALARIA retusa*, et par ses fleurs d'un pourpre foncé, presque aussi grandes que celles du *GLYCINE rubicunda*.

Expl. des fig. 1, Pétales. 2, Gaine des étamines ouverte. 3, Pistil. 4, Pédoncule et calice. 5, Fruit. 6, Une semence.

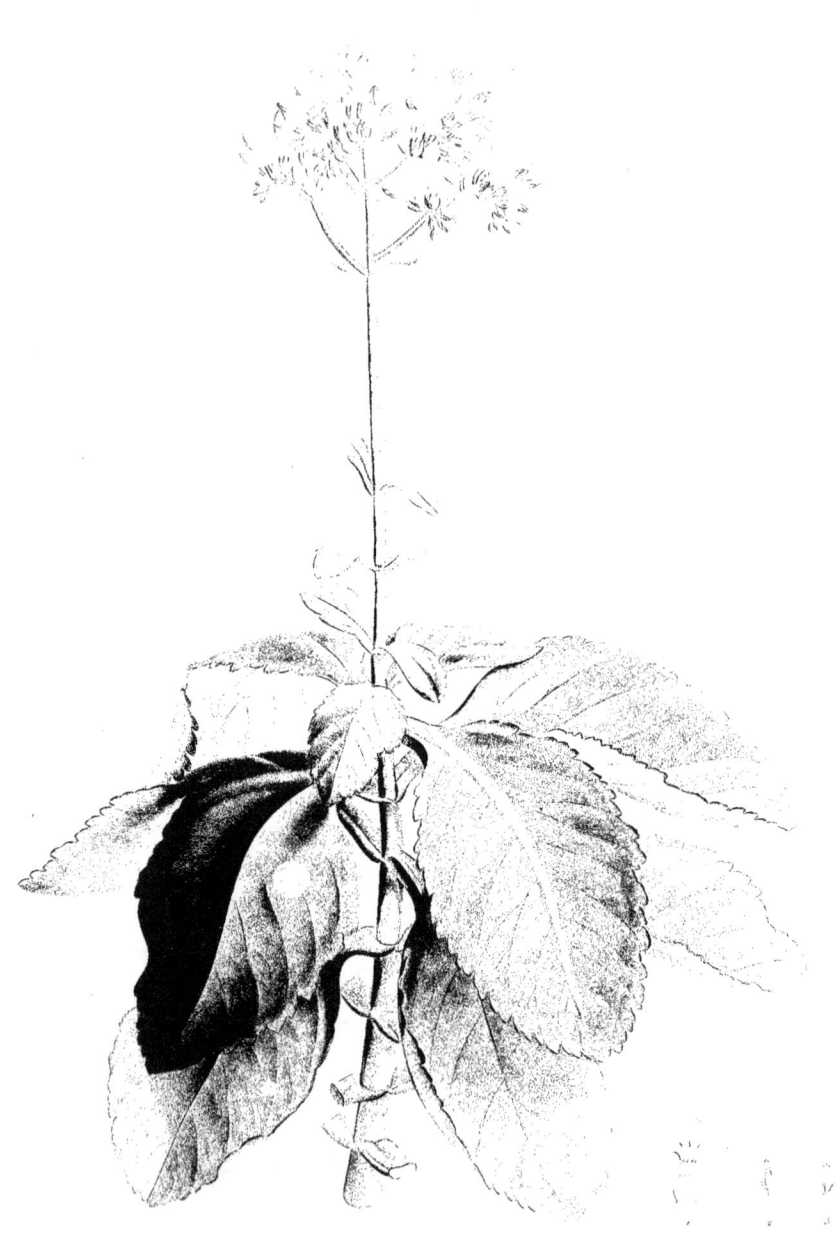

Cotyledon Crenata

Peint par P. J. Redouté

49

COTYLEDON.

F<small>AM.</small> des J<small>OUBARBES</small>, *J<small>USS</small>.* — D<small>ÉCANDRIE</small> P<small>ENTAGYNIE</small>, *L<small>INN</small>.*

C<small>HARACTER</small> E<small>SSENTIALIS.</small> *Calix* 4-5-partitus. *Corolla* monopetala, tubulosa, 4-5-fida. *Stamina* 8-10. *Ovaria* 4-5, extùs ad basim squamulis 4-5 cincta. *Capsulæ* 4-5.

COTYLEDON *C<small>RENATA</small>.*

C<small>OTYLEDON</small> foliis decussatis, ovatis, obtusis, crenatis, carnosis; floribus cymoso-paniculatis, erectis, quadrifidis.

V<small>EREIA</small> *crenata.* Foliis oppositis, crenatis, patentibus; racemis longissimis, laxis; floribus luteis. *A<small>NDR</small>. Botan. Reposit.* 21.

Arbuste découvert à Sierra-Léone par le professeur Afzelius. Il passe l'hiver dans la serre chaude, et fleurit au milieu de cette saison.

R<small>ACINE</small> fibreuse, de couleur cendrée.

T<small>IGE</small> charnue, droite, cylindrique, simple, d'un vert cendré, poussant plusieurs drageons à sa base; nue dans sa partie inférieure et marquée d'impressions semi-orbiculaires; feuillée et pubescente dans sa partie supérieure; haute de quatre décimètres, de la grosseur du pouce; diminuant insensiblement vers le sommet, et se terminant en forme de pédoncule.

F<small>EUILLES</small> opposées en croix, très-rapprochées, horizontales et réfléchies; pétiolées, ovales, obtuses, divisées en dents larges, arrondies et crénelées; relevées en dessous d'une côte rameuse, veinées, glabres, charnues, concaves, parsemées de glandes rougeâtres et peu apparentes; d'un vert foncé avec une nuance de rose sur leurs bords, longues de douze centimètres, larges de sept : les supérieures insensiblement plus courtes.

P<small>ÉTIOLES</small> embrassant la tige, et réunis à leur base; horizontaux, convexes en dehors, sillonnés en dedans, très-épais, fort courts, d'un vert cendré.

P<small>ANICULE</small> courte, arrondie, peu étalée, située au sommet de la tige, ou portée sur un pédoncule droit, cylindrique, hérissé de poils nombreux, courts, glanduleux et peu apparents. *R<small>AMEAUX</small>* de la *P<small>ANICULE</small>* peu ouverts, opposés en croix, dicho-tomes, munis d'une bractée à leur base; de la forme et de la couleur du pédoncule : les supérieurs insensiblement plus courts. *B<small>RANCHES</small>* de la *D<small>ICHOTOMIE</small>* ou de la *B<small>IFURCATION</small>* horizontales, à plusieurs fleurs; munies de bractées.

F<small>LEURS</small> unilatérales et au nombre de cinq ou six sur chaque branche de la bifurca-tion; solitaires dans le point de dichotomie; droites, pédiculées, munies de bractées; d'un jaune pâle avec une légère nuance de rouge, longues de deux centimètres, larges de quinze millimètres.

P<small>ÉDICULES</small> droits, ayant la forme et la couleur des rameaux de la panicule, longs de trois millimètres : celui du point de dichotomie deux fois plus long.

BRACTÉES à la base des rameaux de la panicule, des branches de la bifurcation, et des pédicules des fleurs; solitaires, en lance, aiguës, très-entières : celles des rameaux de la panicule longues de deux centimètres; celles des pédicules très-courtes.

CALICE formé de quatre folioles droites, en lance, aiguës, concaves, glabres en dedans, hérissées en dehors de poils glanduleux.

COROLLE monopétale, attachée à la base du calice; en forme d'entonnoir. *TUBE* tétragone, renflé à sa base, pubescent, deux fois plus long que le calice. *LIMBE* à quatre divisions très-ouvertes, ovales, pointues, glabres, de la moitié de la longueur du tube.

ÉTAMINES huit, renfermées dans le tube et attachées à sa partie moyenne, disposées sur deux rangs : celles du rang supérieur opposées aux divisions du limbe de la corolle; celles du rang inférieur alternes avec celles du rang supérieur. *FILETS* droits, en alène, se prolongeant sur le tube; de la couleur de la corolle. *ANTHÈRES* droites, ovales, échancrées à leur base, s'ouvrant latéralement.

OVAIRES quatre, réunis intérieurement à leur base, convexes en dehors, sillonnés en dedans, glabres, d'un vert foncé, entourés de quatre écailles droites, linéaires et jaunâtres. *STYLES* cylindriques, plus courts que les ovaires. *STIGMATES* en tête, paraissant hérissés, lorsqu'on les observe avec la loupe.

FRUIT.......

OBS. Linnæus, en exposant les caractères du genre *COTYLEDON*, avoit observé que dans l'espèce à laquelle il donnoit le nom de *laciniata*, le nombre des parties de la fructification diminuoit d'un cinquième. Cette exception n'avoit pas paru assez importante au célèbre professeur d'Upsal, pour l'engager à former un genre nouveau qu'il eut été forcé de placer dans une classe différente. Le sentiment de Linnæus a été entièrement adopté par MM. de Jussieu, de Lamarck, Schreber, Aiton, Vahl, Willdenow, etc.; mais il a été rejeté par MM. Adanson, Commerson et Andrews, qui ont établi, l'un le genre *KALANCHOE* (1), et les autres les genres *CRASSUVIA* (2) et *VERELA* (3). Il semble que la division du genre *COTYLEDON* est d'autant moins nécessaire, que ce genre ne renferme pas un grand nombre d'espèces; que le caractère générique peut exprimer avec autant de clarté que de précision, les différences que présentent les espèces comprises dans le genre; et qu'en admettant, à l'exemple de M. de Lamarck, deux sections dans l'énumération des espèces, il est très-facile de rapporter à chacune de ces sections les plantes dont la corolle est ou à quatre ou à cinq divisions.

Expl. des fig. 1, Corolle ouverte pour montrer l'attache et la disposition des étamines. 2, Calice et Pistil. 3, Pistil sans calice, pour montrer les quatre écailles linéaires qui entourent la base des quatre ovaires.

(1) Ce genre a été adopté par M. Decandolle, auteur du texte des plantes grasses.

(2) Les noms que Commerson a donnés aux genres qu'il a établis, prouvent combien l'imagination de ce célèbre Botaniste étoit brillante, et dénotent la pureté de son goût. Le nom de *CRASSUVIA* présente une double signification : il exprime la reconnoissance envers un ami tendre, M. Crassous, professeur de médecine à Montpellier; et il indique en même temps que la plante est du nombre de celles que l'on nomme Grasses ou Succulentes.

(3) M. Vere, connu par son zèle pour les progrès de la Botanique et de l'Agriculture.

Croton Hircinum.

Peint par P. J. Redouté.

CROTON *HIRCINUM.*

Fam. des Euphorbes, *Juss.* — Monoécie Monadelphie, *Linn.*

CROTON foliis subcordato-ovatis, serratis, acuminatis; ramis petiolisque hirsutis; racemis terminalibus; floribus decandris.

Arbrisseau dont les feuilles répandent une odeur fétide ; originaire de l'Inde , recouvert dans presque toutes ses parties de petites glandes visqueuses d'où sortent des poils rarement simples , plus souvent nombreux , étoilés , dont celui du centre est droit et beaucoup plus long. Il passe l'hiver dans la serre chaude, et fleurit pendant tout l'été.

Tige de la hauteur d'un mètre, de la grosseur de l'index, droite, cylindrique, rameuse, contenant une liqueur qui s'épaissit et devient visqueuse à l'air libre; recouverte dans sa partie inférieure d'un épiderme gercé et d'un gris cendré; d'un vert gai dans la supérieure, et parsemée de poils étoilés. *Rameaux* axillaires, alternes, peu ouverts, articulés, de la forme et de la couleur de la tige.

Feuilles alternes, horizontales ou presque pendantes, pétiolées, munies de stipules; ovales, légèrement échancrées à leur base, pointues, inégalement dentées, glanduleuses au sommet de chaque dent, ciliées, relevées sur la surface inférieure d'une côte rameuse, munies de cinq nervures à leur base, parsemées sur les nervures et les sillons de quelques poils étoilés; veineuses, un peu rudes au toucher, planes, d'un vert foncé en dessus et plus pâle en dessous; paroissant ponctuées, lorsqu'on les observe avec la loupe ; répandant, lorsqu'on les touche, une odeur fétide : longues de onze centimètres, larges de six.

Pétioles presque de la longueur des feuilles, très-ouverts, renflés et articulés à leur base, convexes d'un côté, sillonés de l'autre, hérissés, munis intérieurement à leur sommet de quatre glandes pédiculées.

Stipules deux, latérales, opposées, horizontales, linéaires, parsemées de glandes; verdâtres, tombant promptement, longues de quinze millimètres.

Grappes au sommet de la tige et des rameaux; solitaires, droites, simples, monoïques, de la longueur des feuilles. *Axe* des *Grappes* ou *Pédoncule commun* cylindrique, hérissé de poils étoilés et blanchâtres, recouvert dans presque toute son étendue de fleurs mâles, muni à sa base de deux ou de trois fleurs femelles.

Fleurs horizontales, pédiculées, munies de bractées; blanchâtres, répandant une odeur agréable, longues de huit millimètres : les inférieures se développant les premières.

Pédicules hérissés : ceux des fleurs mâles très-ouverts, filiformes, longs de huit millimètres; ceux des fleurs femelles droits, cylindriques, épais, très-courts.

Bractées à la base des pédicules et beaucoup plus courtes; solitaires, horizontales, ovales, très-obtuses, glanduleuses sur leurs bords; glabres en dedans, pubescentes en dehors, subsistantes.

Fleurs mâles.

Calice à dix divisions profondes, peu ouvertes, ovales, obtuses, glabres, paroissant ponctuées, lorsqu'on les observe avec la loupe : cinq extérieures d'un vert blanchâtre; cinq intérieures, alternes, d'un blanc de lait.

Étamines dix, portées sur un réceptacle entouré de cinq glandes saillantes, concaves, couleur de miel, opposées aux divisions intérieures du calice. *FILETS* réunis et velus à leur base, distincts et glabres dans le reste de leur étendue; cylindriques, d'un blanc de lait, plus longs que le calice. *ANTHÈRES* droites, ovales, comprimées, de la couleur des filets, s'ouvrant sur les sillons latéraux.

FLEURS FEMELLES.

CALICE à cinq divisions profondes, ouvertes, en lance, aiguës, à bords réfléchis et munis de cils glanduleux; velues en dehors, glabres en dedans, subsistantes.

OVAIRE ovale-arrondi, creusé de trois sillons, velu, entouré à sa base d'un disque glanduleux. *GLANDES* au nombre de cinq, opposées aux divisions du calice, saillantes, concaves, d'un blanc de neige, séparées par un filet droit et de la moitié de la longueur de l'ovaire. *STYLES* trois, à quatre divisions ouvertes, courbées à leur sommet, linéaires, convexes en dedans, sillonnés en dehors, d'un blanc de lait, subsistantes. *STIGMATES* obtus.

CAPSULE recouverte par le calice, couronnée des styles subsistants, ovale-arrondie, creusée de trois sillons, velue, formée de trois coques. *COQUES* se dépouillant de leur écorce extérieure, s'ouvrant élastiquement en deux valves; à une seule semence.

PLACENTA central, triangulaire, tronqué à son sommet. *SEMENCES* solitaires, adhérentes au sommet de chaque angle du placenta, ovales, convexes en dehors, creusées intérieurement d'un sillon, munies d'un tubercule à leur sommet, lisses, d'un gris de perle.

OBS. Linnæus n'avoit mentionné dans le *Species Plantarum*, imprimé à Stockolm en 1763, que vingt-une espèces de CROTON. M. Gmelin en a publié trente-sept dans l'édition qu'il a donnée du *Systema Naturæ*; et M. de Lamarck en a décrit quarante-huit dans le Dictionnaire de Botanique. Le nombre des espèces de ce genre s'est depuis beaucoup accru par les recherches des Naturalistes. MM. Jacquin, Forster, Swartz, Vahl, etc. en ont publié plusieurs qui ne sont pas comprises dans les écrits des auteurs que j'ai cités; et il en existe encore beaucoup dans les herbiers, qui sont inédites. Il paroît néanmoins, d'après l'étude des espèces déjà rapportées au genre CROTON, que ces plantes présentent dans quelques organes de la fructification, tels que les enveloppes de la fleur, les étamines, les styles, etc., des différences assez importantes pour autoriser les Botanistes à former des genres secondaires, ou à établir dans le genre des sections plus tranchées que celles qui ont été fournies par les tiges ligneuses ou herbacées. Mais pour pouvoir entreprendre ce travail avec succès, il faudroit que toutes les espèces du genre eussent été décrites complètement, et sur-tout que les caractères de la fructification, qu'il est très-difficile d'étudier sur des individus desséchés, eussent été observés sur des individus vivants. Il est certain que sans une notion parfaite des organes de chaque espèce, il y aura toujours de l'incertitude sur la détermination de celles qui ont entre elles beaucoup d'affinité, et dont il n'existe point de figure. La plante que je viens de décrire fournit une preuve de cette assertion: elle est connue dans les jardins sous le nom de CROTON aromaticum, et je n'aurois point hésité à la publier sous cette dénomination, si les observations et les recherches que j'ai faites ne m'eussent convaincu de la nécessité de la distinguer.

Linnæus a donné le nom de CROTON aromaticum à une plante que Hermann avoit récoltée à Ceylan, et désignée dans son *Museum Zeylanicum*, 209, par cette phrase: *Ricinoïdes, arbor aromatica, Cleveæ foliis, media*. Morison qui avoit reçu de Hermann un échantillon de cette espèce, en donna une courte description dans le troisième volume de l'*Historia plantarum*, pag. 349, n.º 19. La description de Morison fut copiée par Raj, à qui Sherard avoit communiqué un rameau du *Ricinoïdes*, etc., envoyé par Hermann. Pendant le séjour que Linnæus fit en Hollande, ce célèbre Naturaliste étudia les plantes que le professeur de Leyde avoit récoltées à Ceylan, et en publia la description dans son *Flora Zeylanica*. Celle qu'il a donnée du *Croton aromaticum* est si succincte, que M. de Lamarck en décrivant dans son Dictionnaire les espèces du genre CROTON, n'a pu la désigner avec certitude. Il l'a d'abord regardée comme une variété de son *Croton tiliaceum*, et décrivant ensuite le *Croton muuristicum*, il a observé que cette plante pouvoit être la même que le *Croton aromaticum*. (?) Gærtner a décrit dans le second volume de sa Carpologie le fruit du *Croton aromaticum*, et il a remarqué le premier, que le synonyme de Rumphe, cité dans le *Systema Vegetabilium*, ne lui appartenoit pas. Enfin M. Vahl a publié dans la seconde partie de ses *Symbolæ Botanicæ*, pag. 98, une description assez étendue du *Croton aromaticum*.

En comparant les descriptions qui ont été données du *Croton aromaticum* avec celle que je publie du *Croton hircinum*, on doit conjecturer que ces deux plantes n'appartiennent à la même espèce. Les feuilles du *Croton hircinum* sont parsemées de points transparens, et répandent une odeur fétide analogue à celle du bouc, qui se manifeste même avec énergie dans les échantillons desséchés; les fleurs n'ont constamment que dix étamines, et les semences sont parfaitement lisses. Dans le *Croton aromaticum* au contraire les feuilles ne doivent point répandre une odeur désagréable, puisque les auteurs que nous avons cités n'en ont fait aucune mention; les fleurs sont pourvues d'un grand nombre d'étamines (2); et les semences, d'une forme différente, ont leur surface légèrement tuberculée.

Expl. des fig. 1, Fleur mâle. 2, La même grossie et dont on a retranché le calice pour montrer le réceptacle glanduleux qui porte les étamines. 3, Étamines détachées du réceptacle, réunies à leur base. 4, Fleur femelle. 5, La même grossie et dont on a retranché le calice pour montrer les glandes et les filets qui entourent la base de l'ovaire. 6, Un style à quatre divisions. 7, Fruit. 8, Placenta central. 9, Une coque ouverte. 10, Une semence vue en dedans. 11, La même vue en dehors.

(1) Ces deux plantes, dont nous avons vu de beaux échantillons dans l'Herbier de M. de Jussieu, diffèrent entièrement de celle que nous décrivons.

(2) *Staminibus numerosissimis.* LINN. Flor. Zeyl. — *Stamina numerosa.* VAHL, Symb. 2, pag. 98.

Justicia Orchioïdes.

Pinx par L. A. Richard.

51

JUSTICIA *ORCHIOIDES.*

Fam. des Acanthes, *Juss.* — Diandrie Monogynie, *Linn.* §. VII.
Calice simplici; Corollis ringentibus; Diantheræ.

JUSTICIA pedunculis axillaribus, subunifloris; foliis lanceolatis, rigidis, pungentibus.

Justicia *orchioides. Linn. Supplem.* 85. — *Aiton, Hort. Kew.* — *Vahl, Symb.* 2, pag. 10. — *Willden. Spec. Plant.*

Arbrisseau très-rameux, recouvert dans toutes ses parties d'un duvet poudreux, ou de poils extrêmement courts et peu apparents; originaire du Cap de Bonne Espérance. Il passe l'hiver dans l'orangerie, et fleurit à la fin de l'été.

Tige droite, cylindrique, très-rameuse, poussant un grand nombre de drageons, recouverte d'une écorce gercée et de couleur cendrée; haute de sept décimètres, de la grosseur du petit doigt. *Branches* très-droites, rameuses dans toute leur étendue, unies dans leur partie inférieure, et marquées d'impressions circulaires formées par la chute des feuilles; de la forme et de la couleur de la tige. *Rameaux* quelquefois opposés, plus souvent alternes par l'avortement de celui qui devoit naître vis-à-vis; ayant la direction et la forme des branches : les supérieurs insensiblement plus courts.

Feuilles opposées en croix, peu ouvertes, recourbées à leur sommet, sessiles, paroissant réunies à leur base par un bourrelet circulaire; en lance, pointues et piquantes, très-entières, sans veines et sans nervures; rudes au toucher, roides, un peu épaisses, d'un vert cendré, longues de deux centimètres, larges de cinq millimètres : celles des jeunes pousses plus courtes.

Pédoncules axillaires, solitaires, presque droits, cylindriques, simples et à une fleur, ou bifides et à deux fleurs, munis de bractées; de la couleur des rameaux, de la longueur des feuilles.

Fleurs droites, d'un jaune blanchâtre, longues de seize millimètres, larges de vingt.

Bractées deux, au sommet du pédoncule et de ses divisions; opposées, réunies à leur base, droites, ovales, aiguës, concaves, de la couleur et de la substance des feuilles; membraneuses sur leurs bords, de la moitié de la longueur du calice.

Calice à cinq divisions profondes, droites, en lance, aiguës, membraneuses sur leurs bords, presque égales, de la couleur et de la longueur des bractées; subsistantes.

Corolle monopétale, personnée, hypogyne, pubescente en dehors. *Tube* très-court, légèrement comprimé. *Orifice* velu. *Lèvre supérieure* penchée, plane, obtuse, échancrée, relevée en dehors d'une nervure longitudinale, et creusée de deux sillons; munie intérieurement à sa base de deux glandes. *Lèvre inférieure* horizontale, de la longueur de la supérieure, à trois lobes oblongs, obtus, inégaux : le moyen plus large, muni à sa base d'un palais saillant et veiné de pourpre.

Étamines deux, attachées à l'orifice, situées entre les deux lèvres; plus courtes que la corolle. *Filets* courbés, convexes en dessus, planes en dessous, dilatés à leur sommet; de la couleur de la corolle. *Anthères* quatre, situées deux à deux sur les bords dilatés de chaque filet, distinctes, ovales, obtuses, comprimées, de couleur brune, s'ouvrant en devant par un sillon longitudinal; les deux intérieures un peu abaissées, munies chacune à leur base d'un appendice cylindrique, obtus et blanchâtre (1). *Pollen* formé de globules d'un blanc de neige.

Ovaire ovale-oblong, comprimé, glabre. *Style* filiforme, pubescent, ayant la direction des étamines et plus long. *Stigmate* obtus.

Capsule entourée à sa base par le calice, oblongue, amincie et comprimée dans sa moitié inférieure; renflée dans la supérieure; surmontée d'une pointe courte; lisse, à deux loges, s'ouvrant en deux valves. *Cloison* opposée et adhérente aux valves; se divisant avec élasticité dans sa partie moyenne et dans le sens de sa longueur.

Semences quatre ou cinq, ovales-arrondies, comprimées, de couleur brune, situées chacune dans l'aisselle d'un filament courbé en montant, et adhérent aux bords des divisions de la cloison.

Obs. Le genre *Justicia* renferme un grand nombre d'espèces qui paroissent différer entre elles par leur calice simple ou double, par leur corolle personnée ou presque régulière, et par leurs anthères dont les lobes sont tantôt écartés, tantôt rapprochés et parallèles. Linnæus s'étoit attaché à ce dernier caractère pour diviser le genre *Justicia*, et il avoit réuni sous le nom de *Dianthera*, les espèces dont les lobes des anthères sont écartés. M. Vahl, qui a publié dans la seconde partie de ses *Symbolæ Botanicæ*, pag. 12, une Monographie du genre *Justicia*, après avoir examiné successivement tous les organes de la fleur, a démontré qu'il n'y en avoit aucun qui pût fournir des caractères différentiels. Ce célèbre Botaniste a considéré ensuite les caractères qui résultent de la structure intérieure du fruit, et il a remarqué que celui de la cloison libre ou adhérente aux valves étoit d'autant plus important, qu'il coïncidoit avec ceux qui sont fournis par la déhiscence et la forme des valves. Quoique M. Vahl n'ait fait aucun usage de ce caractère dans le tableau qu'il a donné des espèces du genre *Justicia*, néanmoins le mérite de son observation a été apprécié et reconnu. M. de Jussieu a divisé le genre *Justicia* d'après les caractères assignés par M. Vahl; et il a réuni toutes les espèces dont les cloisons ne sont point adhérentes aux valves, en un genre auquel il a donné le nom de *Diclipteris*.

Expl. des fig. 1, Corolle ouverte pour montrer le tube court, l'orifice velu, le palais à la base de la lèvre inférieure, les deux glandes à la base de la lèvre supérieure, et l'attache des étamines. 2, Une étamine grossie et vue par derrière, pour montrer le filet dilaté à son sommet. 3, La même, vue par devant, pour montrer les deux anthères qui s'ouvrent par un sillon, et dont l'intérieure est munie à sa base d'un appendice. 4, Calice et pistil. 5, Fruit. 6, Une valve vue en dedans pour montrer la cloison opposée, adhérente, fendue dans sa longueur, et munie de quelques filaments crochus qui supportent les semences.

(1) Ce caractère existe dans plusieurs espèces de *Justicia*. Voy. *Jacq. Hort. Schoenbrun.* Pl. 3, 4.

Jatropha Acuminata.

Peint par P. J. Redouté.

52

JATROPHA *ACUMINATA.*

FAM. des EUPHORBES, *JUSS.* — MONOÉCIE MONADELPHIE, *LINN.*

JATROPHA calyculata; foliis oblongis, acuminatis, subpanduratis, basi dentatis lobatisve; corymbis dioicis, longè pedunculatis.

JATROPHA *acuminata. LAM. Dict.*, vol. 4, pag. 8.

JATROPHA *panduræfolia. ANDR., Botan. Reposit.* 267.

Arbrisseau lactescent, originaire des Antilles, facile à distinguer par la forme singulière de ses feuilles qui sont rétrécies en forme de violon au-dessous de leur partie moyenne, et munies de dents aiguës vers leur base. Il passe l'hiver dans la serre chaude, et fleurit pendant l'été.

TIGE droite, cylindrique, rameuse, marquée dans sa partie inférieure d'impressions semicirculaires formées par la chute des pétioles; feuillée dans sa partie supérieure; recouverte d'un épiderme gercé et d'un brun cendré, haute de neuf centimètres, de la grosseur du pouce. *RAMEAUX* axillaires, alternes, articulés, peu ouverts, de la forme de la tige; paroissant parsemés de poils courts et blanchâtres, lorsqu'on les observe avec la loupe.

FEUILLES pliées en deux avant leur développement; alternes, très-ouvertes, pétiolées, munies de stipules; oblongues, amincies dans leur partie inférieure, souvent sinuées ou rétrécies en forme de violon au-dessous de leur partie moyenne; très-pointues, entières dans leur partie supérieure, divisées vers leur base et garnies de dents quelquefois très-alongées et semblables à des lobes; relevées en dessous d'une côte saillante et rameuse, veinées, presque glabres, d'un vert foncé en dessus, d'un vert pâle ou rougeâtres en dessous; longues de treize centimètres, larges de quatre.

PÉTIOLES courts, articulés, ouverts, convexes d'un côté, sillonnés de l'autre, parsemés de poils blanchâtres et peu apparents.

STIPULES distinctes du pétiole et beaucoup plus courtes; droites, en lance, aiguës, recourbées à leur sommet, d'un vert pâle, tombant promptement.

CORYMBES au sommet des rameaux, très-ouverts, presque planes, portés sur de longs pédoncules : les uns ne présentant que des fleurs mâles; les autres entièrement formés de fleurs femelles.

PÉDONCULES solitaires, droits, cylindriques, presque glabres, divisés vers leur sommet, d'un vert blanchâtre, de la longueur des feuilles. *DIVISIONS* des *PÉDONCULES* alternes, peu ouvertes, munies de bractées, à plusieurs fleurs.

FLEURS pourvues d'un calice et d'une corolle, pédiculées, de la grandeur de celles de l'*ANAGALLIS*, d'un rouge de feu, paroissant parsemées de points brillants et dorés, lorsqu'on les observe à la loupe.

Pédicules droits, cylindriques, munis de bractées; de la couleur des pédoncules; longs d'un centimètre.

Bractées à la base des divisions et des sous-divisions du pédoncule; solitaires, droites, en lance, pointues, concaves, glanduleuses sur les bords de leur partie inférieure, de la couleur des pédicules et plus courtes; tombant promptement.

Calice très-petit, d'une seule pièce, en cloche, glabre, subsistant, d'un vert teint de rose, divisé à son limbe en cinq dents droites et obtuses.

Pétales cinq, insérées sur le réceptacle dans les fleurs mâles, et sous l'ovaire dans les fleurs femelles; alternes avec les découpures du calice, ouverts, ovales, très-obtus, un peu échancrés à leur sommet, munis à leur base d'un onglet court.

FLEURS MÂLES.

Étamines dix, plus courtes que la corolle, monadelphes, munies à leur base de cinq glandes. Filets réunis en tube dans leur partie inférieure, libres vers leur sommet, peu ouverts, de la couleur de la corolle, inégaux : cinq extérieurs alternes et moitié plus courts. Anthères vacillantes, ovales, obtuses, échancrées à leur base, creusées de quatre sillons, s'ouvrant latéralement, de la couleur des filets. Pollen formé de globules nombreux et d'un jaune doré.

FLEURS FEMELLES.

Ovaire libre, ovale, obtus, creusé de trois sillons, relevé de trois nervures, entouré à sa base d'écailles en cœur renversé; d'un vert tendre et luisant. Styles trois, plus courts que la corolle, droits et réunis vers leur base, distincts et ouverts dans leur partie supérieure qui est à deux divisions profondes. Stigmates simples.

Fruit......

Obs. 1.ᵉ La plante que M. Andrews a nommée *Jatropha panduræfolia*, est la même que celle qui avoit été déjà décrite par M. de Lamarck, sous le nom de *Jatropha acuminata*. Les individus de cette espèce que j'ai observés à la Malmaison, chez M. Cels, au Val-de-Grace, etc., avoient constamment leurs fleurs mâles et leurs fleurs femelles portées sur des pédoncules distincts. Parmi ces fleurs, j'en ai trouvé quelques-unes dont le calice étoit à quatre découpures, et la corolle à quatre pétales : celles des fleurs mâles ne présentoient alors que huit étamines.

2.ᵉ Les trachées sont très-faciles à observer dans les feuilles du *Jatropha acuminata*. J'ai déchiré quelques feuilles de cette espèce en plusieurs parties qui restoient suspendues les unes aux autres.

3.ᵉ Je possède une nouvelle espèce de *Jatropha*, trouvée à Porto-Ricco par Riedlé. Cette espèce que je me propose de publier dans le Choix de Plantes, peut être désignée par le nom d'*Hernandiæfolia*, et caractérisée par la phrase suivante :

Jatropha calyculata; foliis peltatis, ovatis, integerrimis, glabris.

4.ᵉ On cultive à la Malmaison les *Jatropha urens*, Linn.; *Jatropha Napæifolia*, Lam.; *Jatropha multifida*, Linn.; *Jatropha Curcas*, Linn.; *Jatropha Gossypifolia*, Linn.; et *Jatropha acuminata*.

Expl. des fig. 1, Fleur vue par derrière. 2, Un pétale. 3, Étamines grossies pour montrer les cinq glandes qui sont situées à leur base. 4, Calice et pistil. 5, Pistil grossi pour montrer les écailles qui entourent la base de l'ovaire.

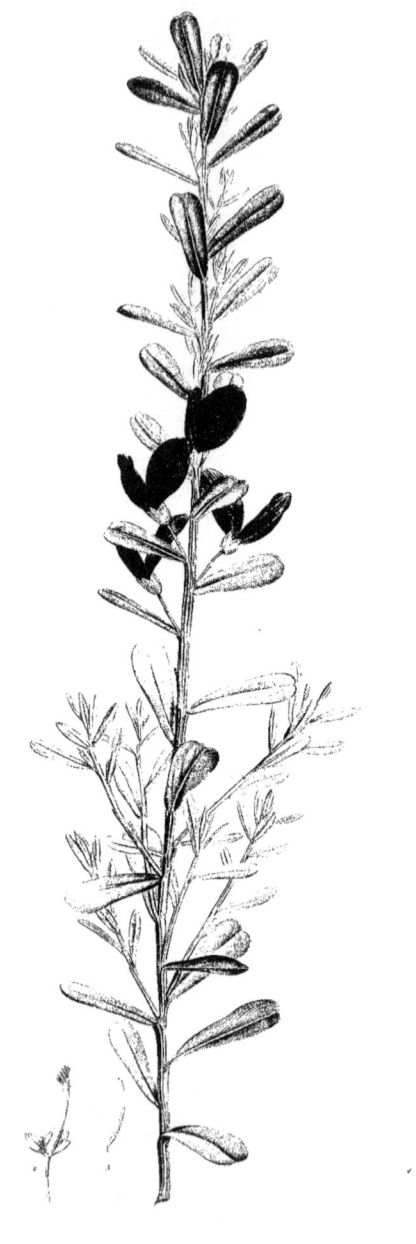

Rapua Retusa

Peint par P. J. Redouté.

53

RAFNIA *RETUSA.*

Fam. des Légumineuses, *Juss.* — Diadelphie Décandrie, *Linn.*

RAFNIA foliis cuneiformibus, retusis; pedunculis solitariis, axillaribus, unifloris.

Arbrisseau toujours vert, originaire de la partie Sud-Ouest de la Nouvelle Hollande; ressemblant par la forme de ses feuilles au *Crotalaria retusa*, et par la couleur de ses fleurs au *Glycine rubicunda*. Il passe l'hiver dans l'orangerie, et fleurit sur la fin de cette saison.

Tige droite, cylindrique dans sa partie inférieure; relevée dans la supérieure de quelques nervures saillantes; rameuse, recouverte d'un épiderme gercé et de couleur cendrée; haute de neuf décimètres, de la grosseur du petit doigt. *Branches* alternes, rapprochées, droites, de la forme de la tige, feuillées, glabres, d'un vert cendré. *Rameaux* axillaires, ayant la situation, la direction, la forme et la couleur des branches.

Feuilles alternes, peu ouvertes, pétiolées, munies de stipules; en forme de coin, très-entières, légèrement échancrées à leur sommet, surmontées d'une pointe courte et peu apparente, relevées sur leur surface inférieure d'une côte saillante, creusées sur la supérieure d'un léger sillon, paroissant veineuses lorsqu'on les observe avec la loupe; glabres, coriaces, planes, subsistantes, d'un vert foncé en dessus, d'un vert pâle en dessous, longues de trois centimètres et demi, larges de seize millimètres.

Pétioles articulés au sommet d'une protubérance triangulaire qui, en se prolongeant, forme des angles sur les branches et les rameaux; presque droits, convexes d'un côté, sillonnés de l'autre; glabres, ridés transversalement, blanchâtres, extrêmement courts.

Stipules adhérentes à chaque côté de la protubérance sur laquelle est inséré le pétiole; droites, ovales, aiguës, membraneuses, roussâtres, tombant promptement, très-courtes.

Pédicules axillaires, solitaires, droits, cylindriques, dilatés vers leur sommet, à une fleur, munis de deux bractées dans leur partie moyenne; glabres, d'un vert tendre, de la moitié de la longueur de la feuille.

Fleurs droites, d'un pourpre foncé, presque aussi grandes que celles du *Glycine rubicunda.*

Bractées opposées, droites, ovales, obtuses, concaves, légèrement ciliées, de la couleur du pédicule, très-courtes, subsistantes.

Calice en cloche, glabre, d'un vert tendre, divisé à son limbe en deux lèvres; subsistant. *Lèvre supérieure* ovale, obtuse, échancrée. *Lèvre inférieure* à trois découpures peu profondes, inégales : la moyenne plus longue, et aiguë.

Corolle attachée à la base du calice, papillonacée, formée de cinq pétales portés chacun sur un onglet plane et très-court. *Étendard* peu réfléchi, ovale-oblong, obtus, surmonté d'une petite pointe peu apparente, relevé d'une nervure longitudinale; plane, strié, veineux sur ses bords. *AILES* presque de la longueur de l'étendard, droites, oblongues, obtuses; munies sur le côté de leur base opposé à l'onglet, d'un appendice aigu. *CARÈNE* recouverte par les ailes et un peu plus courte, courbée en dedans à son sommet, divisée dans presque toute son étendue en deux pétales oblongs, obtus, munis sur un des côtés de leur base d'un appendice arrondi et peu saillant.

ÉTAMINES dix, insérées sur le calice au-dessous de la corolle. *FILETS* réunis dans presque toute leur étendue en une gaîne comprimée *(monadelphes)*, libres dans leur partie supérieure, un peu courbés en dedans, alternativement plus longs et plus courts, blanchâtres. *ANTHÈRES* très-petites, vacillantes, linéaires, s'ouvrant latéralement, d'un jaune couleur de soufre.

OVAIRE linéaire, comprimé, glabre, verdâtre, porté sur un pédicule court. *STYLE* filiforme, courbé, blanchâtre, subsistant. *STIGMATE* en tête.

LÉGUME (ou GOUSSE) pédiculé, entouré à la base de son pédicule du calice subsistant; oblong, comprimé, pointu, gibbeux par la saillie des semences; d'un brun noirâtre, à une loge, s'ouvrant en deux valves, long de six centimètres, large de dix millimètres.

SEMENCES huit ou dix, ovales, obtuses, luisantes, brunes, munies à leur sommet d'une caroncule saillante, au centre de laquelle est un cordon ombilical très-court qui adhère à la suture inférieure du légume.

Obs. 1.º La plante que je viens de décrire, se rapproche par son port de quelques espèces du genre *RAFNIA*, et sur-tout du *RAFNIA triflora* (1). Elle présente dans la forme de sa corolle et de son fruit quelques différences qui ne m'ont pas paru assez importantes pour la séparer du genre auquel je l'ai rapportée, et pour en former un genre nouveau. La forme de la corolle ne fournit dans la plupart des polypétales irrégulières qu'un caractère de peu de valeur; et c'est sur-tout dans les plantes de cette tribu qu'il faut consulter le fruit, et même le port des espèces pour la détermination des genres.

2.º Le *RAFNIA retusa* est aussi cultivé chez M. Cels qui possède plusieurs individus de ce charmant arbrisseau.

Expl. des fig. 1, Pétales. 2, Calice ouvert et organes sexuels. 3, Pistil. 4, Fruit. 5, Une semence.

(1) Jardin de la Malmaison, pag. et pl. 48.

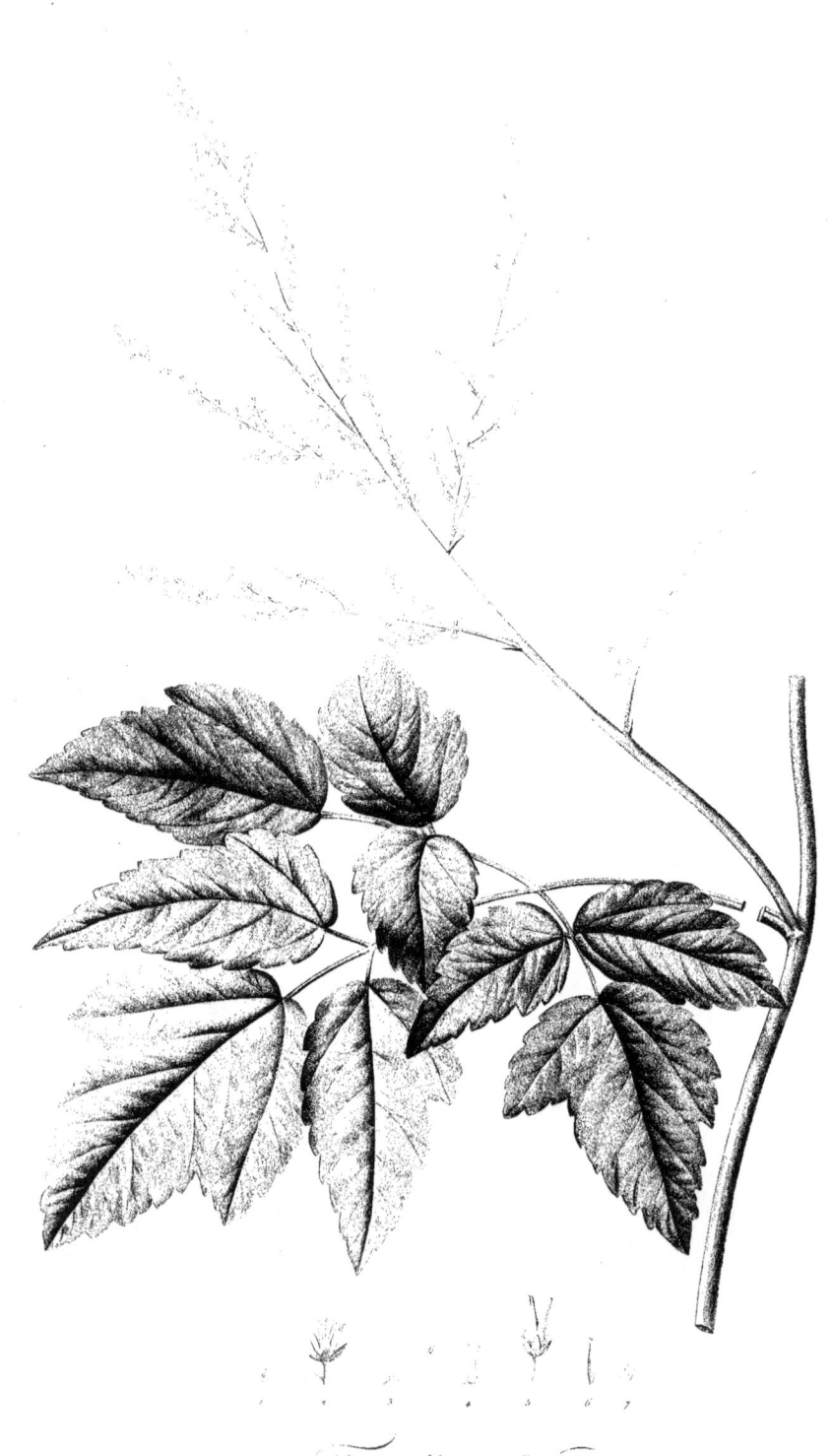

Tiarella Biternata.

Peint par P. J. Redouté.

Gravé par Bessa.

54

TIARELLA *BITERNATA.*

Fam. des Saxifrages, *Juss.* — Décandrie Digynie, *Linn.*

TIARELLA foliis biternatis; floribus racemoso-paniculatis.

Plante herbacée, bisannuelle, dont le port ressemble beaucoup à celui du *Spiræa Aruncus*; originaire de l'Amérique Septentrionale, fleurissant au commencement de l'été.

Racine fibreuse, de couleur cendrée.

Tige fistuleuse, droite, cylindrique, simple, presque nue et simplement garnie de trois à quatre feuilles; légèrement pubescente, d'un vert tendre, haute d'un mètre, de la grosseur d'une plume de cygne.

Feuilles trois ou quatre, très-grandes, situées l'une sur le collet de la racine, les autres sur la tige et alternes; toutes horizontales, portées sur de longs pétioles, deux fois ternées, d'un vert gai en dessus, d'un vert très-pâle et presque glauque en dessous. *Folioles primaires* pétiolées, ternées, inégales : l'impaire ou celle du milieu plus grande que les latérales. *Folioles secondaires* pétiolées, ordinairement ovales, quelquefois oblongues; en cœur ou échancrées à leur base, pointues à leur sommet, incisées ou lobées, profondément dentées, munies d'une petite pointe au sommet de chaque dent, pubescentes en dessous et relevées d'une côte extrêmement rameuse, glabres en dessus et creusées d'un pareil nombre de sillons; veineuses, inégales : les deux latérales, longues d'un décimètre, larges de sept centimètres; la terminale ou celle du milieu, deux fois plus grande (1).

Pétiole commun cylindrique, creusé intérieurement d'un léger sillon; renflé dans les points de ses divisions; pubescent, d'un vert pâle : celui de la feuille radicale et de la feuille inférieure de la tige, droit, long de quatre décimètres; celui des deux feuilles supérieures, horizontal, plus court. *Pétioles des Folioles primaires* et *secondaires*, horizontaux, convexes d'un côté, sillonnés de l'autre, pubescents, inégaux : ceux des folioles latérales, plus courts que celui de la foliole terminale.

Panicules au sommet de la tige et dans les aisselles des feuilles; presque droites, très-étalées, extrêmement lâches, formées d'un grand nombre de grappes qui sont portées sur un axe cylindrique, strié, parsemé de poils glanduleux et peu apparents. *Grappes* alternes, rapprochées, horizontales, très-grêles, munies de bractées : les inférieures composées, longues de quatorze centimètres; les supérieures simples et insensiblement plus courtes.

(1) Les feuilles sont presque diminuées de moitié dans la figure.

Fleurs très-petites, alternes, horizontales, pédiculées, jaunâtres, munies de bractées.

Pédicules très-ouverts, cylindriques, d'un blanc jaunâtre, plus courts que les fleurs.

Bractées à la base de l'axe des grappes, et des pédicules des fleurs; solitaires, presque droites, en lance, pointues, concaves, glabres, jaunâtres, subsistantes, très-courtes.

Calice à cinq divisions profondes, droites, en lance, aiguës, glabres, d'un jaune de soufre, subsistantes, de la longueur du pédicule.

Pétales cinq, droits, linéaires, obtus; insérés à la base du calice, alternes avec ses divisions, de la même longueur, et d'un jaune plus pâle.

Étamines au nombre de dix, ayant la même attache que la corolle, et deux fois plus longues. *Filets* droits, en alène, blanchâtres. *Anthères* arrondies, creusées de quatre sillons, s'ouvrant latéralement, de la couleur du calice.

Ovaire libre, ovale, glabre, de la couleur des pétales, creusé sur chaque face d'un large sillon. *Styles* deux, planes en dedans, convexes en dehors, écartés, subsistants, plus longs que les pétales, plus courts que les étamines. *Stigmates* simples, renflés et obtus.

Capsule entourée à sa base par le calice, surmontée des deux styles, se divisant sur ses deux faces et dans toute son étendue, en deux valves dont les bords sont très-rapprochés; à deux loges. *Placentas* filiformes, d'abords adhérents au bord intérieur des valves, ensuite libres.

Semences nombreuses, linéaires, amincies à leurs extrémités, semblables à de la limaille, adhérentes au placenta dans leur partie moyenne.

Obs. 1.° La plante que je viens de décrire se distingue essentiellement de l'*Heuchera* par le nombre des étamines, du *Saxifraga* par la manière dont s'ouvre la capsule, et du *Mitella* non-seulement par ses pétales qui ne sont point frangés, mais encore par l'attache de ses semences (1). Cette belle espèce avoit été cultivée, en 1792, chez M. Le Monnier, et dans plusieurs jardins des environs de Versailles. Je l'avois alors décrite pour la suite du *Stirpes* de l'Héritier, à laquelle j'ai travaillé pendant trois ans, et où j'ai inséré plusieurs plantes intéressantes qui eussent été publiées sous mon nom, si le Botaniste dont j'avois partagé les occupations, eût fait paroître lui-même son ouvrage.

2.° Le genre *Tiarella* renferme trois espèces dont les noms spécifiques indiquent parfaitement les différences.

3.° Le *Tiarella cordifolia* est la seule espèce du genre dont les pétales soient plus longs que le calice.

4.° Si l'attache des semences des *Tiarella cordifolia* et *trifoliata*, qui n'a été décrite par aucun auteur, étoit la même que celle du *Mitella*, l'espèce que je publie ne pourroit-elle pas constituer un genre nouveau, caractérisé par les placentas filiformes d'abord adhérents au bord intérieur des valves, et ensuite libres?

Expl. des fig. 1, Fleur de grandeur naturelle avec sa bractée. 2, La même grossie. 3, Une partie du calice avec un pétale et une étamine, pour montrer l'attache de ces deux organes. 4, Pistil. 5, Fruit. 6, Une valve. 7, Quelques semences. (Toutes les figures sont grossies, à l'exception de la première).

(1) Semina (*Mitella diphylla*) per funiculos capillares fundo capsulæ unilocularis affixa. *Gærtn Carpolog.*, vol. 1, pag. 208.

Platylobium Scolopendrium.

Peint par P. J. Redouté.

PLATYLOBIUM *SCOLOPENDRIUM.*

Fam. des Légumineuses, *Juss.* — Diadelphie Décandrie, *Linn.*

PLATYLOBIUM caulibus, ramis, ramulisque ensiformi-compressis, sinuato-serratis; sinubus foliosis vel floriferis.

Platylobium *Scolopendrum.* Foliis ovatis, glabris; ramis, ramulisque compressis, alatis, margine cicatrisatis; floribus solitariis. *Andr. Botan. Reposit.* 191.

Arbrisseau dont le port a beaucoup de ressemblance avec celui du *Cactus phyllanthus;* originaire des Isles de la Mer du Sud. Il passe l'hiver dans l'orangerie, et fleurit au commencement du printemps.

Racine formée de plusieurs rameaux cylindriques, hérissés de fibres vers leur base.

Souche (ou Collet de la *Racine*) haute de trois centimètres, de la grosseur du petit doigt, recouverte d'un épiderme gercé et d'un brun cendré; poussant à son sommet plusieurs tiges.

Tiges droites, très-applaties, en forme de glaive, rameuses, relevées dans leur partie moyenne d'une côte saillante, sinuées ou bordées de dents alternes et surmontées d'un bouton; veineuses, glabres, coriaces, pliantes, paroissant ponctuées lorsqu'on les observe avec la loupe; d'un vert glauque, longues de quatre décimètres, larges de quinze millimètres. *Branches* naissant au sommet des dents qui bordent les tiges; amincies vers leur base qui ressemble à un pétiole; très-ouvertes, de la forme et de la couleur des tiges. *Rameaux* droits, semblables aux branches et plus courts.

Boutons au sommet de chaque dent; solitaires, très-petits et peu apparents, écailleux, de couleur purpurine, donnant naissance à des rameaux, ou à des feuilles, ou à des fleurs : la plupart sujets à avorter.

Feuilles alternes, ouvertes, pétiolées, obliques ou présentant un de leurs bords dans la direction des tiges et des rameaux, munies de stipules; ovales, obtuses, entières, surmontées d'une petite pointe, relevées sur chaque surface d'une côte rameuse; veineuses, glabres, de la couleur des tiges; longues de deux décimètres, larges de dix millimètres.

Pétioles articulés, presque droits, cylindriques, d'un vert pâle, très-courts.

Stipules distinctes du pétiole et plus courtes; droites, en lance, aiguës, membraneuses, de couleur brune.

Pédicelles au sommet des crénelures des branches et des rameaux; solitaires, articulés, droits, cylindriques, glabres, à une fleur, munis de bractées; de la longueur des pétioles.

Fleurs penchées, d'un beau jaune et tachées de pourpre, de la grandeur de celles de la Bugrane gluante (*Ononis pinguis Linn.*)

Bractées à la base et au sommet des pédicules; droites, ovales, aiguës, concaves, finement striées, membraneuses, verdâtres et nuancées de pourpre.

Calice en cloche, glabre en dehors, pubescent à l'intérieur, d'un vert tendre, rayé de rouge, divisé à son limbe en cinq découpures; subsistant. *Découpures* ciliées, inégales : les deux supérieures droites, serrées contre la fleur, tronquées à leur sommet; les trois inférieures plus étroites, ouvertes, en lance, pointues.

COROLLE attachée à la base du calice, papillonacée, formée de cinq pétales onguiculés. ÉTENDARD deux fois plus long que le calice ; très-ouvert, ovale-arrondi, profondément échancré à son sommet ; strié, d'un jaune citron, marqué vers sa base d'une tache d'un pourpre vif et rayonnant sur ses bords. AILES d'un pourpre foncé, plus courtes que l'étendard, droites, recouvrant la carène ; oblongues, obtuses, munies d'un appendice sur le côté de la base qui est opposé à l'onglet. CARÈNE d'un jaune pâle, plus courte que les ailes, montante et presque droite ; formée de deux pétales étroitement rapprochés vers leur sommet, munis d'un appendice sur le côté extérieur de leur base.

ÉTAMINES dix, ayant la même attache que la corolle. FILETS réunis en tube dans la moitié de leur étendue *(monadelphes)* ; libres vers leur sommet, en alène, courbés, blanchâtres, alternativement plus courts. ANTHÈRES vacillantes, arrondies, à deux lobes, s'ouvrant latéralement, d'un jaune orangé.

OVAIRE pédiculé, linéaire, comprimé, glabre, verdâtre. STYLE coudé, filiforme, très-court. STIGMATE en tête.

LÉGUME long de trois centimètres et demi, large de douze millimètres ; pédiculé, oblong, comprimé, pointu, renflé sur ses bords, relevé d'une arête sur le bord supérieur ; coriace, à une loge, s'ouvrant en deux valves ; veineux et d'un brun foncé en dehors, lisse et de couleur cendrée en dedans.

SEMENCES ovales-arrondies, lisses, d'un brun foncé, attachées à la suture supérieure du légume par un cordon ombilical qui reste adhérent aux valves ; munies à leur ombilic d'une caroncule saillante et courbée en arc.

Obs. 1.° La plante que je viens de décrire a un port si extraordinaire qu'il n'est presque point de végétaux auxquels on puisse la comparer (1). Elle a quelque analogie avec le *GENISTA sagittalis*, et mieux encore avec le *CACTUS phyllanthus* ; mais elle en diffère surtout par les boutons situés au sommet des crénelures dont ses tiges sont bordées. Ces boutons, formés d'écailles qui se recouvrent mutuellement, sont destinés à produire des rameaux, des feuilles ou des fleurs ; et il est probable qu'ils sont moins sujets à avorter dans leur pays natal, que dans notre climat où la culture peut influer sur leur manière de se développer.

2.° Quoique les étamines m'aient paru parfaitement monadelphes dans la plupart des fleurs que j'ai analysées, j'en ai cependant trouvé quelques unes dans lesquelles le dixième filet étoit presque libre ou distinct, et ne faisoit corps avec la gaîne que vers sa base.

3.° L'étendard du *PLATYLOBIUM Scolopendrium* se divise, sans aucune trace de déchirure, en deux lobes, de même que celui du *PLATYLOBIUM formosum*.

4.° Les espèces du genre *PLATYLOBIUM* sont encore très-rares dans les Jardins de Paris. On en cultive trois à la Malmaison ; savoir, *PLATYLOBIUM formosum*, *PLATYLOBIUM Scolopendrium*, et *PLATYLOBIUM ovatum*. Cette dernière espèce n'a pas encore fleuri. Les deux premières sont aussi cultivées chez M. Cels.

5.° Après avoir fait dessiner le fruit du *PLATYLOBIUM Scolopendrium*, j'en donnai les graines à M. Cels qui les sema aussitôt. Ces graines ont levé promptement ; et les jeunes tiges qu'elles ont produites étoient, au bout de deux mois, hautes d'un décimètre, simples, applaties, très-entières, et munies vers leur base de deux cotylédons ovales et charnus. Leurs feuilles étoient pétiolées, ovales-arrondies, veineuses, glabres et surmontées d'une pointe très-courte : les inférieures ou séminales étoient verticillées au nombre de quatre, et les supérieures étoient alternes et assez distantes. J'aurois fait figurer une de ces jeunes tiges, si les épreuves de la planche du *PLATYLOBIUM Scolopendrium* n'eussent été tirées lorsque j'ai observé pour la première fois cette plante naissante.

Expl. des fig. 1, Pétales. 2, Gaîne des étamines ouverte. 3, Calice. 4, Pistil. 5, Légume. 6, Une semence.

(1) Je ne pense pas qu'on puisse comparer le *PLATYLOBIUM scolopendrium* avec les plantes dont la tige est cylindrique, et dont les rameaux sont bordés d'une aile formée par le prolongement des feuilles , comme dans quelques espèces de *CENTAUREA*, de *STATICE*, etc.

Calendula Chrysanthemifolia.

Peint par P. J. Redouté.   par Leguest.

56

CALENDULA *CHRYSANTHEMIFOLIA.*

Fam. des Corymbifères, *Juss.* — Syngénésie polygamie nécessaire, *Linn.*

CALENDULA foliis obovatis, sublyratis, scabriusculis; caule suffruticoso, erecto.

Sous-arbrisseau originaire du Cap de Bonne-Espérance; parsemé dans presque toutes ses parties de poils roides qui
le rendent rude au toucher; remarquable par la grandeur et la couleur de ses fleurs. Il passe l'hiver dans l'orangerie, et
fleurit au commencement du printemps.

———————

Racine fibreuse.

Tige droite, cylindrique, rameuse, haute d'un mètre et demi, de la grosseur du
petit doigt; ligneuse, nue et recouverte dans sa moitié inférieure d'un épiderme
cendré; herbacée, légèrement striée, feuillée, rude au toucher, et d'un vert
glauque dans sa moitié supérieure. *Rameaux* axillaires, alternes, d'abord droits,
ensuite ouverts et même penchés lorsque les fleurs se développent; ayant la
forme et la couleur de la partie supérieure de la tige.

Feuilles alternes, horizontales et réfléchies, pétiolées et se prolongeant sur le
pétiole; ovales-renversées, profondément sinuées et presque en forme de lyre;
munies de cils roides, relevées d'une côte saillante et rameuse, paroissant veineuses
lorsqu'on les observe avec la loupe; rudes au toucher, planes, d'un vert foncé
en dessus et plus pâle en dessous, longues de six centimètres, larges de vingt-cinq
millimètres. *Lobes* ovales, aigus, quelquefois dentés, plus longs dans la partie
moyenne de la feuille qu'à ses extrémités.

Petioles se prolongeant sur la tige et les rameaux; convexes en dehors, sillonnés
en dedans, ciliés, de la couleur des feuilles.

Pedoncules au sommet de la tige et des rameaux; solitaires, légèrement courbés,
cylindriques, finement striés, pubescents, un peu rudes au toucher, à une fleur,
longs de huit centimètres.

Fleurs radiées, deux fois plus grandes que celles de l'*Aster chinensis (Reine
Marguerite des Jardins)*, d'un jaune doré, femelles-fertiles à la circonférence,
hermaphrodites-stériles dans le disque et dans le centre; s'épanouissant sur les
onze heures du matin, se fermant sur les trois ou quatre heures du soir.

Calice commun hémisphérique, pubescent, formé de plusieurs folioles disposées
sur une simple rangée, peu ouvertes, en lance, pointues, concaves en dedans,
convexes en dehors et relevées d'une nervure saillante; membraneuses sur leurs
bords, du quart de la longueur de la fleur.

Demi-fleurons nombreux, très-ouverts, en forme de languette, divisés à leur
sommet en trois petites dents; amincis vers leur base et roulés en un tube court,
parsemé de poils articulés.

Fleurons très-nombreux, en forme d'entonnoir, de la longueur du calice. *Tube*
d'un jaune pâle, rétréci à sa base qui est articulée sur l'ovaire; insensiblement dilaté,
pubescent, relevé de cinq nervures peu apparentes. *Limbe* peu ouvert, à cinq dents
ovales, aiguës.

Étamines cinq, attachées vers la base du tube des fleurons, et un peu plus longues. Filets droits, capillaires, blanchâtres. Anthère tubulée, divisée à son sommet en cinq dents; engaînant le style, de la couleur du limbe des fleurons.

Pistil des demi-fleurons. Ovaire triangulaire, glabre, verdâtre. Style filiforme, plus long que le tube; d'un jaune doré. Stigmates deux, filiformes, aigus, écartés et recourbés.

Pistil des fleurons. Ovaire ovale-oblong, comprimé, paroissant bordé d'une aile membraneuse, lorsqu'on l'observe avec la loupe. Style plus long que les étamines. Stigmates deux, linéaires, obtus, comprimés, droits, rapprochés, plus courts que ceux des demi-fleurons.

Fruit penché, presque arrondi, déprimé, formé par le calice subsistant qui contient un grand nombre de semences.

Semences très-serrées, de couleur brune : celles de la circonférence en cœur renversé, bordées d'une large membrane, fertiles : celles du disque et du centre en forme de coin, comprimées, bordées d'une membrane courte, stériles.

Réceptacle convexe, nu, glabre, creusé de fossettes dans lesquelles s'inséroient les semences.

Obs. 1.° L'espèce que je viens de décrire se distingue de celles qui sont mentionnées dans le *Prodromus Floræ Capensis*, par plusieurs caractères, et surtout par la forme de ses feuilles. Cette espèce semble tenir le milieu entre l'Ostéospermum et le Calendula. Elle appartient au premier de ces genres par ses fleurs dont les demi-fleurons sont femelles-fertiles, et dont tous les fleurons sont hermaphrodites et stériles; mais son fruit prouve qu'elle est congénère du Calendula.

2.° Les plus belles espèces du genre Calendula sont cultivées à la Malmaison : savoir, Calendula pluvialis, Mill. icon. t. 75, fig. 2; Calendula hybrida, Mill. icon. t. 75, fig. 1; Calendula fruticosa, Mill. icon. t. 283; Calendula graminifolia, Mill. icon. t. 76; Calendula Tragus, Jacq. Hort. Schoenbr. t. 153; Calendula flaccida, Jard. de la Malm. pl. 20; et Calendula chrysanthemifolia. Cette dernière espèce est aussi cultivée chez M. Cels qui en possède un grand nombre d'individus.

Expl. des fig. 1, Un demi-fleuron. 2, La base du même grossie, pour montrer l'ovaire triangulaire, et les poils articulés dont le tube est parsemé. 3, Un fleuron. 4, Corolle du fleuron grossie et ouverte pour montrer l'attache et la forme des étamines. 5, Pistil d'un fleuron, grossi. 6, Fruit dont on a retranché la partie antérieure, et dont on a enlevé les semences pour montrer la forme du calice et celle du réceptacle.

Phylica Thymifolia.

Peint par P. J. Redouté.

57

PHYLICA *THYMIFOLIA.*

Fam. des Nerpruns, *Juss.* — Pentandrie Monogynie, *Linn.*

PHYLICA foliis lanceolatis, margine revolutis, subtùs tomentosis; capitulis pusillis, terminalibus, paucifloris; stigmate triplici.

Arbrisseau toujours vert, d'un port élégant; originaire des Isles de la Mer du Sud. Il passe l'hiver dans l'orangerie, et fleurit sur la fin de cette saison.

Tige droite, cylindrique, glabre, garnie dans sa partie supérieure d'un grand nombre de rameaux, nue dans l'inférieure, et hérissée de tubercules peu saillants sur lesquels étoient insérées les jeunes branches; d'un brun rougeâtre, haute d'un mètre, de la grosseur d'une plume de cygne. *Branches* articulées, alternes, ouvertes, pliantes, feuillées, rameuses dans toute leur étendue, parsemées d'un duvet court et peu apparent; de la forme et de la couleur de la tige. *Rameaux* axillaires, nombreux, très-rapprochés, presque droits : les inférieurs plus alongés et plus développés que ceux de la partie supérieure.

Feuilles alternes, plus rapprochées sur les jeunes rameaux que sur les branches; très-ouvertes, pétiolées, en lance, aiguës, surmontées d'une glande peu apparente, à bords roulés en dehors, relevées en dessous d'une nervure saillante; glabres et d'un vert luisant sur la surface supérieure, drapées et blanchâtres sur l'inférieure; subsistantes, longues de neuf millimètres, larges de trois.

Pétioles articulés, droits, serrés contre les branches et les rameaux, convexes d'un côté, planes de l'autre, pubescents, blanchâtres, très-courts.

Fleurs au sommet des jeunes rameaux; blanchâtres, sessiles, au nombre de huit ou de dix, rapprochées en une petite tête globuleuse et de la grosseur d'un fruit de Coriandre; entourées d'une collerette, portées sur un réceptacle hérissé de bractées. *Collerette* formée de quelques feuilles semblables à celles des rameaux et beaucoup plus courtes.

Bractées en nombre égal à celui des fleurs, et plus courtes; droites, ovales, aiguës, concaves, pubescentes, blanchâtres.

Calice d'une seule pièce, tubulé, pubescent en dehors, glabre en dedans, blanchâtre, subsistant. *Tube* renflé vers son sommet, en forme de cône renversé. *Limbe* ouvert, à cinq divisions ovales, aiguës.

Corolle très-petite, formée de cinq pétales insérés à l'orifice du tube du calice, alternes avec les divisions de son limbe, et beaucoup plus courts; droits, ovales-arrondis, concaves, glabres, semblables à des écailles.

Étamines cinq, ayant la même attache que la corolle, recouvertes chacune par un pétale. *Filets* glabres, blanchâtres, très-courts. *Anthères* droites, arrondies, à deux lobes, s'ouvrant latéralement, d'un jaune couleur de soufre.

OVAIRE entouré d'un disque charnu et adhérent au calice. STYLE extrêmement court. STIGMATES trois, obtus.

FRUIT......

OBS. 1.º La plante que je viens de décrire, semble tenir le milieu entre les genres CEANOTHUS et PHYLICA. Elle se rapproche du CEANOTHUS par ses trois stigmates ; mais elle en diffère par ses fleurs disposées comme celles de la plupart des espèces du genre PHYLICA, et par ses pétales qui ne sont point munis d'un onglet.

2.º On cultive à la Malmaison plusieurs espèces du genre PHYLICA, dont les unes ont été publiées et sont parfaitement connues, telles que PHYLICA ericoides LINN., PHYLICA stipularis LINN., PHYLICA pinifolia LINN., PHYLICA plumosa THUNB., PHYLICA pubescens AIT., PHYLICA axillaris LAM., PHYLICA nitida LAM., PHYLICA rosmarinifolia LAM., PHYLICA myrtifolia LAM. (1); et dont les autres ne paroissent avoir été ni décrites, ni même mentionnées par aucun Botaniste : savoir, PHYLICA divaricata dont les rameaux sont grêles, très-alongés et tombants, dont les feuilles sont éparses, en lance, planes, légèrement velues en dessus, et drapées en dessous (2); PHYLICA squarrosa qui a beaucoup de rapports avec le PHYLICA plumosa, mais qui s'en distingue par ses fleurs disposées en une tête arrondie et de la grosseur d'une noix ordinaire, par ses bractées très-ouvertes et recourbées dans leur moitié supérieure; PHYLICA horizontalis qui paroît différer de la précédente par les têtes de fleurs à peine de la grosseur d'une noisette, par ses bractées et ses rameaux dont la direction est horizontale; PHYLICA oleæfolia qui paroît avoir été confondue avec le PHYLICA buxifolia, mais qui forme une espèce réellement distincte et parfaitement caractérisée par ses feuilles oblongues sans aucune échancrure à leur base, par ses fleurs situées dans les aisselles des feuilles des jeunes rameaux, rapprochées en petites têtes de la grosseur d'un fruit de Coriandre, et disposées en grappes courtes.

Expl. des fig. 1, Sommité d'un rameau, dont les folioles de la collerette ont été enlevées, ainsi que les fleurs, pour montrer le réceptacle hérissé de bractées. 2, Fleur vue en dedans. 3, Un pétale séparé. 4, Une étamine séparée. 5, Calice dont on a retranché le limbe pour montrer l'attache de la corolle et des étamines, le pistil dont l'ovaire est entouré d'un disque, et dont le style est surmonté de trois stigmates. (Les figures 1, 2 et 5 sont grossies).

(1) Cette espèce ne seroit-elle pas la même que le PHYLICA paniculata de M. Willdenow ?
(2) Cette jolie espèce n'a pas encore fleuri.

Ceanothus Discolor.

Peint par P. J. Redouté.

58

CEANOTHUS *DISCOLOR.*

Fam. des Nerpruns, *Juss.* — Pentandrie Monogynie, *Linn.*

CEANOTHUS foliis lanceolatis, acutis, integerrimis, supernè glabris, subtùs tomentosis.

Arbrisseau toujours vert, originaire des Isles de la Mer du Sud. Il passe l'hiver dans l'orangerie, et fleurit sur la fin de cette saison.

Tige droite, cylindrique, très-rameuse, glabre dans sa partie inférieure; recouverte dans la supérieure d'un duvet pulvérulent; d'un brun cendré, haute d'un mètre et demi, de la grosseur de l'index. *Branches* articulées, alternes, ouvertes, de la forme de la tige, légèrement velues, d'un brun clair. *Rameaux* nombreux, axillaires, presque droits, très-courts, semblables aux branches.

Feuilles alternes, horizontales et réfléchies, pétiolées, munies de stipules; en lance, aiguës, très-entières, à bords légèrement repliés, relevées en dessous d'une côte saillante et rameuse, creusées en dessus d'un pareil nombre de sillons; paroissant veinées en réseau, lorsqu'on les observe avec la loupe; convexes, glabres et d'un vert foncé sur la surface supérieure, drapées sur l'inférieure et d'un blanc cendré : celles des branches longues de neuf centimètres; celles des rameaux insensiblement plus courtes.

Pétioles articulés, horizontaux, convexes d'un côté, sillonnés de l'autre, pubescents, roussâtres, très-courts.

Stipules distinctes du pétiole, situées sur chaque côté de sa base, et de la moitié de sa longueur; droites, en lance, aiguës, concaves, de couleur de rouille, légèrement pubescentes, tombant promptement.

Pédoncules dans les aisselles des feuilles supérieures, et au sommet des rameaux; presque droits, cylindriques, plusieurs fois dichotomes, pubescents, plus courts que les feuilles, de la couleur des pétioles; formant par leur ensemble une panicule ovale-arrondie, courte et peu étalée. *Divisions* des *pédoncules* ouvertes, à plusieurs fleurs, munies de bractées.

Fleurs très-petites, droites, pédiculées, d'un blanc de lait, répandant une odeur de Thé, munies chacune d'une bractée.

Pédicules cylindriques, pubescents, deux fois plus longs que les fleurs.

Bractées droites, ovales, aiguës, concaves, pubescentes, de couleur de rouille, de la longueur des pédicules; tombant à mesure que les fleurs se développent.

Calice tubulé, pubescent en dehors, glabre en dedans, d'un blanc de lait. *Tube* en forme de cône renversé. *Limbe* à cinq découpures en lance, aiguës, d'abord ouvertes, se réfléchissant ensuite à mesure que la fleur se flétrit.

Pétales cinq, insérés à la base du limbe du calice, alternes avec ses divisions et plus courts; en forme de spatule, dentés vers leur sommet, d'abord courbés en dedans, ensuite ouverts, puis se détachant au moment où les étamines parvenues à leur entier développement, sont sur le point de lancer leur poussière fécondante.

Étamines cinq, ayant la même attache que la corolle, opposées aux pétales. *Filets* d'abord courbés, ensuite droits après la chute des pétales; en alène, blanchâtres, un peu plus longs que les divisions du calice. *Anthères* vacillantes, arrondies, creusées de quatre sillons, s'ouvrant latéralement, d'un jaune de soufre.

Ovaire plongé dans un disque épais et adhérent au calice; velu, blanchâtre. *Style* droit, trifide, de la couleur des filets des étamines et plus court. *Stigmates* simples, renflés, obtus, jaunâtres.

Fruit porté sur la base subsistante du calice; globuleux, de la grosseur d'un pois, pubescent, d'un gris cendré, creusé de trois stries, formé de trois coques. *Coques* recouvertes d'une écorce d'abord herbacée et molle, ensuite desséchée et très-mince; cartilagineuses, ne contenant qu'une semence, creusées à leur base, s'ouvrant intérieurement avec élasticité en deux valves.

Semences munies d'un cordon ombilical qui naît du réceptacle de la fleur, et qui traverse la coque; convexes d'un côté, anguleuses de l'autre, luisantes, de couleur brune.

Obs. Linnæus a rapporté à son genre *Ceanothus* les trois espèces suivantes : *Ceanothus americanus*, *Ceanothus asiaticus*, et *Ceanothus africanus*. Murray, Reichard dans les différentes éditions qu'ils ont données des ouvrages du Professeur d'Upsal, et M. de Lamarck dans son Dictionnaire, n'ont ajouté aucune autre espèce au genre. Gmelin en a mentionné cinq dans son *Systema Vegetabilium*, savoir, les trois de Linnæus, une espèce nouvelle publiée par Forster sous le nom de *Ceanothus capsularis*, et le *Rhamnus ellipticus* d'Aiton, que l'Héritier avoit désigné dans son *Sertum Anglicum* sous le nom de *Ceanothus reclinatus*[1]. Le même nombre d'espèces existe aussi dans la nouvelle édition que M. Willdenow donne du *Species Plantarum*. Mais à la place du *Ceanothus reclinatus* que le savant Professeur de Berlin a cru devoir restituer au genre *Rhamnus*, on trouve l'espèce nouvelle que M. Cavanilles a décrite dans ses Plantes d'Espagne sous le nom de *Ceanothus macrocarpus*. Cette dernière espèce n'étoit pas connue de M. de Lamarck, lorsqu'il a publié dans le second volume des Illustrations le genre *Ceanothus* qui renferme les trois espèces de Linnæus[2], l'espèce de Forster, le *Ceanothus reclinatus* de l'Héritier, les *Rhamnus colubrinus* et *cubensis*, et une espèce nouvelle nommée *microphyllus*, cultivée depuis long-temps chez M. Cels. En ajoutant à ces espèces celle qui a été décrite par M. Cavanilles, et celle que je publie, le genre *Ceanothus* se trouve formé de dix espèces[3], dont quatre sont cultivées à la Malmaison, *Ceanothus americanus*, *Ceanothus africanus*, *Ceanothus colubrinus*, et *Ceanothus discolor*[4].

Expl. des fig. 1, Fleur de grandeur naturelle avec son pédicule et sa bractée. 2, La même grossie pour montrer ses organes. 3, Portion du limbe du calice grossie, dans laquelle on voit l'attache d'un pétale et d'une étamine. 4, Un pétale séparé et grossi. 5, Calice dont on a retranché le limbe, pour montrer le pistil dont l'ovaire est plongé dans un disque. 6, Fruit. 7, Le même grossi, dont les coques écartées et vues en dedans sont réunies par l'écorce qui n'est pas encore desséchée. 8, Une coque séparée s'ouvrant longitudinalement. 9 et 10, Une semence vue sur ses deux faces.

---

[1] L'Héritier avance dans son *Sertum Anglicum*, page 6, que le genre *Ceanothus* doit être rapporté en entier au genre *Rhamnus* (*sed et totum Ceanothi genus reciiis ad Rhamnum retrahendum erit*). Cette opinion ne paroit pas devoir être adoptée, lorsqu'on observe que les genres *Ceanothus* et *Rhamnus* diffèrent par plusieurs caractères, et surtout par la nature de leur fruit.

[2] Le *Canphorus serratus* que M. de Lamarck regarde dans ses Illustrations, comme synonyme du *Ceanothus asiaticus*, est une plante très-distincte dont les pétales plus longs que le calice, ne sont point onguiculés et concaves; dont les étamines paroissent alternes avec les pétales; et dont le fruit est une baie à cinq loges. *Voyez* Forster, *Nova genera plantarum*, tab. 17.

[3] Le *Tubanthera* de Commerson ne présente point une nouvelle espèce de *Ceanothus*. J'ai comparé cette plante, qui m'a été donnée par M. de Jussieu, avec des exemplaires de *Ceanothus asiaticus* récoltés à Ceylan et à Batavia par MM. Riche et La Haye, et je n'y ai observé aucune différence. La structure des pétales dans le *Tubanthera* ou *Ceanothus asiaticus* ne paroit pas être un caractère assez important pour établir un nouveau genre, puisque la forme de cet organe varie dans presque toutes les espèces de *Ceanothus*.

[4] On cultive aussi à la Malmaison un *Rhamnus* dont les feuilles sont recouvertes en dessous d'un duvet couleur de rouille. Cette plante qui n'a pas encore fleuri, ne seroit-elle pas une variété de celle que je publie?

Lasiopetalum Ferrugineum.

Peint par P. J. Redouté.   *Gravé par Mlle ....*

LASIOPETALUM.

Fam. des Nerpruns? *Juss.* — Pentandrie Monogynie, *Linn.*

CHARACTER ESSENTIALIS. *Calix* monophyllus, rotatus, 4-5 partitus, persistens. *Petala* 4-5, minima, squamiformia, imo calici inserta. *Stamina* 4-5, ibidem inserta, petalis opposita et duplò longiora: antheræ apice poris duobus. *Ovarium* liberum, trigonum : stylus brevis : stigma simplex. *Capsula* calice tecta, 3-locularis, 3-valvis; valvis medio septiferis. Semina pauca, angulo interiori loculorum affixa..... *Frutices Australasiæ*, paludosi, tomento ferrugineo stellato, præter foliorum adultorum paginam superiorem denudatam, obducti. *Folia alterna aut opposita. Flores axillares, solitarii vel racemosi, bracteati; bracteis 3-5, nunc basi calicis, nunc in medio pedunculi.*

LASIOPETALUM *FERRUGINEUM.*

LASIOPETALUM foliis alternis, dependentibus, lineari-lanceolatis, longissimis; floribus racemosis.
LASIOPETALUM *ferrugineum Smith, Transact. of the Linn. Society*, vol. 4, pag. 216. *Andrews, Botan. Reposit.* 208.

Arbrisseau originaire de Botany-Bay, croissant dans les endroits marécageux; couvert dans toutes ses parties, à l'exception de la surface supérieure des feuilles, de poils serrés, disposés en étoile et de couleur de rouille. Il passe l'hiver dans l'orangerie, et fleurit presque toute l'année.

Tige droite, cylindrique, pliante, rameuse, nue dans sa partie inférieure, et recouverte d'un épiderme d'un brun cendré et un peu gercé; feuillée dans la supérieure, et drapée ou hérissée de poils disposés en étoile, serrés et très-courts; un peu rude au toucher, de couleur de rouille, haute d'un mètre, de la grosseur du petit doigt. Rameaux axillaires, alternes, peu ouverts, de la forme et de la couleur de la tige.

Feuilles alternes, réfléchies, pétiolées, linéaires et en lance, aiguës, souvent ondées, quelquefois sinuées et dentées; recourbées sur leurs bords, relevées en dessous d'une côte saillante et rameuse, creusées en dessus d'un pareil nombre de sillons; veineuses, concaves, coriaces, glabres et d'un vert foncé sur la surface supérieure, drapées et de couleur de rouille sur la surface inférieure; subsistantes, longues de douze centimètres, larges d'un seul.

Pétioles très-ouverts, cylindriques, de la couleur des rameaux; extrêmement courts.

Grappes axillaires, horizontales, simples, très-courtes. Axe cylindrique, de la couleur des pétioles, muni de bractées.

Pédoncules longs d'un centimètre, recourbés, cylindriques, de la couleur de l'axe des grappes; ordinairement simples et à une fleur, quelquefois composés et à plusieurs fleurs.

Fleurs peu nombreuses, très-serrées, pendantes, d'un blanc soufré, se développant très-lentement, paroissant tétragones ou pentagones avant leur épanouissement, munies de bractées; de la longueur des pédoncules, larges de quinze millimètres.

Bractées en lance, pointues, drapées, de couleur de rouille, de la longueur des fleurs : celles de l'axe de chaque grappe situées à la base des pédoncules, droites, solitaires : celles de chaque fleur situées au sommet des pédoncules, le plus souvent au nombre de trois, quelquefois de cinq; d'abord droites, ensuite réfléchies, représentant un calice extérieur.

CALICE d'une seule pièce, beaucoup plus grand que toutes les autres parties de la fleur, drapé ou hérissé de poils courts et serrés; divisé en quatre ou cinq découpures profondes, ovales, aiguës, concaves, long-temps droites et rapprochées, ensuite ouvertes et en forme de roue.

PÉTALES quatre ou cinq, insérés à la base du calice et alternes avec ses divisions; ovales, aigus, concaves, très-petits, semblables à des écailles.

ÉTAMINES quatre ou cinq, ayant la même attache que la corolle, opposées aux pétales et deux fois plus grandes. *FILETS* droits, cylindriques, glabres, blanchâtres. *ANTHÈRES* vacillantes, ovales, obtuses, à deux lobes, sillonnées latéralement, s'ouvrant au sommet par deux pores; d'un jaune couleur de miel. *POUSSIÈRE FÉCONDANTE* d'un blanc de neige.

OVAIRE libre, globuleux, creusé de trois sillons, très-velu, blanchâtre, deux fois plus long que les étamines, divisé en trois loges qui contiennent chacune deux ou quatre ovules insérés à l'angle central. *STYLE* droit, cylindrique, glabre, très-court. *STIGMATE* simple.

CAPSULE recouverte par le calice, globuleuse, creusée de trois sillons, paroissant drapée lorsqu'on l'observe avec la loupe; divisée en trois loges, s'ouvrant en trois valves. *CLOISONS* adhérentes au milieu des valves.

SEMENCES insérées à l'angle central des loges, au nombre de deux ou de quatre......

Obs. 1.ᵉ La dénomination exacte des différents organes de la fructification, est de la plus grande importance pour les progrès de la Botanique. Elle facilite souvent la connoissance de la place que doit occuper dans l'ordre naturel, une plante qu'on ne peut rapporter à aucun des genres connus. Le *LASIOPETALUM ferrugineum* semble fournir une preuve de cette assertion. Ce genre paroît, d'après son port qui a quelque ressemblance avec celui du *LEDUM*, et sur-tout d'après ses anthères qui sont creusées de deux pores à leur sommet, devoir appartenir à l'ordre des Bruyères; mais en considérant les foliole situées au sommet de ses pédicules, comme des bractées; en donnant les noms de calice et de pétales aux organes que M. Smith a appelés corolle et glandes, on remarque déjà une analogie entre le *LASIOPETALUM* et quelques Rhamnoïdes. Cette analogie acquiert une nouvelle force, lorsqu'on réfléchit, 1.° que les vrais calices doivent envelopper les fleurs avant leur épanouissement, et que cette fonction n'est point remplie par l'organe auquel M. Smith a donné le nom de calice; 2.° que les pétales semblables à ceux du *RHAMNUS*, du *ZIZIPHUS*, du *PALIURUS*, du *VENTILAGO* et de quelques espèces du *COLLETIA*, sont insérés au calice, alternes avec ses divisions et en même nombre; 3.° que les étamines pareillement insérées au calice, sont en nombre égal à celui des pétales et leur sont opposées; 4.° que les semences ne sont point attachées à un axe ou placenta central. Si l'on pouvoit ajouter à ces caractères celui d'un embryon plane et entouré d'un périsperme charnu, il seroit évident que le *LASIOPETALUM ferrugineum* appartient à la famille des Rhamnoïdes; mais les semences de cette plante ayant avorté, je n'ai pu observer leur structure intérieure, et j'ai cru devoir citer avec doute l'ordre auquel je présume néanmoins qu'on doit la rapporter.

2.° J'ai trouvé dans l'herbier de M. Thibaud, professeur de Botanique à l'école de Médecine de Strasbourg, une nouvelle espèce de *LASIOPETALUM*, remarquable surtout par les bractées situées au milieu des pédicules. Cette espèce que je nomme *ledifolium*, comprend deux variétés, dont une à feuilles plus larges et plus rapprochées, et l'autre à feuilles plus étroites et plus écartées. Elle peut être caractérisée par la phrase suivante: *LASIOPETALUM ledifolium*. Foliis oppositis, patulis, lineari-lanceolatis; pedunculis unifloris.

Expl. des fig. 1, Fleur vue par derrière pour montrer les trois bractées situées au sommet du pédicule. 2, Fleur vue en dedans. 3, Une portion du calice vue en dedans pour montrer l'attache et la situation de la corolle et des étamines. 4, Une étamine avec un pétale qui a été un peu écarté, afin de distinguer plus aisément ces deux organes. 5, Pistil. 6, Le même coupé transversalement. 7, Fruit. 8, Capsule mise à nu. 9, Une valve vue en dedans, pour montrer la cloison et les semences insérées à sa base. (Les fig. 4, 5, 6, 8 et 9 sont grossies).

Myrtus Horisontalis

Peint par P. J. Redouté.

Gravé par Legrand

MYRTUS *HORIZONTALIS.*

Fam. des Myrtes, *Juss.* — Icosandrie Monogynie, *Linn.*

MYRTUS pumila; pedunculis axillaribus, 3-4-floris, brevissimis; foliis distichis, ovatis, acutis; ramis horizontalibus; fructu pyriformi.

Myrtus *disticha? Swartz, Flora Indiæ Occident.* vol. 2, page 894.

Arbrisseau très-étalé, originaire des Antilles. Il passe l'hiver dans la serre chaude, et fleurit au milieu du printemps.

———————

Tige à peine haute d'un décimètre, de la grosseur d'une plume de cygne; cylindrique, très-rameuse, recouverte d'un épiderme gercé et d'un brun cendré. Branches horizontales, très-étalées, ayant la forme de la tige et beaucoup plus longues. Rameaux souvent alternes par l'avortement de celui qui est opposé; très-ouverts, cylindriques, paroissant parsemés de poils courts, lorsqu'on les observe avec la loupe.

Feuilles opposées, distiques ou sur deux rangs, rapprochées, horizontales, présentant leurs bords dans la direction des branches et des rameaux; pétiolées, ovales, très-entières, rétrécies vers leur sommet qui se termine en pointe, relevées en dessous d'une côte saillante d'où partent plusieurs nervures fines et transversales qui n'aboutissent pas aux bords; creusées en dessus d'un pareil nombre de sillons; veineuses, glabres, ponctuées, luisantes et d'un vert foncé sur la surface supérieure, d'un vert pâle sur l'inférieure; longues de cinq centimètres, larges de vingt-deux millimètres : les plus jeunes pliées en deux, pubescentes, d'une teinte rougeâtre.

Pétioles articulés, ouverts, convexes d'un côté, sillonnés de l'autre, pubescents, d'un vert pâle, extrêmement courts.

Pédoncules dans les aisselles des feuilles; droits, cylindriques, articulés, rameux, à trois ou quatre fleurs, pubescents, munis de bractées, très-courts. Pédicules à une fleur, ayant la direction, la forme, la couleur du pédoncule, et plus longs.

Fleurs très-petites, sans odeur, d'une teinte purpurine avant leur développement, d'un blanc pur quand elles sont épanouies.

Bractées à la base des pédoncules, des pédicules et des fleurs; opposées, droites, ovales, aiguës, membraneuses, pubescentes, ciliées, très-courtes.

Calice tubulé, parsemé de poils peu apparents; d'un vert blanchâtre. Tube insensiblement dilaté, adhérent à l'ovaire, de la longueur du pédicule. Orifice muni d'un bourrelet saillant qui recouvre l'ovaire. Limbe peu ouvert, à quatre divisions profondes, ovales, arrondies, concaves, ponctuées, subsistantes, inégales : les deux latérales plus longues.

Pétales quatre, attachés au bord du bourrelet qui recouvre l'ovaire, alternes avec les divisions du calice et deux fois plus longs; peu ouverts, sessiles, ovales-arrondis, concaves, ponctués.

Étamines nombreuses, insérées sur toute la surface du disque qui recouvre l'ovaire; de la longueur de la corolle. Filets droits, capillaires, blanchâtres. Anthères très-petites, arrondies, creusées de quatre sillons, d'un jaune pâle.

Ovaire adhérent au tube du calice; recouvert par un disque charnu. *Style* cylindrique, de la longueur et de la couleur des filets des étamines. *Stigmate* simple.

Baie en forme de poire, de la grosseur du fruit de l'épine-vinette; couronnée par le calice, divisée en trois loges; d'abord un peu coriace, ponctuée, lisse, d'un vert gai, contenant deux ou trois semences dans chaque loge; ensuite molle, pulpeuse, d'un violet foncé, quelquefois monosperme.

Semences anguleuses d'un côté, convexes de l'autre, recouvertes d'une pellicule membraneuse et blanchâtre.

Embryon presque cylindrique, arqué, dépourvu de périsperme. *Cotyledons* rapprochés et presque réunis, très-courts. *Radicule* courbée en dedans, plus longue que les cotyledons.

Obs. 1.° Quoique le *Myrtus horizontalis* ait les plus grands rapports avec le *Myrtus disticha* de M. Swartz, et quoique la phrase qui présente les caractères spécifiques de cette dernière espèce, convienne parfaitement à la première; j'ai cru néanmoins devoir distinguer ces deux plantes qui paroissent différer par quelques caractères importants. Dans le *Myrtus disticha* qui ne m'est connu que par la description de M. Swartz, la tige s'élève à près de deux mètres; les feuilles sont obtuses; les découpures du calice sont oblongues, égales; et le fruit est une baie ovale. Dans le *Myrtus horizontalis*, la tige ne paroît pas devoir s'élever beaucoup, puisque l'individu cultivé à la Malmaison depuis quatre ans, n'a tout au plus qu'un décimètre de hauteur; les feuilles rétrécies à leur sommet se terminent en pointe; les découpures du calice sont arrondies, inégales; et le fruit a la forme d'une petite poire. Je puis encore ajouter que dans le *Myrtus horizontalis*, les rameaux, les feuilles, les pétioles, les pédoncules et les calices paroissent parsemés d'un léger duvet, lorsqu'on les observe avec la loupe.

2.° Le caractère distinctif des genres *Myrtus* et *Eugenia*, ne peut pas être fourni par le nombre des pétales et des divisions du calice, puisque ce nombre est quelquefois le même dans les deux genres. C'est sur le fruit, qui est un drupe dans l'*Eugenia*, et une baie dans le *Myrtus*, qu'il faut établir les différences. Ce caractère assigné par Linnæus, a été adopté par Gærtner qui, d'après la structure de l'embryon, a cru devoir subdiviser le genre *Myrtus*. Ce célèbre Botaniste a établi les genres *Syzygium* et *Greggia*. Dans ces deux genres, le fruit est une baie uniloculaire et monosperme; la semence qui remplit toute la cavité de la baie, est dépourvue de tuniques; et l'embryon est formé de deux cotyledons épais, charnus et très-grands: mais dans le *Syzygium* la radicule est recouverte par les cotyledons, tandis qu'elle est saillante dans le *Greggia*. Ces deux genres diffèrent essentiellement du *Myrtus*, dont l'embryon presque cylindrique est arqué, ou roulé en spirale. M. Swartz a encore séparé du genre *Myrtus* les espèces dont le calice tronqué, est surmonté d'un opercule en forme de coiffe; et il les a réunies en un genre auquel il a donné le nom de *Calyptranthes*. Ce genre est très-différent du *Jambolifera* de Linnæus (1), comme l'a démontré M. Vahl dans la troisième partie de ses *Symbolæ Botanicæ*, page 53.

3.° Les plus belles espèces du genre *Myrtus* sont cultivées à la Malmaison; savoir, *Myrtus caryophyllata Linn.*, *Myrtus androsæmoïdes Vahl*, *Myrtus* ou *Calyptranthes Chytraculia Swartz*, *Myrtus bracteata Willden.*, *Myrtus fragrans Swartz*, *Myrtus tomentosa Aiton*, *Myrtus coriacea Wahl*, *Myrtus communis Linn.*, *Myrtus horizontalis*, etc.

Expl. des fig. 1, Pédoncule à trois fleurs. 2, Fleur dont on a retranché trois pétales. 3, Calice très-ouvert pour montrer le disque qui recouvre l'ovaire. 4, Baie. 5, La même coupée transversalement pour montrer les trois loges. 6, Une semence. (Les figures 1, 2 et 3 sont grossies).

(1) Voyez *Schreber Genera Plantarum*, vol. 1, pag. 354, n.° 845.

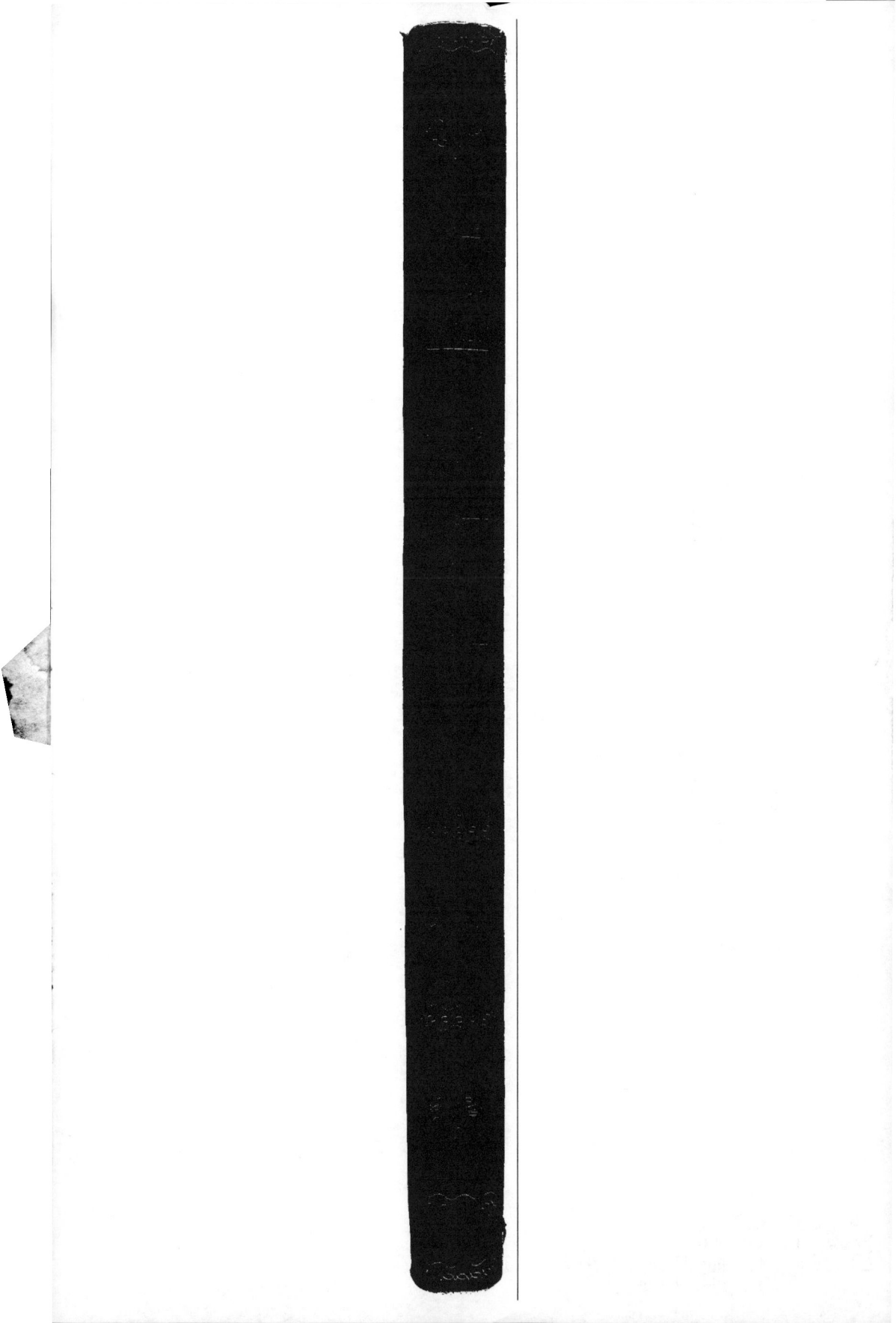

www.ingramcontent.com/pod-product-compliance
Lightning Source LLC
Chambersburg PA
CBHW070513030726
47503CB00004B/1257